迁徙的人

MIGRATORS

连谏／著

天津出版传媒集团
百花文艺出版社

图书在版编目（CIP）数据

迁徙的人 / 连谏著. -- 天津 : 百花文艺出版社, 2021.11
ISBN 978-7-5306-8145-9

Ⅰ. ①迁… Ⅱ. ①连… Ⅲ. ①长篇小说-中国-当代 Ⅳ. ①I247.5

中国版本图书馆 CIP 数据核字(2021)第 195581 号

迁徙的人
QIANXI DE REN
连谏 著

出 版 人: 薛印胜　　**选题策划:** 李 楠
特约策划: 唐 嵩　　**责任编辑:** 安子宁
助理编辑: 李 楠　　**装帧设计:** 丁莘苡
出版发行: 百花文艺出版社
地址: 天津市和平区西康路 35 号　**邮编:** 300051
电话传真: +86-22-23332651（发行部）
+86-22-23332656（总编室）
+86-22-23332478（邮购部）
网址: http://www.baihuawenyi.com
印刷: 天津新华印务有限公司
开本: 880×1230 毫米　1/32
字数: 214 千字
印张: 8.875
版次: 2021 年 11 月第 1 版
印次: 2021 年 11 月第 1 次印刷
定价: 35.00元

如有印装质量问题，请与天津新华印务有限公司联系调换
地址：天津东丽开发区五经路 23 号
电话：（022）58160306
邮编：300300

第一章

金送子罩着红盖头，袖管里藏了把剪刀，大半天了，冰凉的剪刀，已被胳膊焐热。

她想，等老浦来掀盖头，就亮出剪刀，拼个你死我活。可又一想，这事儿也不能怪老浦，熬到四十岁，想娶房老婆，是人之常情，用她爹金老三的话说，老浦不嫌她命硬，敢娶，她就谢天谢地吧。听爹的口气，她这辈子，是配不起个男人的。不是吗？活生生的，前面死俩了，头一个，是高家庄豆腐坊的小儿子，定亲没几天，就得了怪症，上吐下泻死了。第二个，是施家屯的德生，两人看对眼，纯属蹊跷，赶集时她从德生的西瓜摊儿前走，一只硕大的西瓜，不知怎的就滚到了她穿着绣花鞋的脚面上，把她撞倒了。德生吓了一跳，从摊子里跳出来扶她，四目相对就喜欢上了，喜欢得恨不能立时就把对方吞到肚子里。之后，金送子就天天挎着一筐脏衣服去河边洗，因为河边有德生。德生在河边是因为他家西瓜地在河边，一到夏天，他就吃睡在瓜棚里。奶奶骂她，说好生生的衣服，穿不破也让她洗破了。她装聋作哑，不敢戗奶奶的腔，怕戗急了，奶奶拖爹做帮手，她就去不成东河边了。那可不成，德生见天站河堤上等呢，等得西瓜在身后一个个晒得“嘭嘭”爆掉都不管。她要不去，德生还不得疯？

每当想起德生在河边等她，金送子嘴角就会翘起微笑，觉得德生像棵树，笔直的，葱郁的，在夏日的风中簌簌唱着歌的树，让她心醉不已。

后来，德生爹娘知道了，骂到门上，骂她骚，不要脸，德生十二岁就定下未婚妻了，让金送子给勾得死活要退婚。树活一张皮，人活一张脸，人家姑娘安分守己，平白无故被退婚，还让不让人活了？德生娘个儿不高，黑黝黝的，骂起人来，像装满豆子的黑陶缸给人夯倒了，脏话前仆后继地往外涌。她跑来骂金送子的时候，门口围了里三层外三层的人，个个翘首以盼、交头接耳，希望金送子的爹金老三或者金送子杀将出来，上演一场没有戏台的精彩大戏。可金老三没有，他自知理亏，拦住了气得嘴唇发抖的老娘和随时要冲到街上摆道理的金送子，坐在灶房门口，挨着羞辱，后来，他实在挨不住了，拎着一挂绳子上街跟德生娘说，不要骂了，他这就把金送子勒死交出来，随便他们拖去喂狗喂猫，要说句二话就绝不是他金老三。德生爹娘怕闹出人命，污了儿子名声，日后不好做人，又不咸不淡地嚷了几嗓子，走了。

金老三气得够呛，托媒人给金送子寻婆家，往远处寻，十里八村是不能嫁了，让德生爹娘闹得嫁了也不得好。金送子说除了德生，谁都不嫁，寻死觅活，不吃饭，要把自己饿死。金老三说嫁谁都行，就是不能嫁德生！两个村子就隔一条河，低头不见抬头见，不够丢人现眼的！金送子的婆家没许定那会儿，德生爹娘和金老三各自严防死守着，恨不能把俩小男女团成烟袋包，别在裤腰带上。直到媒人和金老三商议好，把金送子嫁给五十里外的老浦，这才扛一袋早就熄了火的旱烟，在街上踱来踱去，逢人就问：“金送子许下婆家了，眨眼就来迎娶，陪嫁点儿啥好呢？”

其实，谁都晓得，金老三这是给闺女洗白呢：“如果德生爹娘嚷嚷的是真的,我闺女咋能这么快出阁?”有人把这话问到脸上,金老三就使足劲,往脚边啐一口,说要不是看在乡里乡亲的面上,他就去告官了!告德生爹娘坏他闺女名声。

可金送子不领情,在家高一声低一嘴的,和她奶争,说除了德生,天王老子也不嫁!金老三不和她置气,说老浦让媒人捎话了,收完秋就要人,她嫁也得嫁,不嫁也得嫁!那会儿,金老三还不知道老浦是个和自己同岁的老男人,媒人没说实话,说老浦刚过了三十岁生日。

秋天还没到,七月里一天,德生半夜从家跑出来,约金送子私奔,去青岛,说打听好了,码头和铁路上有的是活路,让她尽管放心跟他走。金送子就哭,莫说有活路,没活路也跟他走,死也要死在一起,海誓山盟地说好了。第二天却下起了雨,没完没了地下,像是老天不打算要这地界了,要拿水冲掉。也是因为下雨,晓得她出不了门,金老三和他没了牙的娘也没像之前那样看着她,吃完饭,拉了会儿家常就上炕睡了。金送子把箱底都穿到了身上,站在檐下,望着哗哗的雨水,急得直掉泪,最后,把心一横,一头扎进雨里就跑了。

金送子一路蹚水,越往河边走水越深越急,到约好的桥头,水都没到腰了。水是冷的,是软的,也是浩荡的,有着她无法抵挡的蛮力,推搡着她,犹如困兽,踟蹰彷徨,四周散发着泥土特有的腥味,伸手不见五指,只有轰隆隆的水声,从南往北,滚滚地下来。她有点儿怕,又不想往回走,怕德生来了,找不见她。她摸索着往前挪,找了棵树,抱住了,心才定下来,后来,水越来越深,动荡的水拍打着身子,像一双双有力的大手托着她往树上爬,一点点儿的,越爬越高,最后,骑在了树杈上。

她趴在三根树枝长成的丫把里,高一声低一声地喊“德生”。瓢泼的大雨砸下来,把她的喊声生生按进水里。她知道走不成了,就算德生不失约,也过不了河,喊没力气了,就呜呜地哭。她的心,是绝望的，觉得这是老天在罚她和德生，哭着哭着就困了，趴在树上睡着了。转天早晨，有人过河去赶集，发现桥被淹了，又发现桥边的树上挂着一个人。他以为是上游的人淹死了，顺水冲下来，挂在树上的，就大呼小叫地，去庄里招呼人。

金送子是被竹竿捅醒的。

那会儿，雨已停了，水也退了不少。树底下站满了人，他们指指戳戳，议论纷纷，金送子望着树下一张张熟悉的脸，绝望透了，懊恼透了，恨不能一死了之。

看到金送子还活着，大家吓了一跳，有人认出了她，说是金老三的闺女，喊她下来。她不，没听见一样，趴在树杈上继续睡，后来，有人把金老三喊来了。

金老三站在树下，点了袋烟，仰着头看了一会儿，跟大伙儿作揖道谢，说昨晚他娘肚子疼，让金送子去郎中家讨大烟壳子煮水喝，一去就是半夜，他连庄里的老鼠洞都快掏遍了，也没找到她，她奶都快哭没气了，没承想是让水给冲这儿来了。说完，和风细雨地让金送子下来，说她奶奶肚子已经不疼了。

金送子在树上哭。金老三说这是吓坏了。其实，明眼人都知道，七月的天，燠热难耐，就算下雨天冷，也不至于里三层外三层地穿，也晓得金老三这么说，是给闺女留足了日后做人的脸，遂也不说破，三三两两地散了。

人走净了，金老三才破口大骂，说金送子是成心的，不想让他要这张老脸了，吼她下来。金送子又往上爬了两层树杈，好像她一生下来就活在树上，对地上的生活，没丝毫的稀罕和念想，又好像金老三是个表面和善、心怀歹念的恶人，她须要离远点儿才好。再后来，河对岸慌慌张张跑过一群人，领头的，擎着一只鞋，沿着河沿往北跑，边跑边喊德生，招魂一样。德生娘脚小，跑在后面，披头散发，跌跌撞撞，哭诉德生良心坏了，家里独苗一根，他把自己弄没了，就是要了她和他爹的命。

金送子原当自己和德生没见上，是因为河水暴涨，还在心里怨过德生，以为他见着雨大，连门都没出。可现在，满施家屯的人都在沿着河找德生，就晓得不好，让金老三去问问，德生到底出啥事了。

金老三咬着牙根骂她，问她是不是和德生约好了私奔。金送子不说是，也不说不是，一想德生生死渺茫，泪就止不住。金老三就知道是了，说要是德生因为和她约好了私奔把命丢了，德生爹娘非把她撕了不可，让她赶紧下来，滚回家，不管谁问，都一口咬定是昨晚出来给她奶拿药才被水冲到树上的！

金送子不。

金送子觉得，如果德生死了，她也没必要活了，如果从树上跳下去能摔死，她会毫不犹豫，两眼一闭，跳下去死了算了。可她知道死不了，不是树不够高，是树下的泥土被雨水泡得稀烂绵软，踩上去像踩在浸了水的棉花上，死不了人。

她哭着说，德生死了，她也活不下去了，让金老三看在父女一场的分儿上，把她和德生葬一起。金老三气得眼冒金星，说："就德生是人？你一生下就克死了你娘，我都没怪你，我和你奶奶一把屎一把尿把你拉扯大，没功劳也有苦劳，德生算啥？你饭都没吃他一顿，为了他，你连亲爹和亲奶奶都不顾惜了？"

不管金老三咋说，金送子都没听见一样，脱下一件上衣，拿牙咬着，撕成一条一条地编成绳子，挂在树杈上，要上吊。金老三急得团团转，又不敢上树，怕金送子急了，把绳子往脖子上一套就跳下来，这样的话，脖子非断不可。

金老三在树下哄她，说："送子你下来，只要你下来，我就去求德生爹娘，一步三磕头都行，我求他们应了你和德生的婚事，造多少孽都算我的。"

可金送子不想活了，拽着编好的绳子，痴痴地坐在树杈上，盘算着如果找德生的队伍是抬着德生尸首回来的，她就把绳子往脖子上一套，跳下去。

她等啊等啊，一直等到傍晚，找德生的队伍回来了，却没见着德生，她从树杈上站起来，扯着嗓子大声问："德生呢？"德生娘听见了，踉踉跄跄过来，仰头看着她，问："你在这儿干啥？"金送子哭了一会儿，觉得必须说实话，要不然对不起德生，就说："德生和我约好一起去青岛。"

德生娘就一屁股坐在树下的淤泥里，拍着大腿哭，边号啕边说："怪不得，德生昨天夜里发了疯似的非要去西瓜地，拉都拉不住，原来是让狐狸精勾的。"

金送子也哭，跟给德生娘唱和声似的，说："他出门了啊？"

德生娘说："天杀的！这么大雨水，他一定是过河的时候让洪水卷走了，大家沿着河道找了三十里，就找到了他的褂子和一只鞋，人肯定被淹得死死的，不知给冲到哪里去了……"

德生娘一下一下地拍树干，好像金送子是死去的蝉，拍拍树干就能震下来。她说："你赔我德生！赔我德生！"她那么老了，早就哭得没了力气，抱着树干软绵绵地瘫坐下来，倚着树干有气无力地哭。

金送子在树上凄凄软软地哽咽，说："娘啊，我去陪德生了，麻烦你把我俩葬在一块儿。"说完，把绳子往脖子上一套，就往下跳。金老三急了，从旁边后生手里抄过一把镰刀就架在自己脖子上，说："送子你要敢跳下来，爹就敢抹脖子。"

金送子站在树杈上左右为难。德生娘骂她害死了德生，这是又要演景儿给她看。金送子说："我会死的，娘，你放心吧。"德生娘还骂，骂她骚，骂她不要脸不要皮，亲没定，人没娶，张嘴闭嘴就喊上娘了。

金老三扑通就给德生娘跪下了，抹着老泪说："德生娘，你就一个儿子，我就一个闺女，德生没了，我也难受，可你不能因为德生没了再把我闺女的命搭上……”

金老三一个大男人，哭得鼻涕老长，像根透明的面条，在风里荡悠着打秋千，令闻者落泪，看者心酸，就有人出来劝德生娘，说人没出家也要有好生之德，再说德生和金送子好，那是一个巴掌拍不响，不能全怪到金送子身上。虽说乡下人一年到头和不会说话的庄稼打交道，个个都是看热闹不嫌事大的好手，可真要出大娄子，总会有行侠仗义的站出来，说几句公道话，把事平了。德生娘仗着德生没了的苦主身份，恨不能嘴刃金老三父女，大家也看不下去，觉得德生娘行事缺仗义，属鳖子的，太一面了。

看热闹的人越围越多，七嘴八舌的，说得德生娘脸上挂不住，只好做悲伤得不能自已状，任人搀扶起来，抱到板车上，任人拉着，一路号啕地去了。

金送子还是不下来，拽着搭在树杈上的绳子，一心求死。金老三也不示弱，镰刀刃冲脖颈子搁着，说只要金送子敢把自己吊死，他就拿镰刀抹了脖子。金送子纵然有一万颗寻死的心，但也不想把亲爹也捎上。如果爹死了，六十多岁的奶奶咋办？不也得死？

死不得、不想活的金送子就坐在树上呜呜地哭，哭了两天两夜，连饿带渴就昏过去了，一头栽下来。为防着她栽下来，金老三早已让人把树下的土翻得松松软软的，像晒了一天的棉花垛。

金老三像在树下等撞死的肥兔子的蠢货老农，背起软塌塌浑身无力却还活着的闺女，穿街越巷地往家走时，满脸都是做给街坊邻居们看的哀其不幸、怒其不争，但心里，却是乐开了花的。

终于，金送子全须全尾地活着回家了，奶奶热汤热水地喂活过来，寸步不离地守着。

又过了些日子，施家屯传来消息，德生找到了，是尸首，都快漂到胶州了，天热，烂得不像样子，臭烘烘的，抬回来都没敢让他娘见就入殓了，去过的人说，隔着灵柩好远呢，就能闻见从棺材缝钻出来的臭气。

金送子哭得死去活来，要去给德生发丧，金老三拦不住，就喊本家侄子，帮他把金送子捆在炕上。等过几天放开后，金送子还是跑德生坟上哭了一场，肝肠寸断的。金老三觉得，作孽的不只是金送子和德生，还有他和德生爹娘，如果不是他们拦得紧，这两人用不着私奔，不私奔，德生就不会躺在暗无天日的坟茔里，金送子也用不着嫁到五十里外的起风镇，他叹气，觉得人啊，一天到晚瞎筹谋，谁也筹谋不过老天爷。

老浦来迎亲的轿子还没到，媒人替老浦瞒岁数的谎却让人戳破了。

金老三万万没想到，要娶走金送子的竟是个和自己一样大的中年男人，气得拖把镢头满院子转，媒人却扛着锅来了，进门往地上一摔，让金老三砸。

金老三反倒下不去手了，在高密乡下，谁家做饭锅让人砸了，那就是奇耻大辱，媒人自己把锅揭下来扛到门上，就相当于负荆请罪，金老三要真砸的话，反倒不大气了，遂也只能把一口恶气咽到肚子里，秋风一起，就任老浦一顶花轿把金送子抬了去。

第二章

按说，像老浦这年纪，娶亲一般都是续弦了，但老浦是头一次娶亲。起风镇上的人都晓得，老浦熬到四十岁才娶亲，不是长相拿不上台面，而是一门心思想买房置地。二十岁上下，按说正当娶亲年纪，可老浦不想娶媳妇，想的是把搭在东家东墙外的窝棚翻盖成房子，用起风镇人的话说，老浦孤身一人，能在二十六岁的时候起了三间草屋，靠的是对自己苛刻到口里不吃腚里不拉的程度省出来的。新房落成那天，就有媒人找上门，说男人起了新屋，就相当于砌好了猪圈，是时候抓头猪回来养着了。

说得老浦的心，就跟荡秋千似的，一晃一晃地摇，最后，还是拒了媒人的好意，说："起了新房，地还没一垄呢，抓头猪回来拿什么养？"

媒人掐掐他肩上的腱子肉说："一膀子力气，养个婆娘就是喂头猪，不在话下。"

老浦摇了摇头，想起了他娘，依稀里，挺俊的女人，因为一到开春就吃了上顿没下顿，望着空荡荡的面缸骂他爹。骂急了，他爹就打，其实也不是真打，就是吓唬吓唬，让她别破马张飞地骂，街坊邻居听了笑话。他娘就借着这由头，跑了。几个舅舅天天打上门，跟老浦他爹要人。老浦他爹给不出，几个舅舅就把家里能搬的搬了，搬不走的砸了，弄得老浦他爹在街坊四邻跟前抬不起头，就带着老浦走了，四处打零工，走到起风镇边上，老浦爹病了，正好河边有间看庄稼的小泥屋，春天庄稼刚出苗，没人偷，泥屋空着，爷儿俩就住进去了。白天，老浦到起风镇干零活，挣钱买点儿吃的带回来，他爹吃下去，不一会儿吐出来，于是就不吃了，随老浦怎么哀求，就是不吃，说吃了吐吐了吃，糟蹋粮食，会遭天谴的。

老浦爹抱了必死的心，汤水不进地挨了三天，临死前，跟老浦说，别恨他娘，女人嘛，嫁汉嫁汉穿衣吃饭，自己连碗饱饭都管不起，她走也是应该的。

也是打那时候起，老浦种下了心病，老婆嘛，就是“有钱贤没钱嫌”。爹的老路，他眼睁睁地看着，不想再走一遍，就跟媒人说再等两年。媒人悻悻地说再等就得娶过门的了。过门是高密对嫁过一次人的女人的统称，不是因为啥被休回娘家的，就是死了男人的，媒人说，虽说过门娶回来一样，可说出去不好听，男人没面子。老浦不高兴，觉得媒人咒他，但没发作，毕竟，日后还有用人家的时候。

又攒了十年，老浦买了两亩地，产下的粮食，勉强能糊住一张嘴。媒人又来了，这次老浦点头了，但也给媒人出了难题，说不要过门，尤其不要带孩子的，一个孩子一张嘴，他都四十岁了，娶老婆就为熬个一男半女，没多余的力气替别人拉扯孩子。

媒人跟老浦说，到了他这年纪，按说都该当爷爷姥爷了，想要黄花大闺女，不是没可能，那得看家底。说完，眼巴巴看着老浦，意思是，你有吗？老浦家底薄得像层窗纸，却还有这想法，就是难为媒人。老浦明白媒人的意思，就咬了咬牙，把谢媒礼许得高了些。媒人端起茶杯喝水，不接他茬。老浦又一咬牙，再往高里许了一层。媒人从茶杯沿上面看着他，直直地说就老浦的自身条件和对女方的要求，她花费说成十对年轻人的力气，都未必给老浦说合得上。老浦当媒人打算跟他要十倍的谢媒礼，毛了，说不娶了，光棍都打半辈子了，使使劲再打二十年，这辈子就过去了，还娶哪门子老婆！媒人指指他攒了十年才攒起来的三间草屋，说还有离起风镇三里远的二亩地，问将来他是打算捐给庙里呢，还是随便便宜了谁。这一下子捅在了老浦的软肋上，省吃俭用了半辈子，到末了便宜别人?！不！他咬牙答应媒人，出五倍的谢媒礼，给讨一房相貌说得过去，四肢健全、精神正常的黄花闺女。

媒人东跑西颠，在人堆里扒拉了三个月，把五十里外的金送子扒拉出来了。

现在，金送子穿着一身水红色的棉裤棉袄，盖着红盖头，坐在炕头上，像一朵开在五月阳光下的红玉兰，美得老浦想一想，胸膛那儿都颤抖。

老浦是外地逃荒来的，除了东家和几个相熟的伙计，没什么亲戚，喜宴吃到半下午，就散了。老浦没事干，就站在炕前看他的新娘子，相亲时瞄过一眼，到底是乡下闺女，脸不白，颜色像好年景里打下来的麦粒，五官俊俏，胸大腰细屁股圆，就中意得很，回来的路上问媒人，这么俊俏的闺女，咋就不嫌弃他这半老头子。媒人说了一半实话，说她和邻村的后生约了要私奔，被家里拦下来了，十里八村坏了名声。老浦有点儿恼，可想想金送子绒毛闪闪的脸蛋，鼓了一肚子的气，就塌了下去。

老浦坐在炕前的杌子上，抽了两袋烟，打定主意，金送子曾约了后生私奔这回事，就当不知道，要不然，短自己的气。都晓得她过去没那么清白了，还娶，分明就是弯刀对着瓢切菜，谁也不嫌弃谁，明显是作践自己个儿，何况两口子过日子，哪有勺子不碰锅沿的时候?一戗戗，人就急了，人一急，容易口不择言，互揭老底、戳痛处，自家过了嘴瘾，街坊邻居的耳朵也跟着过了瘾，日后，少不了街头巷尾让人拿着当话说。他爹活着的时候就说过，有多少苦，悄悄儿自己咽下去就行了，别到人前倾吐，除了给自己招些笑话，啥用没有。

抽了三袋烟，老浦想好了，要像对冰清玉洁的黄花大闺女一样对金送子，媒人也跟他赌过咒，金送子要不是黄花大闺女，她一分钱的谢礼不要！何况老话也说了，男女那点儿事，要论事不论心，论心世上没好人，他还瞎计较个啥？

老浦在炕沿上磕了磕烟袋，拿眼瞟金送子。

金送子像披红戴绿的泥塑一样，一动不动。

老浦挺高兴的，觉得新娘子嘛，就该矜持着点儿，就顿顿嗓子，问金送子渴不渴。他不知道金送子已经想好了，既然不能在新婚之夜捅死无辜的老浦，那么，她也必须给死去的德生一个交代，不和老浦说话。对，不说话，一个字也不说。

老浦看了看窗，天已黑了下来，他一外来户，在起风镇没有本家，自然不会有人来闹洞房，就去把大门关了。往屋里溜达的时候，莫名地，脚下就有点儿发飘，想笑，想像只骄傲而快活的大鹅一样，仰着头，冲着高远的秋夜天空，大笑一场。

他站定了，仰起头，咧着嘴，无声地大笑了一会儿，才回了屋，挑下金送子头上的盖头，说铺被吧。

金送子还是低垂着头，一动不动。

老浦当她不好意思，嘟嘟哝哝去扯开被子，铺好，坐炕沿上脱了鞋，又脱衣服，见金送子不动，伸手去扯，又觉得不好，就吹了灯，才伸手摸过去，说睡了。

金送子还是不动，老浦有点儿恼，硬生生拽过来，摸索着笨手笨脚地解她衣服，解着解着，手上就落了一滴水，而此刻，情欲滚烫了他全身上下的每一个毛孔，对冰凉的液体就分外敏感，他一愣，停了手，说："你不愿意？"

金送子晓得，她的人生，从被塞进老浦的花轿那一刻起，就踏上了一条不归路。

老浦停了一会儿，说："你嫌我老？"金送子就哭，嘤嘤地。哭得老浦心头火起，新婚之夜，肯定有好事的在屋后偷听他这老光棍怎么下口啃金送子这只嫩毛桃，就压低了声说："别让人听了去笑话！"

说完，把金送子压到身下，继续褪她的衣服，褪肚兜时，碰到了金送子柔软高耸的胸，就觉得周身轰隆隆的，像有一万匹火热的小马驹，在身体里奔跑。他怔住了，两手罩在金送子胸上，抓了两把，软软的，比过年时候刚出锅的大馒头还暄腾。他试着啃了一口，把金送子咬疼了。金送子哭，他觉得丧气，往她肩上扇了两下。

金送子哭得更凶，心想，还不如死了算了。

一连几天，老浦天天晚上黑灯就扒她衣服，先在她胸上啃一会儿，然后发疯的牛一样往她身体里撞。撞得她生疼，就也咬他，把老浦的脖子和肩咬得青一块紫一块的，可兴头上的老浦不觉得疼。等从她身上翻下来，摸摸她咬过的地方，回头，冷不丁地说："你属狗啊！"

金送子闭着眼，不说话。老浦当她害羞，可后来她一直不说话，老浦觉得不对，去找媒人了，当初说好的，给他找个四肢好用，脑子够用的，但也不能给他找个哑巴啊。媒人把胸脯拍得梆梆的，说如果金送子是哑巴，她就把脑袋割下来给老浦当夜壶！见老浦还将信将疑，媒人说十聋九哑，但凡哑巴，肯定聋，让老浦留意着点儿，说话看金送子能不能听见，要是能，就不是哑巴，是新过门不好意思的。回家，老浦就故意找和金送子说话的由头，发现她能听见，可就是不接他的茬。

老浦心头火起，自觉遭到了挑衅，把她按在蒲团上打了一顿，一边打一边说："你给我装啥哑巴？啊？你说话啊！"

金送子闭着眼，毛茸茸的脸蹭在灶房的泥土地上，一副随便你打，打死更好的样子。老浦就不打了，打坏了干不了活儿，耽误挣钱过日子。

虽然老浦娶老婆是为熬一男半女，可儿女这事，也要看天意缘分，没熬下的时候，女人不能闲着，熬下了，养活大也是顺带脚的事，让老婆啥也不干只管带孩子，老婆就非要懒了不可，懒老婆，十个有九个馋，男人再能干，也架不住馋老婆的嘴是个无底洞。所以，娶金送子前，老浦就买了架纺车，让金送子纺棉花、织布匹，卖了，也能讨换几个钱。

这是老浦的想法。

金送子娘家在五十里外，老浦很满意，路远，轻易回不了娘家，也就偷不回东西去。

金送子不说话，老浦就不让她上街，哪怕在大门口探一下头，让他看见了，也要打一顿，说她发骚，上街勾野汉子。其实，老浦是怕街坊邻居发现金送子不说话，笑话他娶了个哑巴老婆。娶亲前，起风镇上的闲汉们见着老浦，一波又一浪地起哄，说没想到老浦攒了四十年，愣是啃上了嫩草！老浦嘴上恼着，心里却美滋滋的，觉得自己，到底和他们是不一样的。

可偏偏地，金送子进门就做了哑巴，这就好像花恁大价钱买了个宝抱回来，打开炫给人看时，却变成了草！

老浦咽不下这口气。

冬天地里没活，老浦去葛家酱铺帮着搬搬抬抬、往城里送货，多少也能挣点儿嚼谷。金送子除了不说话，倒也不让他操心。他一走，她就在家纺棉花，傍晚回来，能纺出好几梭棉线。线纺差不多了，就织成布，进城送酱菜的时候，捎进城去，能卖不少钱呢，能挣回钱，老浦就高兴，觉得日子这么过下去，也行。女人说话，也不见得是啥好事，许仙家的白娘子，不就现成的例子吗，话多得像拉稀，许仙让她絮叨得心烦，都不愿在家待，寒冬腊月都叼根烟袋杆在南墙根下蹲着，说回家老婆就往耳朵眼里塞驴毛，受不了。

逢有人问："老浦，怎么见不着你老婆？"

老浦就说在家抱窝呢。

年根下，金送子就怀孕了，做顿饭，跑茅房吐好几回。老浦心疼得不行，都是粮食呢，就这么活活给吐到了茅坑里。

第三章

转年秋天,金送子生了个闺女。老浦气得骂了好几天娘,连喜都没去金送子的娘家报。后来,金老三赶集听人说了,骑驴从早晨走到天黑,送来一筐鸡蛋和半袋小米,那时金送子都出满月了。

老丈人来了,老浦很高兴,寸步不离地陪着,倒不是多么恭敬老丈人,是想看金送子在她爹跟前说不说话。

跟了一天,金送子还是一句话没说,金老三心里不是滋味,望着她,泪眼婆娑地说:"送子你是不是怨爹?"老浦就不高兴,和金老三吵了一架。金送子怨她爹是啥意思?不就是嫌她爹给找的这女婿不好吗?

老浦可不这么觉得!

他孤身一人,流浪到起风镇,靠自己一双手起了屋、买了地,还要怎么着?

金老三怕闺女委屈,忙说不是这意思。

老浦也倔,非让他说道说道,不是这意思,是哪个意思?!

老浦把对金送子的一肚子怨气泼到了金老三头上,金老三说不过他,骑上驴走了。

金送子把脸埋在闺女身上，好半天才抬起头，全是泪，没表情，像个心思沉静的妇人剥着剥着圆葱被弄得泪流满面。

老浦突然觉得没意思。

就在老浦觉得啥都没意思的这年冬天，他的老东家葛大掌柜，也就是葛晋颂的老父亲，痨病发作，咳死在炕上。老浦哭得比死了亲爹还难受，鼻涕吹泡，眼红得像年夜里的灯笼，跑里跑外地忙活。

少掌柜葛晋颂被父亲的突然死亡给弄蒙了，站在炕下，盯着父亲灰白色的脸，好像他随时能从黄泉路返回来。以往都这样，北风起，父亲就咳成一团，闭过气去多少次了，每次婶婶何桂枝都张罗着许仙的老婆白娘子找送老衣服，每次都是穿着穿着，父亲的喉咙就咕噜咕噜响了，黑痰顺着嘴角流出来，人就缓过来了。

这么反复的次数多了，送老衣服仿佛成了灵丹妙药，只要把送老衣服往父亲跟前一抖搂，他渐行渐远的魂魄就回来了。但郎中余天恩说，送老衣服没那么大仙力，葛大掌柜一穿送老衣服就活过来，是因为他没死，只是气管被痰堵住了，穿送老衣服的过程中，难免要折腾他胳膊折腾他腰，把痰折腾出来，人也就缓过来了。

何桂枝不信，葛大掌柜缓过来以后，她都会亲手把沾染着痰渍的送老衣服洗干净，当院晒上，烧三炷高香，说是谢寿神。

老浦听说过喜神、门神、寿星，没听说过寿神，就去烩锅铺子问二掌柜葛佑安。葛佑安是何桂枝的男人，也是葛晋颂的叔叔，老浦和伙计们背后叫他甩手掌柜。因为葛佑安除了会耍嘴撂词，干啥啥不中，下地锄草耪掉了苗，在铺子里照管柜台丢了货，送货打惊了马，把大掌柜折腾得心头火起，给他放了长假，除了回家吃饭睡觉，他爱干啥干啥。其实，葛佑安也没啥爱好，就爱十里八村地赶个集，听点儿新鲜，不赶集的时候，就蹲烩锅铺子和茶馆，跟人讲古。他上知天文下知地理，可就是不知道亲老婆何桂枝嘴里的寿神是何方神圣，却又不愿在下人面前显得自己无能，就搪塞老浦，天界专门司管寿命的神，就叫寿神，才把老浦的心事了了。

这一次葛大掌柜犯病闭过气去，何桂枝和往常一样，搬出送老衣服当法宝，让白娘子帮穿，最后一个扣子都扣上了，葛大掌柜的喉咙里还是没动静，何桂枝又去神龛前烧了三炷香，香燃尽时，葛大掌柜的身体也冷透了。

许仙这个在葛家做了一辈子工的罗锅老头儿抹了把泪，跟葛晋颂说："少掌柜，准备后事吧。"

葛晋颂就晓得，不会有奇迹发生了，悲痛像巨石压顶，把铺子上板，挂丧旗，把家里所有人召集到院子里，他井井有条地分配下去，大家各领了属于自己的那一摊，就开始忙。老浦的活儿是给亲朋故交们报丧。

报丧要哭，不管报到谁家，到门口就哭，等主人家闻声出来，再把丧讯告诉主人家，讨口水漱口，喷在地上，以示帮主人家辟去了晦气，转身往下家跑。

老浦毕竟也四十多岁了，又是冬天，棉衣厚重，跑动起来，如同驮一口袋面，跑了三家，气就喘不匀了，葛晋颂去祖坟报庙号回来，见老浦跑得头顶冒白烟，人喘得像三伏天的老狗，就问还有几家。老浦说还有四家。葛晋颂怕他吃不消，让他赶着马车把剩下的几家报完，老浦说自古以来，哪儿有赶着马车报丧的。

葛晋颂也不言语，把马鞭往他手里一塞，转身忙去了。

老浦晓得这是少东家惜老，也想起了葛大掌柜对自己和爹的照抚，当年，他和爹刚到起风镇那会儿，住的泥屋是唐立成家的，他一十五六岁的少年，守着这世上唯一至亲的尸身，六神无主，像好生生娇惯在主家的小狗，冷不丁被扔在了前不着村后不着店的旷野，除了哭，不知如何是好，也是他的哭声，让人听了去，告诉了唐立成，唐立成的管家来了，鼻子不是鼻子脸不是脸，让他背上他爹的尸首滚远远的，别把晦气留在唐家的地界上。

那是春末，老浦的父亲死了一天一夜后，肚子都鼓起来了，瞧热闹的人说，怕是一背，死人的肚子就炸了，非糊人一身不可。纵使亲爹的尸首，一肚子五脏六腑炸在自己背上，也是桩不敢想象的事。老浦不敢背，唐立成的管家凶巴巴地催，老浦哭得就更是嘹亮了。

老浦的哭声惊动了从城里回来的葛大掌柜，赶着马车过来看了看，让老浦搬头，他抬脚，把老浦的父亲搬到车上，拉到起风镇后一个叫后岭的地方。

后岭是道红土岭，红土里掺杂着石头，黄杏大小，不仅不长庄稼，连荒草都稀稀拉拉的，像男人即将秃干净的脑袋，贫成这样，种庄稼是白费种子，就长年累月地荒着。逢有外乡人死在起风镇，尸首没人领，乡公所就找几个闲汉抬到后岭埋了；或是谁家夭折了孩子，不能进祖坟，也往这儿埋，久而久之，后岭就成了约定俗成的乱坟岗子。葛大掌柜把老浦父亲的尸首拉到后岭，让老浦等着，他回家找伙计带着家伙来帮忙。老浦等了半个时辰，才看见那个姓许，外号许仙的伙计，他扛着一卷苇席，拖着铁锨镐头，一路烟尘地过来，把家什往地上一扔，骂骂咧咧地说："你死了亲爹，我跟着倒霉！"边说边指挥老浦把他父亲的尸首用苇席卷起来，拿草绳扎了三道，骂老浦命好，天不碰，地不碰，偏偏碰到了葛大掌柜这个爱管闲事的。许仙边骂边帮老浦挖坑，老浦两三天没正经吃东西了，没劲，挖不动。许仙又骂，骂老浦跟起风镇街上那帮噘着牙花子吹牛的闲汉一样，生怕出点儿力会死！留一身力气干什么？等死了埋到地下喂蛆？老浦抱着铁锨蹲在地上哭，说好几天没吃饭了，实在没力气。许仙骂骂咧咧地挖好坑，把老浦的父亲深深地埋了。也是因为这，日后，在葛家做工，不管下地还是在铺子里帮忙，不管许仙怎么骂，老浦都没回过嘴，其一，是知道他是什么人，就嘴损，心肠不坏；其二，许仙是真心实意帮他葬过爹的人。

在这世上，老浦就领两个人的情：葛大掌柜、许仙。领情领到只要他在，葛大掌柜家地头上的草，别人都不能薅；当着他面，谁都不许喊“许仙”。因为许仙是“诨名”，原因是他姓许，娶的老婆有白化病，从头发到脚指甲，白得像漂洗过度的白布。

老浦赶着马车飞奔在报丧的路上，走到周阳时，路边突然跳出一个人，又是打拱又是作揖，问老浦往哪儿去。老浦说律家村，这人说他上高密城，央求老浦捎他一程。马车空载，老浦觉得顺道做好事也是给老掌柜积德，捎一程就捎一程，就让他上来了。这人身手矫捷地跳到车上，坐定了，说了一会儿老浦善良心眼好之类的奉承话，从怀里掏出装着水的皮囊，说是临出门前，老婆给灌的糖水，让老浦甜甜嘴。老浦满心满肺都是葛大掌柜死了的悲痛，仙丹都没心思吃，何况是糖水？就拒了。那人却是不依，絮叨起来没完，老浦没心思客套，为了堵他的嘴，就接过来灌了两口，还给了他，说到律家村就不能捎他了。那人说知道，他再搭别人的车。两人正说着，老浦就觉得肚子一阵翻江倒海的痛，翻滚着咆哮着就往下三路去了，有心忍忍，可肠子里的稀汤寡水涌到了屁眼儿，再不找个地方蹲下来，怕是就要拉裤子里了。老浦懊恼得不行，以为是中午吃坏了肚子，忙“吁”的一声喊停了马车，提着马鞭就往路边沟里跑，边跑边说：“兄弟，你帮我照望照望牲口，我马上就好。”

那人从车上跳下来，牵着马抿嘴笑，一副站定了等老浦的样子，让他放心。

老浦蹿到沟底，脱裤子刚蹲好，就见那人跳上马车，往马屁股上拍了一巴掌，马就颠颠跑了。老浦急了，顾不上才拉了半截，站起来就追，说：“哎，大兄弟，你干啥呢？”

就见那人解下扎在腰上的绳子，竟是一根手鞭，回头望着老浦，甩开鞭子，响亮地抽在马屁股上，马受惊跳起来，叫了一声，拉着空载的车，撒欢跑了。

等老浦提着裤子从沟底爬上来，大路上只剩了一溜儿黄烟在寂窠地翻滚。

一挂才赶了不到两年的胶皮轱辘马车，一匹正当年的枣红马呀！

连唐立成这种起风镇大户，娶了三房姨太太，也只舍得买一挂胶皮轱辘大车！像老浦和许仙这样的伙计，想置办齐这么一挂马车，得不吃不喝忙活二十年！

老浦脑子一片空白，两腿打战，愣愣地站了一会儿，才想起来应该去追。一迈腿，被棉裤绊倒了，从沟底往上爬的时候，没顾上系腰带，棉裤掉到了膝盖上。

老浦光着屁股，趴在灰突突的大路上，号啕大哭，说："老天爷呀，你这是要我的命！"哭得涕泪横流，可东家吩咐的差事还没完成，连滚带爬去报丧的路上，摔了几跤，磕断了两颗门牙。

接到丧报的人家，虽然让老浦血淋淋的下巴吓了一跳，可都晓得他对葛大掌柜的感情，当他报丧路上来得急，磕掉了门牙，也没人拿着当事。报完最后一家，老浦游魂野鬼似的，吊着俩膀子往回晃，晃回起风镇，就跪在了葛家大门口。

许仙正张罗着搬出殡用的纸马，见他这样，气不打一处来，上前踢了他一脚，让他回家洗把脸，换身干净衣服赶紧过来帮他干活，现在不是跪在这儿表忠孝的时候。老浦说："还洗啥脸？我的脸早就没了。"许仙丈二和尚摸不着头脑，骂他出洋相，葛家出来进去全是吊丧的，他灰头血脸地跪这儿，像啥话？老浦呜呜大哭，说马车让人骗去了。许仙说："啥？"老浦把马车让人骗去的过程说了一遍。

何桂枝出来送客，见老浦这样，也问。老浦说不出话。许仙就替他说了。何桂枝戳着老浦的脑门子数落："老浦！你都四十几岁的人了，咋就不长脑子？马车能随便让人搭吗？不认识的人递东西能随便入口吗？"

老浦懊恼，杀了自己的心都有了，呜呜哽咽着说他赔，不吃不喝卖儿卖女卖老婆也得赔。

一想到最值钱的家当让人骗了去，何桂枝气不打一处来，说：“赔？就你？四十多岁了！还能干几年？还卖儿卖女卖老婆，亏你也好意思说！想卖儿，你也得生得出来！你说！就你那个哑巴老婆加个丫头片子闺女，卖给谁去？就算你能狠得下心卖，我们老葛家还得要脸呢！干不出来这种让人戳脊梁骨的事！”

说完，何桂枝就卷着恼怒的风走了。许仙虽然也气老浦愚蠢，可也知道他心里不好受，就让他别杵着了，赶紧回家洗把脸，换身干净衣服回来帮他守夜。

第四章

老浦回家的时候，金送子正在灶台前烤尿片。

老浦带着一身臭气进来，把金送子熏得头嗡一声就大了，往后闪了闪，捂着鼻子皱眉看着他。

老浦心里本就窝着火，金送子又一副避之不及的样子，就更恼了，上去就是一脚，说："看什么看？"

金送子被他一脚踹在灶门前，蹭了一脸灰，爬起来继续烤尿片，波澜不惊的，好像老浦是头莽撞的猪，一头把她拱倒了，而她犯不着和一头猪生气。老浦就更气，瞪了她一会儿，金送子对他看都不看，擎着尿片烤得专心致志，好像眼前或这世上，根本就没老浦这么一人。

老浦瞪了半天，还是自己败下阵来，进屋坐在炕沿上，看在炕上的闺女，胖嘟嘟的，挺喜兴，正自己蹬腿玩，他也觉得可爱，去摸她的脸。但他的手干裂得像树皮，蹭疼了闺女，也或许是闺女怕他，他手一挨到闺女脸上，闺女就哭了，哭声嘹亮，跟被鬼掐了似的。

金送子闻声跑进来，一把抱起闺女，瞪了他一眼，好像他不是孩子的爹，是要取孩子性命的妖魔鬼怪。

老浦就更气了，跳起来，捣了她两拳头。

嫁给老浦一年多，金送子习惯了他不高兴抬手就打，躲闪也越发敏捷，老浦的拳头，大半伤不着她皮肉，可今天，因为抱着孩子，躲闪没那么灵活，拳落在了肩上，手一滑，孩子掉在地上，哭得就更凄惨了。

老浦憋着一肚子恶气，也不管孩子，过来就薅金送子的头发，想打个狠的，金送子忍痛躲闪，抱起孩子跑进西屋，从里面闩了门。老浦踢了两脚，喊她出来洗棉裤，金送子不理。

老浦怕踢坏门，毕竟修也是要花钱的，就不踢了。西屋闲着，平时不烧火，一到冬天就寒气逼人。金送子怕冻坏孩子，听外面没动静了，就出来了。

见老浦的棉裤堆在一边，沾着他的秽物，就觉喉头一痒，差点儿吐了，拎到天井里去洗，拧干了，刚要往晒衣绳上晾，老浦在堂屋里吼道："猴年马月才能干？给我拿回来烤！"

棉裤刚烤干一层皮，许仙就在大门口骂咧咧地喊老浦，让他赶紧去帮忙。

老浦劈手夺过烤到半干的棉裤，套上就跑，连着两天两夜没着家。

第三天下午，金送子听见隔壁家响器吹打，晓得葛大掌柜要出殡了。

在起风镇，出殡跟娶新媳妇一样，是可以看热闹的，尤其是大户人家出殡，讲究多，排场大，一到出殡日子，门口和出殡路上，人跟看戏似的，你推我搡的，多得很。

但金送子没去看，其一是怕老浦看见了打她，其二是闺女掉在地上后受了惊，又在西屋冻了半天，当天夜里就发起了烧，闺女小脸烧得通红，嗓子都哭哑了，老浦又不在家，虽然嫁过来一年了，可因为老浦不让出门，她对家门外的世界一无所知，万般无奈就想回娘家，找棉被把闺女包起来，正要往外走，老浦回来了，见她一副出门打扮，问她想上哪儿。金送子还是不说话，扁着身子从他身边往外挤。

老浦在葛家守了两天两夜，眼没合一下，疲惫得很，再就是他最敬重的葛大掌柜走了，马和车又从他手里被人骗了去，重重的懊恼犹如大山，黑压压地压在心头，让他看不见一丝光亮，见金送子还是和他犟着不搭腔，就也不啰唆了，反手把她揪回屋里，骂："没个省心的东西！"然后，坐在门槛上，一副"金送子你别想出门"的架势，呼哧呼哧地大喘气。

金送子就疯了，低着头往他胸口撞，老浦一闪，金送子就撞在了门框上，随着"嘭"的一声，金送子脑门炸开一阵电闪雷鸣的剧痛，就昏了过去。

金送子醒过来，已是下半夜了。

四周黑魆魆的，她摸了摸四周，发现自己躺在堂屋门口，就摸索着，找了火石，点上油灯，在如豆的光晕里，看见襁褓还在灶门口，堂屋门开着，有一挂黑乎乎的东西，挡住了屋外依稀的星光。她去揉眼，想看清这是什么，却揉了一手黏糊糊的，浓烈的血的味道呛得她一个激灵，摸摸自己的脸，才知道一边脸上全是黏糊糊的血，额角上开了个大口子，火辣辣地痛，往骨头里杀。

她使劲想了一下，想起自己拼尽力气往老浦胸口撞，老浦闪开了，她撞在门框上，昏了。

她很难过，怎么就没撞死呢？活着的日子，多难熬啊，挣扎着坐起来，去看襁褓，大概是因为在灶门口，襁褓竟还热乎乎的，闺女闭着眼，小嘴巴微微张着，小脸通红，呼吸急促，还好，孩子还活着。金送子抱着哭了一阵，觉得自己命不好，闺女命更苦，给猪给狗做崽也比给眼里只有钱的老浦做闺女好。金送子的泪又滚下来，于是解开怀，想给闺女喂奶。

闺女竟没力气吃奶，她忙把闺女放炕上，想生火烧点儿红糖水喂闺女，去院子拿草时，才发现门框上挂着的那挂黑乎乎的东西是老浦。

老浦像年关时被屠宰了的猪，挂在门框上，在彻骨的寒风中，轻轻晃动。

金送子端着油灯凑上前，发现老浦死了，他大大地张着嘴巴，舌头耷拉在外面，因为上吊而失禁的屎尿，再一次弄污了她两天前才洗干净的棉裤。

金送子端着灯，转圈细细地看，这个让她做了母亲的男人。她笑了，笑着笑着蹲下去，泪涌了出来。她蹲在那儿，哽哽咽咽地哭，哭自己，哭德生，哭连个名字都没有，也不知道能不能救活的闺女，也哭老浦，觉得他也是个苦人，牲口一样活了一辈子，也没落个好死。她想把老浦放下来，试了几次，弄不动，就罢了，还是先救有气的要紧。她把老浦的身子往旁边推了推，去院子里拿了把柴火，烧了碗浓浓的红糖水给闺女喂下去。

闺女哭了。

金送子抱着能哭出声的闺女就上街了。

这是金送子第一次站在起风镇大街上，街道铺着参差稀落的板石，横穿整个起风镇的龙须河结了冰，冰冷又夹杂着复杂泥腥味的空气，像愣头青一样，劈头盖脸地往她鼻腔里扑。

沿河街道，除了老浦家是三间民居小院，其他，是一溜儿的铺面，逢农历四、九是起风镇集，街面熙熙攘攘，路边摆满了摊子。金送子想找郎中，却不知该去哪里找，街上黑魆魆的，寂静无声，偶尔，不知谁家狗醒了，百无聊赖地吠一声，又跌回梦乡。

金送子心急如焚，东张西望，不知该何去何从，最后，决定去拍葛家的大门。在起风镇，除了老浦，她就认识一个人：许仙。

因为他来家找过老浦，老浦这辈子最正经的营生，不外是卖力气挣钱、攒钱、买房置地，当一个兜里有钱、刮风不怕喘的体面人。所以，在他眼里，女人和酒，都是专门祸害男人的，女人让男人恋被窝、腿软，不愿出门挣钱，出门也使不出力气挣钱；酒让男人头昏眼花、上瘾，还要搭上菜肴钱，都是害人又败家的玩意儿！但每年葛家发酒，他也领，拎回家，小心翼翼地挂上房梁，好像瓶子里装着魔鬼，不小心着点儿，魔鬼就会外溢，毁了他这辈子做人的修行，挂到年初三，拎着去给许仙拜年。

真许仙拿雄黄酒害了白娘子，但在葛家当伙计的这个假许仙，爱酒爱到贪，误事无数，白娘子数落他，掌柜的也发过火，许仙也发过不喝了的誓，都没用，还是见酒如亲人。老浦把葛家发的酒拎给他，许仙很领他情，尽管老浦说他不喜欢喝酒，闻味就够。许仙才不信呢，酒这么好的东西，哪有不爱的道理？还不是老浦念着当年许仙帮他埋爹的情？

所以，尽管许仙也晓得老浦有各种上不了台面的毛病，但就冲他每年送两瓶酒，觉得这人念情，值得交。

虽然许仙去找老浦时，金送子都没搭过话，但至少认识，看在他和老浦的交情上，不会不管她。她听老浦和许仙唠家常时说过，许仙他爹是光棍，光棍男人自己生不出孩子，所以，许仙断定自己是捡的。十六七岁时爹死了，就来葛家扛活，住酱铺后面的小隔间，刚娶老婆那会儿，也想过搬出去起屋单过，可一年年过去，白娘子没生养，搬出去的心思也就断了，说住酱铺子后面也挺好，闻着酱香，睡觉踏实。老浦说，那是对以后断了念想，对活着这事，打算做一天和尚撞一天钟了。金送子坐月子那会儿，白娘子送来十个鸡蛋，见老浦不待见闺女，跟老浦说，如果他不想养的话，就给她，孩子保准吃不着亏。老浦觉得一丫头片子，不能传宗接代，纯是给人家养的，货真价实的赔钱货，就动了心思，抱起来要给她，好像给出的不是亲生闺女，是小猫小狗。金送子扑上去抢，把他手腕子都咬紫了，才把孩子抢回来。

金送子拍了一阵门，就听许仙带着恼意问是谁。

金送子说："许仙大哥，我老浦……老浦家的。"

许仙难以置信，想老浦家的不是不说话吗？举着灯笼在她眼前照了照，依稀里，果然是老浦老婆，这才又卸了两块门板，让她进来，招呼白娘子赶紧起来烧水，让金送子洗把脸。

金送子说不用了，她就想问问郎中家在什么地方，说着，掀开襁褓的一角，给许仙看，说再不看郎中孩子怕是没救了。许仙瞄了一眼，把披在身上的棉袄穿上，带着她匆匆往外走，边走边招呼白娘子在家烧好热水等着。

许仙领着金送子去了余天恩家，余天恩号了号脉，说不要紧，孩子是受了惊吓，又中了风邪，吃两服药就好了。

从余天恩家出来，走到家门口，金送子才想起来，老浦还吊在门框上呢，就跟许仙说了。

许仙惊得跟什么似的，问咋回事。金送子就把老浦回家、把孩子摔了、她一头撞在门框上，等醒了看见老浦吊在门框上的过程说了一遍。许仙一脸难以置信，望着老浦的家门落泪，说怪不得，老浦从葛家回去没一会儿又折了回来，神神道道地，让他帮着把地和房子卖了赔东家的马车。他还骂了老浦一顿，说东家又没让他赔，他倒上赶着神经起来没完了！撵他回家睡觉，老浦坐在门槛上，抽了两袋烟，说不是神道，他想好了，他老浦这辈子欠下谁的都行，唯独不能欠下葛掌柜和他许仙的。忙活葛大掌柜的丧事，许仙一连几天没合眼，困得心烦，就轰鸡一样撵他，说自己要睡觉，没心思听他絮叨，万万没想到，老浦竟是来跟他告别的！早知如此，他拼死也得拉住他，就算拉不住，至少也陪他多说会儿话。

许仙推门进去，天空已露鱼肚白，晨光微弱，犹如雾霭，苍茫中，老浦像条冻僵的鱼，悬挂在门上，笔直，一动不动，臭味从他的裤管弥漫开来，像淡淡而又钻心的愁苦，浓雾一样弥漫，笼罩了许仙的心。

他老泪纵横，扶着门框，摸了摸老浦冰凉的手，说："兄弟，你这是何苦？"

第五章

老浦死了，金送子抱着不满百日的闺女，站在起风镇大街上。

这是她第一次见识白天的起风镇，龙须河从起风镇的腰部横穿而过，河的两岸，是高高低低、鳞次栉比的铺子，门面冲河开着，每隔不远，就会有青砖拱桥连缀两岸，镇子中央，一条纵贯的宽阔街道，把起风镇分成四个部分。

白娘子说，起风镇东南角人野蛮，西南角人纯朴儒雅，东北角人诡计多，西北角都是外地逃荒来的苦力，人杂且卑贱。沿河的两街边住着的，就算不是大户，也是有点儿家底的买卖人。

老浦的房子，也在河街上，还是向阳的北街，可老浦是河街人家里的异类，穷得死了也只能买口薄皮棺材，连祖坟都没得进，和他爹一样，葬在后岭。

老浦死后，所有人都说，金送子不会以老浦家寡妇的身份寡居，年纪轻轻的，姿色尚可，要么回娘家，要么改嫁，这世上有的是想娶老婆的鳏夫，就看她想嫁个什么样的了。

给老浦烧完七七，金送子用仅剩的五十个铜板雇了头毛驴，驮着她和孩子回娘家了。才一年多，金老三的三口之家，就剩金老三一个人了，金送子怀孕八个月的时候，奶奶走了，因为离得远，金送子身子重，就没让她回来奔丧。

金老三看了她一眼又一眼，唉声叹气，仿佛千万般懊悔都已无从启齿的样子。金送子问他怎么了，金老三说德生爹娘也死了。

金送子惊得说不出话，接着问："才一年多的光景啊，活蹦乱跳的德生一家三口，怎么会没了？"金老三说，听说德生死了以后，德生爹娘相互埋怨，怪对方不该拦着德生不让退婚，如果德生退了婚，娶了金送子，说不准不仅还活着，连孩子都有了，两人吵来吵去，德生爹一怒之下把德生娘掐死了，掐死之后也后悔了，给德生娘换上寿衣，自己也穿戴整齐喝了做豆腐的卤水。卤水把五脏六腑都烧烂了，在炕上折腾了好几天才死，遭老鼻子罪了。金老三说的时候，长吁短叹，说人啊，谁都没长前后眼，早知道不让她和德生成婚会让德生家破人亡，他会去找德生原先的岳父母求他们放过德生，让德生退婚，但事已至此，谁也回不到过去了。

金送子坐在炕沿上哭了一会儿，堂哥来了，说老浦的事他听人说了，让金送子别做饭了，晚上他老婆包饺子。金送子纳闷，平素看见自己爱搭不理的堂哥，怎么会突然这么好。晚上，嫂子送来两海碗饺子，喊金老三已不再是三叔，而是爹，亲亲热热的。

嫂子说虽然老浦死了，可她还有娘家呢，让金送子在起风镇挺直腰杆做人，谁敢欺负她娘儿俩试试！她哥去给把房顶掀了。

金送子木木地听着，肚子很饿，却啥也吃不下。半夜，她问金老三："我大爷是真心要送你个儿子？"

金老三说："还不是为了那三亩棉花地。"

金老三有三亩地，在河沿上，肥得抓把土能攥出油。金老三也曾想仗着这三亩肥田招女婿入赘，偏巧金送子看上了德生，德生不仅早就定了亲，还是家里的独子，末了还因为金送子送了命。金送子坏了名声，再想招女婿入赘就难了，好样的，不会贪这三亩地，歪瓜裂枣不要脸面的，金送子看不上，金老三也看不上，金老三的哥哥有三个儿子，他主动把老二过继给了金老三，说是为他养老送终，可明眼人都知道，是为了金老三的那三亩棉花地。

堂哥和嫂子的脸假惺惺的，透着生怕她回来的戒备。金送子懒得看，在家住了一夜，就收拾包袱，要回起风镇，嫂子让堂哥借头驴送送。金送子说不用。金老三把她送到庄外，摸出两块大洋，让金送子带回去过日子。

金送子一路走一路哭，天擦黑了，才到起风镇。

起风镇外围是道两人多高、两三米厚的黄泥墙，黄泥墙外面是四五米宽的护城河，远远看上去，起风镇就像个硕大的黄泥饼，两千多户人家，就是它的馅，冬季天空低沉，灰蓝的夜色大幕一样悬在那儿，炊烟无声地飘袅而上，天黑就收起的吊桥，让起风镇蒙上了遗世独立的孤傲感。

高密出土匪，尤其进了腊月，遍地土匪，起风镇富户多，是土匪眼里的大肥肉，可富户有钱，自然不想成为土匪砧板上的鱼肉，就有钱的出钱，有力的出力，一年年地挖、一年年地夯，沿着起风镇外围，夯出了一圈两人多高的黄泥围子墙，又在围子墙下面挖了护城河，天一黑就收吊桥，关镇门，入夜围子墙上有巡夜的，土匪就算人多势众，想攻进起风镇也不是那么容易。

所以，方圆几十里，起风镇是出了名的好地方，但凡家里田产多点儿，都会想办法往起风镇搬，搬进来，就不怕土匪了。

寒霜把街道打得湿漉漉的，金送子回到家，放下孩子，重新打量这个家，她对这三间屋子毫无感情，也不留恋，可形势逼人，她必须要在这里过下去了，就默默收拾，想收拾得合自己心意。

饭橱上还铺着白纸，供着老浦的牌位，金送子在心里叹气。

老浦未必有多坏，可他穷怕了，像头一门心思要攒家产的牲口，没人味。

金送子把闺女放在热乎乎的炕头上，笑着说："你还没名呢，叫暖吧。"

第六章

老浦没了，金送子要自己挣钱吃饭，她纺棉花，帮人缝穷，春天缸里没粮了，抱着孩子去挖野菜，不知不觉挖到葛家地里。正好葛晋颂去地里看墒情，荒山旷野里，孤男寡女不好搭话，他往她筐子里扫了几眼，就走了。晚上，让白娘子去问，她愿不愿意去葛家酱菜铺子切酱菜。

金送子说："我们孤儿寡母，只有活儿挑我们，哪儿有我们挑活儿的分儿？"

第二天一早，金送子背着暖去酱铺上工。

葛家酱铺其实就是一排南屋，沿龙须河北岸一字摆开，盖得很排场，原本八间，东头的一间，是进出葛家的大门洞，大门洞内的迎宾墙后面是一排东厢房。南头的一间，许仙和白娘子住着，北面是两间灶房。另七间南屋就是酱铺，砖砌的木面柜台从东到西，东边柜台上是一坛又一罐的酱菜，西边的柜台上是一坛又一罐的新酱和老酱。鲜酱是头年冬天煮豆酿下的，放在背阴的屋里发酵，来年二月二，煮花椒水，待冷透下酱豆和盐搅匀，再继续发酵，这段时间可以吃鲜酱，吃到五月，就要晒一部分，晒干上磨坊碾碎做成面酱，把洗净晾干水分的萝卜、黄瓜、辣菜疙瘩埋在酱缸里，煨上两个月，酱的香气把它们腌透浸足，拿出来就是香气敦厚袭人的酱菜，不管是喝稀饭还是就饭，香得赛过肉。

葛家的酱菜出名，要得益于葛家的酱，只用自家种的豆，从晾晒挑选到煮豆、发酵时间、节气，无一不讲究，所以价格自然也讲究，高密城的大户人家早晨吃稀饭，要没盘葛家酱菜，充其量就是有俩钱的土包子，不是讲究人家。为这，起风镇第一大户唐立成很不服气，自己牛烘烘的日子过着，咋还得用他葛家的一盘咸菜证明？

葛家酱菜讲究，切酱菜的人和刀法也讲究，不是干净利索人，不要钱白给切，葛家都不要。

这些是白娘子给金送子传授切酱菜技巧时悄悄告诉她的，金送子有点儿不安，说："我还带着吃奶的孩子，人家不嫌弃吗？"

白娘子上上下下打量金送子，笑着说："多少没出阁的闺女收拾得都没你利索。"让金送子放心。

白娘子找了个大草篮子，铺上麦秸草，再铺上一层棉被，把暖放进去，暖躺得很开心，也很舒服，咿咿呀呀地捉自己的小脚丫玩。

切酱菜的独木案板一人多长，摆在铺子东侧，面冲着柜台，金送子和白娘子一人把一头，让主顾们亲眼看到酱菜是怎么切出来的，吃着放心。

地里没活儿，葛晋颂就在铺子里待着，铺子西北角的桌子上有算盘、账本和文房四宝，葛晋颂和葛佑安不一样，葛佑安话痨，用何桂枝的话说，让他一天不说话，能憋出痔疮。葛晋颂话少，有主顾招呼主顾，没主顾就算账、铺开草纸写毛笔字、翻几页书，要么喊六子去院子里翻酱。

茅房在葛家院子里，酱铺有后门通着院子。葛家院子很大，足足有两亩多地，东面的厢房是灶房、仓库和许仙两口子的睡房，西面一溜儿厢房，进门就是个敞口的大地窖，有两人多深，搭着一层一层架子,架子上铺着苇席,晾着煮好的黄豆。白娘子说,葛家的豆瓣酱比别家的香,窍门就是西厢房的地窖,阴冷清冽没异味。

葛家院子里摆满了闷着黄豆酱和酱菜的大缸,缸沿挨缸沿,缸下的地面长满青苔,散发着幽绿色的光泽。所以,金送子每次走在葛家大院,总会下意识地放轻脚步,好像哪一脚踏不好,随时就会摔她个洋相。

酱缸阵的北面,是条鹅卵石甬道,它安宁而沉静,五颜六色而又不妖艳,散发着温润的岁月之光,甬道用平常人家甬道三倍的宽度显示了主人家的日子从容宽裕。甬道北侧,是一溜儿花圃,种着月季、芍药等等,还有许多金送子叫不上名来的花卉,屋檐下还摆了几口大缸,里面养着荷花和锦鲤。

在葛家干活儿的人都知道,甬道就是葛家人和伙计的分界线,若不是有事,伙计不能越过甬道。甬道北是主人家地界。

茅房也是分开的,虽然下人茅房和葛家人茅房盖得一模一样,但葛家人的,莫名透着股说不清的从容。有回许仙在茅房里拉肚子,六子憋急了,去过葛家人的茅房,茅坑里撒着一层草木灰,还有草纸,干干净净的,一点儿也不臭。金送子听说后想,大概这就叫贵气吧,一样的东西,散发出不一样的味道。

金送子每次出来上茅房,都能看见六子像只灵巧的猴子,在缸沿上跳来跳去,用长竹竿搅动着缸里的黄豆酱,看见她出来,就更是来劲,撑着竹竿,水上漂似的荡来荡去,黄豆酱在竹竿的挑逗下,散发出迷人的鲜香之气,撩拨着过路人的味蕾。老浦抠,活着的时候,常拿块玉米面饼子站在院子里,隔墙吆喝六子,六子要是应了,他就说该翻酱缸了吧。六子在墙那边骂,骂老浦是口里不吃腚里不拉的货。老浦也不恼,嘻嘻笑,让六子骂够了就翻酱缸,他好吃饭。六子也觉得,老浦虽然屄,可年龄比他大,资历也比他老,让他白吃一顿骂过意不去,就抄起竹竿跳到酱缸上搅上一阵,老浦在墙的那边,就着酱香大口大口吃玉米面饼子的样子,金送子想起来也是心酸,夙又贪又无能,天天活在想而不得里,也挺苦挺不容易的。

六子姓庞名报国,大家喊他六子,不是他在家排行老六,而是右手拇指多了根指头,俗称六指儿。金送子觉得人其实不善良,天生就恃强凌弱,对残疾人比对牲口好不到哪里去,要是一个瘸子和一头牛同时掉进水里,很多人可能是去救牛,而不是瘸子,大家对天生六指儿的六子,使用了一点儿假惺惺的慈悲,喊他六子,巧妙地把"指"换成了"子",仿佛这样就不恶毒了,好在,六子也不恼。

六子恼又能如何呢?一家五口,三间随时会垮掉的趴趴草屋,一个常年抱着药罐不撒手的爹和一个缝穷破的娘,地无一垄,他和两个哥哥拼死拼活挣点儿小钱,一半进了他爹的药罐子。前两年大哥眼见娶亲无望,给人做上门女婿去了。二哥小时候皮,从树上掉下来,被树枝戳瞎一只眼,成了独眼龙,看上去凶巴巴的,娶不上老婆,半夜往他娘被窝儿里钻,被六子和爹联手打跑了,再也没回来。家里就剩六子和二老,六子二十四岁了,还没娶上亲,但心还不死,自觉和金送子般配,就经常凑过来和她说话。白娘子看出了蹊跷,问金送子怎么样。

金送子让她问得一愣一愣的,说:"什么怎么样?"

白娘子就说:"六子啊!"

六子正在给主顾包酱菜,在白娘子和金送子的刀起刀落中,听到说自己的名字,就偷眼往这里瞄。

天一天比一天热了,眼看就要割麦子了。

老浦的二亩地,麦子长势喜人,密密匝匝的,人站在麦子地里,风一来,茁壮的麦浪能把人推倒,金送子小脚,还有一个奶娃,咋往回割?给愁的啊,热汗噼里啪啦在心里滚。白娘子看出来了,就一次又一次地提六子,但金送子不接茬。

白娘子又说:"你小脚,下不了地,现在应了,割麦子就不用愁了。"

金送子低着头，不吭声。

白娘子问她是因为啥看不上六子。金送子自己也纳闷，是啊，六子模样不丑，个子也高，可就是身子薄薄的，不管走路还是干活儿，都像条刚离了水的带鱼。她喜欢看上去沉稳的男人，比如德生。德生看她的时候，眼神平和安宁，她宁可一辈子青灯孤影，也不愿和打着滚的带鱼一样的男人睡一个被窝儿，但和白娘子说时，却给六子留足了面子，说六子没结过婚，是金童，她是死了男人的寡妇，配不上六子。

白娘子和六子说了。

可六子不死心，晃着长了六根手指的手说："我是个六指儿，哪儿有嫌弃她是寡妇的道理？般配般配！"把白娘子弄得哑口无言。

夜里，白娘子和许仙说："她到底要找个什么样的？"许仙说老浦活着的时候说过，这女人，别看话不多，主意大着呢，他拿她没办法，一个能把男人治没办法的女人，谁能把她按到她不稀罕的男人怀里去？如果机会得济，金送子就是草民里的西太后，六子不知道自己斤两，还是个不开眼的，像金送子这种主意大的女人，出嫁后死了男人，就是一辈子落在自己手里，有着有落有安排，没别人瞎操心的份儿。

第七章

夏天的风，卷着火舌的热浪，舔着齐腰高的麦子，几夜的工夫，把麦子舔黄了，金送子吭哧吭哧地磨镰刀，白娘子听到动静过来看，“啧啧”了两声，说：“你一个小脚女人，割得了麦子吗？”

金送子说：“割不快还割不慢？早晚有割完的时候。”

金送子到了麦田，把孩子放在地头，才割了两镰，孩子就在地头哭了起来，只好抱在手里。可割麦得两手并用，一手拢麦子，一手拿镰刀，抱着孩子没法割，孩子一放又哭。这么放下抱起来地折腾了半天，麦子没割几镰，孩子嗓子反而哭哑了。金送子只得回家，想等晚上把孩子哄睡了再去割，没想到哄孩子睡觉的时候自己也睡着了。一睁眼，天都亮了，一想到麦子已经熟透，再晒俩中午，麦穗就得吧嗒吧嗒地掉头。她竟然能睡着了！金送子快被自己气哭了。不甘心，担心麦子被晒掉麦穗，抱着孩子去麦地看，大老远就发现麦子没了……

一夜之间啊，黄澄澄的麦子就没了，难不成被人偷割了去？

金送子傻了，跌跌撞撞地往地里跑，才发现是被割倒了，累了一夜的六子在地头枕着镰刀柄睡着了。尽管明白六子为什么会帮自己，想她对六子无意，也不能让人白出力气，等打下麦子，送一袋给他当工钱。

但六子不要，又给她送回来了，扔到院子里就走。

六子越是这样，金送子就越是要把事情做明白，到月底结工钱的时候，跟葛晋颂说这月的钱不要了，给六子。

葛晋颂一愣，问为什么。金送子小声说，给他割麦子的工钱。在乡下，寡妇生存不易，寡居身份在先，占便宜虽会惹闲话，但也说得过去，所以，有些寡妇是会占这种便宜的，可金送子不，不由得让他高看一眼，就说："这是你和六子的账，柜上还是不掺和了。"他坚持把工钱开给金送子，至于给不给六子，看她自己。

当着大家的面，金送子把钱给了六子，说是割麦的工钱，六子脸就红了，说："帮你割麦就是帮你割麦，咋还给钱呢？你要说给钱，这忙我就不帮了。"

六子死活不要，金送子说："你不要我就替你捐到庙里给你家祈福了。"

六子没当真，货真价实的铜板呢，怎么可能？可当天从葛家收了工，金送子把孩子托付给白娘子，真去庙里捐了。六子娘听说了，气得两只眼里差点儿冒出青烟来。

六月底，何顺意来了。

何顺意是葛晋颂的未婚妻，也是何桂枝的娘家侄女，本来她和葛晋颂的婚事年前就要办了，可成婚前一个月，葛大掌柜走了，葛晋颂重孝，三年内不能娶亲，只得去岳丈家表歉意，成亲的事，往后推三年，何顺意比葛晋颂大，再过三年就二十四岁了，心里不高兴，但也没法。

白娘子说，何顺意年年夏天来姑妈家住，跟表妹葛锦绣住一屋。

葛锦绣是何桂枝的闺女，金送子去院子里上茅房时见过几次，算不上美人，但也周正，脸皮又白又嫩，吹弹即破，特别像豆腐脑。金送子觉得，和葛锦绣透明的白皙相比，自己黑得像蒸熟的地瓜面窝窝头，白娘子说："不是，你是玉米面馒头，她是大白馒头，你金灿灿的，她银光闪闪的。"

葛锦绣话不多，但也和气，在院子里遇上了，金送子要冲她笑，她会回金送子的笑，和她的娘何桂枝很不像。何桂枝势利，嘴上不饶人，这世上的理都在她那儿。金送子带着暖在葛家做工，谁见着暖，都会逗一逗，唯独何桂枝不，就算要夸赞，也要摆出一副主家要给雇工个面子的样子，带着淡淡的嫌弃，站远远的，好像暖身上有虱子跳蚤，离近了，会爬到她身上。

何顺意来的第二天，葛晋天也放暑假回来了，葛晋天是何桂枝的儿子，比葛晋颂小三岁，在县高级中学读书，性子野得很，家里多了两个年轻人，热闹得像开了锅，没几天，就出事了，葛晋天要骑马，葛晋颂不让，说家里的马，是拉车的牲口，人骑的马，是专门挑选出来驯过的，不是这种牲口马。

葛晋天不听，趁葛晋颂出门办事的空，把马牵出了起风镇，等葛晋颂知道的时候，葛晋天已经躺在县医院了，被马从背上掀下来，又踢了一脚，腿断了，在医院躺了半个月才出院回家。

他原先的卧房在二楼何桂枝两口子的隔壁，可腿断了，上下楼不方便，就和葛锦绣换了卧房，他下楼，葛锦绣和何顺意睡到楼上。

葛锦绣跟何桂枝虽是亲生母女，但因为何桂枝重男轻女，打小把她当使唤丫头，葛锦绣不忿，经常跟何桂枝顶嘴，挨了不少打骂，所以跟何桂枝不热乎。葛晋天性子野，也霸道，再加上父母宠，在家无法无天，对葛锦绣这个姐姐也呼来喝去；葛锦绣烦他，就装听不见，可葛晋天腿断了，动不了，一个人在屋里闷，就高一声低一声地喊葛锦绣陪他玩。葛锦绣要么装没听见，没法装的时候也没好气。用何桂枝的话说，嘴噘得能挂俩油壶，幸亏是伺候自家兄弟，这要是外人，还不得给下砒霜？

葛锦绣说别人也不会像他这么招人烦，又让何桂枝骂了一顿。

何顺意夹在中间，劝哪个都劝不住，索性去酱铺，又怕自己还没过门就去缠着葛晋颂，有失端庄，打个转圈准备回屋，上到一半楼梯，就听何桂枝还在楼上骂葛锦绣，一时半会儿没消停的意思，就站住了，站了一会儿，转身下楼。

何顺意站在院子里，六子像只灵巧的猴子似的撑着竹竿挨个儿缸翻酱，搅起来的酱香呛人。何顺意咳了两声，转身回屋，站在空荡荡的客厅里，觉得干啥都不是，就去了东边葛晋颂的屋，想找双鞋比着画个样给他纳几双鞋垫。刚进屋，葛晋颂就进来了，见她拿着双鞋东张西望的，就问她找什么呢。何顺意问他哪儿有不用了的废纸，比着画个样子给他纳鞋垫。葛晋颂从镜子后拿出一沓废账本。何顺意比画了一下大小，够长，比着鞋就要剪，被葛晋颂拦住了。

葛晋颂说比着鞋不如比着鞋垫剪得准，说着，脱下鞋，抽出鞋垫递给她。见何顺意接过去扇了一下鼻子，就笑，问她是不是很臭。何顺意抿着嘴笑，说有点儿。又说："我多纳几双，你勤换洗就不臭了。"葛晋颂"嗯"了一声，依炕沿站着，看何顺意比着鞋垫画样子。何顺意也晓得他在看自己，脸红扑扑的，鼻尖冒细汗，剪坏好几张纸，才剪出一张鞋垫样子。剪完了，让葛晋颂把另一只鞋垫也给她，她给洗洗。葛晋颂不好意思，说不了，等晚上自己洗。

何顺意非要洗，弯腰就去脱葛晋颂脚上的另一只鞋。葛晋颂往后一躲闪，就坐在了炕沿上。何顺意顺势把他脚上的鞋脱了，正往外抽鞋垫，就听何桂枝说："光天化日的，你们能不能要点儿颜面?！"

正沉浸在幽密幸福中的何顺意吓得一个趔趄，差点儿坐在了地上，回头，见何桂枝黑着脸站在门口。

何桂枝在楼上骂葛锦绣，葛锦绣嘴利，两人吵起来跟炒豆子似的，乒乒乓乓，乱箭齐发。何桂枝没占着便宜，正打算下楼找地撒气呢，就撞见何顺意去脱葛晋颂的鞋，就更气了，觉得何顺意自甘下贱，给她这当姑妈的丢脸，破口就骂，说何顺意等不及了，门还没过呢，就拖着未婚女婿往炕上滚！

何顺意被她骂得满脸通红，恨不能找个地缝钻进去，葛晋颂替她解释，被何桂枝塞了一把苍蝇，说她教训不长脸的娘家侄女，让葛晋颂少插嘴！说着扑上来，劈手把葛晋颂的鞋从何顺意手里夺过来，噼里啪啦地往何顺意身上抽。葛晋颂忙去护，也被抽了几鞋底。

晚上，何顺意没下楼吃饭，第二天一早，就回自己家了，许仙套马车送的。

第二天，白娘子和金送子说，许仙跟她说何顺意哭了一路。

何桂枝打骂何顺意，金送子也看见了，就叹气，说等风言风语传回娘家，有她受的。

果然，何顺意回去第三天，她家兄弟就来报丧了，说何顺意回家，不吃不喝，就是哭，谁也问不出个所以然就上吊了，葛晋颂犹如万箭穿心，去何顺意家负荆请罪，又把何顺意棺椁拉来，作为发妻葬在葛家祖坟，总算了了这桩公案。

第八章

葛家酱铺开了六十多年，名声在外，镇外还有一百多亩地，在起风镇，也是数得着的人家，再加上葛晋颂相貌堂堂、为人沉稳，所以，何顺意下葬不到俩月，就有媒人往葛家跑。

葛晋颂都回绝了，说还有两年多守孝期，不宜谈婚论嫁。

立冬那天，何桂枝赶集回来，歪在柜上吃糖炒栗子，让葛晋颂猜猜她赶集遇上谁了。葛晋颂正记账，不愿分心，就顺着她问了一句："遇上谁了？"

何桂枝看出他兴趣不高，就也平复了一下腔调，做平平常常状说："唐立成的二太太。"

葛晋颂晓得唐立成的二太太是个厉害的主，虽是偏房的，可三太太没进门那会儿，仗着一口气生了俩儿子加一个闺女，把只会生闺女的大太太欺负得不敢出屋，整个唐家大院，就她吆五喝六。大太太生的女儿气不过和她吵，被她骑在身子底下把头发剪成狗啃的似的。唐立成懒得和她怄气，索性又娶了个如花似玉的三太太，把她晾在一边。二太太横行惯了，自然吃不下这亏，晚上打发丫头请唐立成去她屋睡，唐立成不来，她就去三太太屋，把自己的枕头放在唐立成和三太太的枕头中间，钻进被窝就睡，因为这，被唐立成打了不知多少回，就是不改。下人们嘴碎，尤其是传这种事，唐立成晚上到底怎么睡，一直是起风镇人津津乐道的。

唐立成是起风镇镇长，家有五百多亩良田，横穿起风镇的龙须河，河两岸是店铺，河北岸坐北朝南的商铺，除了葛家酱铺和老浦家的房子，都是唐家产业，所以，唐立成每每上街溜达，看着葛家酱铺就不爽，就像爱美的人咧嘴照镜子，看着雪白整齐的牙少了一颗，怎么看怎么别扭。

起风镇地处北方，坐北朝南的店铺，日头晒着，冬天暖和，人愿往里走，所以，河北岸的生意比河南岸的生意好，也喜庆，都是绸缎衣裳、粮食日杂等等的铺子，河南的街边，虽也是铺子，但门朝北开，阴气重、湿气大，生意冷清，门面价格也低，唐立成不稀罕，他最想统一的是龙须河北岸的店铺。葛大掌柜活着的时候，唐立成出五十亩地想换葛家宅院，葛大掌柜没答应。至于老浦家的房，当年是葛家堆牲口粪的地方，葛大掌柜见老浦本分能干，想留住他，就让他把牲口粪清出来，盖了这三间屋。说白了，房虽是老浦的，但地还是葛家的。老浦活着的时候，唐立成让管家找老浦商量了好几回，拿十亩地换，老浦爱财，也晓得十亩地值不少钱，但也没忘本，明白房子虽是自己盖的，可是盖在葛家地上，没敢答应。

因为这些渊源，葛晋颂看见唐立成，心里就会咯噔一下，有根弦始终是紧绷的。所以，何桂枝说赶集遇到唐立成的二太太，他只是在心里暗暗应了一声，就继续拢账。

何桂枝说：“唐家二太太跟我打听你多大了。”

白娘子小声说：“十有八九是想把闺女许给咱少掌柜。”

金送子小声问：“二太太生的闺女好看不？”

白娘子说：“二太太生了俩儿一闺女，没一个随她的，都像娘家舅舅，挑眉、细眼、宽脸短下巴，唯一的好处就是脸白。”

金送子说："这不倭瓜掉进面瓮里？"

白娘子说："一白遮十丑嘛。"

金送子说："再遮丑也是个倭瓜。"

白娘子就"咦"了一声，推了金送子一下，让她别出去说，说再丑也是唐立成的闺女，得罪不起。

金送子笑，说："起风镇上我又不认识别人。"

白娘子松了口气，用肩膀蹭她，让她看何桂枝。金送子不明白她的意思，看了一眼，问："二奶奶咋了？"

白娘子小声说："惦记上人家铺面了呗。"

金送子知道龙须河北岸的铺面都是唐立成的，也风闻唐立成惦记葛家酱铺铺面，这咋又成何桂枝惦记人家铺面了？白娘子说："唐立成也晓得自己闺女长得丑，早就说了，他五个闺女三个儿，不管嫁出去的还是娶进来的，只要成婚，就送一间铺面，让小两口儿自己打点着过日子。"

金送子瞟了葛晋颂一眼，小声说："娶媳妇这事，光二奶奶稀罕没用，还得看本主。"

白娘子也看着葛晋颂长吁了口气，说："这真叫肉往饽饽里走，越走越有。"

莫名其妙地，金送子就觉得不能，觉得葛晋颂不是那种为间铺面娶个不稀罕的女人的人，又不是穷得揭不开锅，急需这间铺面过上好日子，就跟白娘子这么说。白娘子不服气，说："家产这东西，还有嫌多的呀？"金送子说："那也得君子爱财取之有道啊。"白娘子说："陪嫁的家产又不是黑影里来的。"金送子说："那也不光彩，这跟黄花大闺女为了钱财给一白发老头儿做了小有啥区别？让人瞧不起呢。"

白娘子说不过金送子，就去看葛晋颂，说："好像你做得了少掌柜的主似的。"

葛晋颂低头打算盘，好像何桂枝在跟别人说话，他插不上嘴，也不想插嘴。何桂枝也自觉没意思，依着柜台叹气，说："顺意这孩子没福，你说我是当姑的，还说不着她了？说她两句就去寻短见，这下好，她腾出的好地方，多少人盯着呢。"

葛晋颂心里一阵愤懑，把算盘扒拉得噼里啪啦，犹如千万颗石子在冰面上跳舞。

没几天，媒人上门了，给葛晋颂提唐立成家三小姐，就是唐家二太太的闺女。葛晋颂说何顺意虽没进门，但还是他的结发妻子，再娶就是填房，他知道自己的斤两，娶唐家三小姐作填房的妄念，是断断不敢有的。媒人说唐家二太太看好葛晋颂的人品，对名分不介意，何况三小姐是庶出，葛晋颂不挑剔她，唐家就很满意了。

葛晋颂说葛家小门小户，哪儿敢挑三小姐的出身，确实是不敢造次。他回得滴水不漏，还透着恭敬，但唐家的面子还是驳了。

转眼到了年根，街上的雪，一场连着一场，天冷，酱铺活少，下午早早收工，金送子把炕头烧得热乎乎的，暖爬来爬去地抓东西玩，她缝过年穿的衣服和鞋，缝困了就睡，现在也不缺吃穿，日子倒也惬意。

有天晚上，金送子刚迷糊着要睡，就听后院"扑通"一声，像从墙头掉下个麻袋。进了腊月就是年，年既是上一年的收尾，也是新一年的开始，没钱过年，犹如过关，胆大心狠日子紧的，为了找钱过年，有埋伏在路边的沟里和树林子里的，也有趁夜黑风高打家劫舍的。像金送子这种寡妇，家里有田，手里有活儿，日子还过得去，在闲汉二流子眼里，是捏捏就能吃到甜汤的软柿子，逢这种时候，少不了挨欺负。

金送子的心跳得像要从胸膛蹦出来，暗暗数算着今年攒下的几个小钱，想保命要紧，贼人进来，大不了拿出来，全当破财消灾了，可又一转念，能半夜撬寡妇门的，十有八九是街面上的混混，如果一开始就让他们尝到甜头，以后肯定会没完没了。心思一定，就蹑手蹑脚下炕，去灶房摸把菜刀。撬寡妇门的，多是既想占便宜又没出息的尿货，尝到厉害，就不敢来下次了。

她坐在炕沿上，收声等着，就听后窗上砰砰直响，晓得是贼人在拿家伙刨后窗。高密平原地区的后窗都是木格子的，夏天在里面钉块蚊帐布，和南窗前后呼应，风能穿堂起来，家里凉快，冬天糊上白纸，外面用泥坯砌上，拿泥浆抹严密了，北风钻不进来，家里暖和。泥坯砌后窗，只为挡风，并不防贼，一拳厚的泥坯，一脚就能踹开，但后窗开得高，没个三米五米的身高踹不上去，就只能刨。

金送子知道后窗泥坯不扛刨，贼人是男的，手里又有家伙，她一个女人再强壮也抵挡不了，不成！她不能坐以待毙，就抱起孩子，跑到院里，拍着西院墙，高一声低一声地喊“许仙大哥”。

黑寂寂的夜里，天蓝得发黑，几颗星星慵懒地挂在天上，仿佛被冻住了，她高一声低一声地喊，显得格外凄厉，没一会儿，葛家楼上楼下就亮起了灯，许仙披着羊皮棉袄提着灯笼跑过来，问怎么了。

害怕加上冷，金送子牙齿发抖，指了指房后，说有人刨后窗。转头的空，葛晋颂也来了，听她说完，抄起铁锨就往房后去。许仙也从地上摸了根棍子跟过去。

有两个男人打头阵，金送子就不怕了，抱着孩子跟出去。

许仙擎着灯笼照来找去，葛晋颂拖着铁锨在房后转了一圈，说应该是听见动静跑了，从许仙手里接过灯笼，往金送子家后院看，院墙被扒了个豁口，他踩着被扒下来的石头往里照了照，后窗已经被刨开一个角，漏出柔弱的灯光。

葛晋颂说：“挤上吧，不挤漏风，不挤这屋没法住人了。”

起风镇人说砌后窗不说“砌”，说“挤”，倒也形象，一到深秋，拿泥坯一块挨一块挤，把窗洞挤得严严密密，挤得水泄不通，再拿泥浆抹上，屋里的热气才能不被北风卷走。

挤后窗要和泥，还要拿手抹平，大冬天，手插到泥里，手指头冻得像针往骨缝里扎，金送子不好意思，说不用了，等天亮了她自己挤。

葛晋颂把灯笼还给许仙，把着豁口跳了进去，许仙也想往里跳，他不让，说许仙年纪大，冬天老人骨头脆，让他和金送子走前门转过来。

许仙说好，扛着铁锨从前门转进去，和了泥，和葛晋颂两人把后窗挤严密了，又把院墙上的豁口垒好，又里外打量了一番，让金送子安心睡觉，有动静就喊他们，不用客气。

金送子心里热烘烘的，葛晋颂是东家呢，也深更半夜跑来帮忙。葛晋颂跟许仙说："许叔，今晚你睡老浦家吧，让孤儿寡母和我婶睡去。"说完，看看金送子，"你看这样成不？"

金送子心里就更暖了，忙说不用了，折腾了这大半宿，估计贼人没胆来了。

许仙说能撬寡妇门的，都是不要脸的下作货，到底能下作到什么程度，谁也不好说。连说带劝地让金送子娘儿俩去找白娘子睡。

听金送子说后，白娘子一惊一乍了半夜，末了，劝金送子找个合适的人改嫁，不想改嫁就招个老鹞子。在高密，给闺女招上门女婿延续香火，叫招女婿，死了男人的寡妇招上门女婿叫招老鹞子，但不管上门女婿还是老鹞子，多是家穷、貌丑娶不上老婆的破落户，金送子看不上，但也知道白娘子是好意为她着想，就没接茬，说："等天一亮我就去报官。"

白娘子啧啧，说："偷着你金子还是抢着你银子了？"

金送子语塞。

白娘子说："挖绝户坟、撬寡妇门，自古以来就是民不告官不究，就算报官，你拿不出实证，官家也是和两把稀泥了事，要不，就凭二流子们大盗不能、小偷不成的尿性，怎么敢这么猖狂？"

第二天一早，金送子抱着孩子回家，听见后院有动静，心里一惊，转出去看，就见许仙正往后院墙上摔稀泥，六子端了一盆破瓦碴儿往稀泥里插，听见脚步声回头，见是她，就咧嘴笑，说插上瓦碴儿，下流货就没法爬墙了。

金送子打量已经插好的地方，瓦碴儿尖朝上，犹如尖刀密布，再想爬墙，怕是没那么容易了，就笑，说他办法还挺多。

六子嘿嘿笑，说点子是葛掌柜出的。

金送子心里再次涌过一阵暖意，说：“葛掌柜真是足智多谋。”

金送子想这事不能这么了了，要不然，谁都得拿她当软柿子捏，吃完早饭，抱着孩子去乡公所报官，说有人扒她家后墙，乡公所两个当差的哼哼哈哈，话里话外全是奚落，倒好像是她自己不检点才招惹来的臊，金送子就知道，官家是指望不上了，想在起风镇立住脚，还得靠她自己。

从乡公所回来，去葛家晚了点儿，何桂枝觉得她少干了一会儿活，葛家还得发她一天工钱，是蹭了葛家便宜，数落了她几句，问她干什么去了。金送子就把昨天晚上和去乡公所的事说了一遍。

何桂枝说：“你咋连个眼泪都不掉呢？”

金送子说：“我掉眼泪干啥？”

何桂枝说：“你一个寡妇，半夜让人扒了后窗，就不后怕？”金送子说：“我怕我哭，他们该来还得来啊。”意思是我怕有用吗。何桂枝顿时无话，回去跟葛佑安唠叨。葛佑安说一般女人遇上这种事，早就吓傻了，咋也得哭个三天两天的。何桂枝的手，在八仙桌沿上拍了一下：“对，要别的寡妇，让人欺负了，别人问，得冤得一把鼻涕一把泪的。”

葛佑安问：“她没有？”

何桂枝摇摇头：“没，跟说别人家的事似的。”

葛佑安点头，说：“老浦不称心，她能一年多不开口说话，这女人……还真不是一般人物。”

何桂枝很不屑，轻轻“呸”了一声，说：“再不一般也是咱家切酱菜的，在上万号人家的起风镇，没她的浪头翻。”

下午，金送子正在切酱菜，唐立成带着当差到老浦家拍门，许仙在墙外晒日头，看见了，说金送子在葛家切酱菜。

唐立成让他帮忙喊过来，说听说昨晚她家后窗让人扒了，想问问情况。

许仙忙拍拍腚上的土往铺子里跑。

金送子头也不抬，说："我家又没折损啥，不用他们管了。"

许仙觉得金送子不识抬举，她一个寒门小户人家的寡妇，镇长都亲自登门了，还这么疏淡，不合适。于是他就说："唐镇长亲自登门呢。"金送子说："他有亲自登门的工夫，不如把这起风镇上的二流子管好。"

正说着，唐立成进来了，呵呵笑着，跟葛晋颂打了招呼，又去看金送子，朗声说："老浦家，你家的事，我听说了。"之前，金送子遇见过唐立成，在杂货店闻听她是寡妇，唐立成多看了她几眼，问是谁家的，杂货店掌柜说老浦家的。金送子突然有置身事中被人评头论足的尴尬，抱着孩子走了。

现在，唐立成主动上门，关心她昨夜受的欺虐，这搁别的妇女身上，自家一点儿小破事，镇长关心到门上，还不得感恩戴德得手脚都不知该往哪儿放了。可金送子不，依然落落大方，手起刀落切着酱菜，说："唐镇长，您要真关心我们，就让巡夜的多往我们这些穷家破户的人家四周转转，让二流子没胆下手。"

"老浦家的提得好！"唐立成点点头，回头对当差的说，"听见没？"

当差的狗奴才似的说知道了，回去就跟巡夜的说。说着，又瞟了金送子一眼，说眼下皇帝大总统轮番坐镇，跟过家家似的，世道不平稳啊，金送子这么年轻，家里还有点儿田产，最好是赶紧找个人家嫁了，免得招惹是非。

金送子听着生气，切酱菜就重了，哐哐的，像一连串说出口的"呸"。唐立成打哈哈地说："这是老浦家的自己的事，外人别瞎出主意。"说完，跟葛晋颂打了个招呼，就走了。

第九章

金送子家又进了几次人，街上传得沸沸扬扬。好在有惊无险，也没落下埋汰，金送子的胆子就渐渐大了，再渐渐地，起风镇人都晓得，流浪到起风镇的老浦虽窝窝囊囊死了，但他丢下的漂亮小媳妇可一点儿也不窝囊，听说睡觉的时候枕头下掖把菜刀，炕前依把镢头，走在街上，不卑不亢的，倒有些《水浒传》里豹子头林冲的气概。

过小年的前一天，金送子正在家擦镜子，起风镇著名的媒婆乔大嘴兴冲冲地跑到门上给金送子道喜，把金送子给道晕乎了，说自己是个带着孩子的寡妇，在起风镇能太太平平活下去就烧高香了，有啥喜可贺。

乔大嘴两片抿了对联纸的红唇上下翻飞，说："这眼瞅着就要嫁到唐家去当四太太了，还不是天大的喜事？"

金送子就更蒙了，说："什么嫁到唐家去当四太太？"

乔大嘴这才拿腔拿调地凑到她跟前，说刚才报喜是玩笑话，今天她上门是来提亲的。

想着她刚才嚷嚷着要嫁到唐家当四太太了，金送子心里就明白了个大概，就平平淡淡地说："乔婶子，您有话就说，别拿我取笑。"

乔大嘴拉过她的手，啧啧说："这小手，细皮嫩肉的，应该去抓金银珠宝，咋能抓块脏抹布？"说着，把金送子手里的抹布拿过来扔了，又说，"怎么是取笑，婶跟你说正经话，唐镇长托我来给你提亲。"

金送子道："唐镇长不是已经有三房老婆了吗？"

乔大嘴道："唐镇长那三房太太，快别提了，大太太吃斋念佛，跟出家人没啥两样；二太太倒生龙活虎的，可太能折腾了，唐镇长不待见她；最稀罕的三太太病了，自己个儿都照顾不了自己个儿了。唐镇长以前见过你，知道你守了寡，可不知道你日子这么难，前阵你去报官，才觉得你一个年轻女人带着奶娃子守寡，日子不好熬，一是心下怜惜你，二是他身边也需要个妥实人照应，就让管家来找我提亲了。"

金送子说："唐镇长都快六十岁了吧？"

乔大嘴说："大点儿怕什么？拿你当闺女疼。"

金送子说："那也不行，他比我爹还大，我嫁了他，他也得管我爹叫爹，折寿。"

乔大嘴瘪着嘴，用鼻子吭吭笑了半天，说："你还指望唐镇长喊你爹叫爹啊？"言下之意是人家是镇长，起风镇头号大户，把你爹喊爹，你爹也配吗？

金送子没再说话，气氛有点儿尴尬。乔大嘴原以为像金送子这种穷门小户的寡妇，听说被唐立成看上，得高兴得手足无措才是，没想到是这情形，想再劝两句，可金送子低着头不说话，像不打算喝水的牛，强按未必按得下去，就换了口气，老奶奶哄孩子似的让金送子想想再回话。

金送子说不用想了，她不想找个比她爹还大的女婿让她爹难受，何况唐立成已有三房老婆了，嫁过去肯定没省心的日子过，还是算了。

乔大嘴识趣，起身告辞，临出门前，还不死心地说过几天来听回话。

金送子继续擦镜子,心里却是乱的,手下就慌,竟把镜子打碎了。进了腊月门,碎东西不吉利。

金送子越想越慌,抱起暖就去葛家找白娘子了。

听她说完,白娘子也生气了,说唐立成这个老不带彩的,都六十岁的人了,还想老牛吃嫩草呢,夸金送子有骨气。

金送子不无担忧地说,以后的路还长,不知会不会落到他手里。

白娘子也说是,说县官不如现管,都在起风镇住着,尤其金送子是年轻寡妇,难免被人捏了软柿子,到那时候,怕是去喊个冤都得被塞一嘴苍蝇。

六子听许仙说白娘子今天包豆包,跑过来讨豆包吃,见金送子也在,吃完豆包不走,抄着手,笑呵呵地逗暖。白娘子瞥了他一眼,突然问金送子:"真要守着孩子过一辈子?"

看白娘子眼神,金送子就明白了,她还是想撮合她和六子,可她实在无意,就说看缘分吧。白娘子说缘分这东西,有时候是天时地利人和,可还有的时候,是逼到坎上了。

说完,直扑扑地看着金送子,似要逼她表个态。金送子不情愿,又不想驳了白娘子的面子,就抱起暖,说不耽误白娘子忙年了。白娘子却拉住她,说:"都火烧眉毛了,你还走什么走?"

白娘子觉得迫在眉睫,能救金送子出困境的,只有六子,就恨恨地说唐立成找人提亲了。

六子啐了一口,说:"这老不带彩的,已经娶仨了,还不够他使的?!"

白娘子忧心忡忡地看着金送子,说:"你是个没主儿的,无缘无故回了唐立成的提亲,他颜面上过不去,能让你有好日子过?要我说,你和六子,年岁般配,赶紧办了吧,乔大嘴要再来要话,你就说早许下人家了,你早许下人家比空口白牙把人家回了好,给足了面子,唐立成想恼也恼不着你,谁让他提得晚呢?男婚女嫁就这样,你千好万好都不如人家来得早。”

六子像得了令，撒腿就往外跑：“我回家和我娘说，年前把事办了。”

金送子一听就急了，追到酱铺里，说：“六子！你给我回来！”

六子急了：“再不办唐立成就上门逼亲了。”

金送子面如坚铁：“我不愿意，他逼也没用。”

一到年关，咸菜就不能上桌了，酱菜铺子格外清闲，葛晋颂正在临字帖，没头没尾地听了这么两句，问怎么回事。六子就说：“唐立成逼送子做第四房太太，都那么大年纪了，送子都能喊他爷爷了，这不埋汰人吗？”

葛晋颂也生气，说：“生意都不能这么做，何况亲事。”

六子说：“就是！”

葛晋颂问六子：“唐立成要逼亲，你呢？你这是要干啥去？”

六子看了金送子一眼，笑得跟啃饱了青草的驴似的：“唐立成逼到门上了，咱也不能干挨不是？回家跟我娘说声，把我和送子的事办了。”

金送子的脸涨得通红，说：“六子！你瞎说什么呢？”

六子急得话都说不溜了：“我……我哪儿瞎说了？我就怕我不麻利点儿的话，唐立成的花轿就逼到门上了。”

金送子说：“他逼到门上，我也不去！”

六子嬉皮笑脸地说：“你不去是不给他脸，成心让他难堪，咱俩把事办了，他就是天王老子，也得讲点儿王法，不能硬生生把别人老婆抬走吧？”

六子一副早就和金送子郎情妾意的样子，这把金送子真惹火了。她跺脚说：“六子，你要让我说多少遍？！我对你无意，过去无意，现在无意，以后还是无意！你明白了没？”

六子像给人吆喝蒙了的孩子，说：“我这是为你着想。”

金送子说："我不用！就是牛魔王拿叉子叉我脖子也不用你为我着想！"说完，抱着孩子噔噔走了。六子自己爬竿子上下不来，就跟葛晋颂说："掌柜的，你看，你看这人，不识好人心。"

葛晋颂就笑，说："人家不愿意，你也别强扭瓜了。"

六子"哼"了两声，又找白娘子吃了俩豆包，才算把堵在胸腔里的那口气给咽下去。

腊月二十八，乔大嘴又来了。金送子还是那句话，她再小门小户出来的闺女也不能找个可以给她爹当爹的人当女婿，乔大嘴噘着能拴十头驴的嘴走了，说见过丑的、见过俊的、见过好说话的、见过不好说话的，就是没见过像金送子这么不识抬举的。

金送子气得泪都要下来了，有心骂她两句，又觉得做人不能图一时嘴上痛快，万一让她记恨上了，反倒给自己招麻烦，就忍了。

就这样，金送子家门口的草垛还是着火了。

大伙儿一边救火一边议论金送子家的草垛着得没道理，六子也在救火的人群里，拎着水桶从河边上来，跑过她身边时大声说："我说什么着来？"

金送子没吭声。白娘子披着棉袄跑出来，站在她身边，张望着被泼上去的水捂出滚滚浓烟的草垛，说："我的个乖乖，这谁这么下作欺负到孤儿寡母头上？"说完，去看金送子。金送子两眼直愣愣的，白娘子以为她吓傻了，在她眼前晃晃手。金送子茫然地说："把草弄湿了，我拿什么做饭？"

白娘子啧啧地痛心疾首："都什么时候了，你还惦记着做饭。"

六子义愤填膺，让金送子去报官。

金送子说："算了，不知谁家孩子调皮，就一垛草的事，官家又不能治孩子的罪。"

六子一口咬定是唐立成指使人点的，要帮金送子去县上报官。结果他被许仙骂了一顿。许仙说："高密县这么大，一个年不知要着多少个草垛，县太爷管得过来吗？再说了，就算管得过来，让县里派人下来为一垛草破案？谁承认？抓着了，治啥罪？”

六子不服气，眼瞅着唐立成家的方向，说：“这案还用破吗？肯定是有人打不着鹿，也不让鹿吃草。”

许仙又骂了六子一句，说：“行啊！六子，我咋就没看出来，你有这么好的脑力呢？报官以后呢？你领着县上的人去拷问人家？老话说拿贼拿赃，捉奸捉双，你拿着人家手腕子了没有？”

六子说：“还用拿？拿脚后跟想想都知道是谁干的！”

“有个屁用！”许仙说，“多少缺德事，你拿脚后跟都知道是谁干的，可就是因为没拿着人家手腕子，你只能自认倒霉！再说了，你还想不想让她们娘儿俩在起风镇安身立命了？”

六子当然不舍得金送子离开起风镇，冲许仙不服气地嘟囔了一句：“就你吃的盐多。”

“那是！比你小子吃的饭多！”许仙说完，见金送子娘儿俩在年夜的冷风里瑟瑟的，也难过，但又无能为力，只能劝她：“这哑巴亏，你咽了吧。”

金送子点点头，看了六子一眼，说：“都是惹不起的，你别费心了。”

六子气哼哼地走了。

正月初一一早，唐立成给本家长辈拜完年，就去了乡公所，把当值的吓了一跳，以为出了啥大事。唐立成说就是过来看看。让当值的沏了一壶茶，就摆手让他回了，一个人的闲茶，越喝越冷，就拨旺炉火烤手。乔大嘴来了，进门先拜年，说到唐立成家里去了，听说他在乡公所。

唐立成“嗯”了一声，让她自己找只茶杯，过来喝茶。

乔大嘴从橱里找出一只杯，自己倒上茶水，还没等喝，就夸这茶香得醉人心肺。唐立成心里有事儿，有点儿烦她，恹恹地，端起杯抿了一口，说："有那么好吗？"

乔大嘴喝了一口，认真地吧嗒了半天嘴，说："真好，要不是在您这儿，我还真捞不着喝这么好的茶。"

唐立成一脸不以为然，说："他一个当差的，能喝啥好茶？"

乔大嘴这才晓得茶不是唐立成的，白拍了半天马屁，就嘿嘿给自己打圆场："当差的自己不舍得买好茶，说不准是别人孝敬的呢，孬不了，要不然，大过年的，他好意思泡给您喝？"

乔大嘴这么说，也等于是顺道拍了唐立成的马屁，说他有威望。唐立成心下也受用，就问她过来啥事。乔大嘴嘻嘻地说："不说了嘛，给唐镇长拜年。"

唐立成"嗯"了一声，端起茶杯喝茶，意思是，年已经拜了，你还不走吗？

乔大嘴啥场景没见过？她当然明白，遂厚下脸皮凑近了唐立成，小声说："我觉得这会儿能成。"

唐立成揣着明白装糊涂地"哦"了一声，拿眼看着她。乔大嘴神秘兮兮地说："唐镇长，您把心放肚子里，等我喜讯。"说完，眼巴巴地看着唐立成。

唐立成不情愿地从口袋里摸出个红包放桌子上，乔大嘴忙捡到口袋里，小声说："唐镇长，不瞒您说，为了帮您说成这门亲，我还真没少费心思。"

唐立成也叹气，说："你费多少心思我不管，我就想身边有个体己人照应。"

"可不，您要身边有个体己人，也不用大年初一跑乡公所躲清静不是？"乔大嘴一副知他冷热的样子。

唐立成点点头，说："家家有本难念的经啊。"然后，点了根唐华山孝敬他的烟卷，乔大嘴看着眼热，要了一根，点上抽了两口，又掐灭了，笼在袖子里，说要带回家给她男人尝尝，唐立成晓得她这是念经给自己听，遂把剩下的半盒掏出来，让她都拿去，乔大嘴言不由衷地说着不好意思，手却伸了出去。

目送乔大嘴走，唐立成就已明白金送子家草垛是怎么着的了，跟乔大嘴脱不了干系，不外是狠着点儿吓唬吓唬金送子，让这个年轻的俏寡妇自觉四面楚歌，赶紧找个能保她过上安稳日子的靠山嫁了，恰逢他唐立成又派人去提亲，一切就是水到渠成。

他等了一上午，金送子并没来报官。唐立成想着金送子毛茸茸金桃子一样的脸，就觉得心里空空落落的，像丢了啥找不回来的东西。

给乔大嘴的红包，他原本是准备给金送子的闺女的，觉得她一个寡妇，年五更起火的虽然是草垛，但也被吓够呛，肯定会抱着孩子来找他主持公道，他嘛，就手送孩子个红包，也是种体面的讨巧表心意。

金送子竟没来！

唐立成恹恹的，起身往外走，像有根绳牵着，不自觉就走到了金送子家门外。葛晋颂和六子主仆两个挽着裤腿，把烧塌的草垛重新垛起来。唐立成站定了，远远看着，就像看已被自己下套的兔子正被假善人解救，不忿悠悠然地就涌到了心上。

葛晋颂往垛上叉草时一歪头，看见了唐立成，放下叉子远远打拱，问过年好。唐立成也抬手回拱，慢慢踱过来。

问怎么回事。葛晋颂说肯定是孩子玩炮仗时不小心点着了。唐立成也点头说年年这样，哪年的年五更不烧俩草垛就不叫过年。葛晋颂说可不是。唐立成张望着金送子家的大门口，自言自语似的说："孤儿寡母的，怪可怜的，没吓着吧？"说着，捡起六子扔下的草叉就要跟葛晋颂一起垛草垛。已经走到酱铺门口的六子回头看见了，"哼"了一声跑回来了，从唐立成手里抢过草叉，说："别，别，垛草是个力气活儿，您都这把年纪了，别抻着胳膊伤着腿的，我们可担待不起。”说着，抢过草叉，虎虎生风地叉了草往垛顶上扬，边扬边得意地看着唐立成，大声说，“唐镇长，您呀，还是回家哄着孙子数压岁钱玩吧，垛草这种力气活儿，不敢劳您尊驾。”

唐立成知道六子这是在笑话他老了的意思，气得胡子乱颤，可六子的话，从明面上，又挑不出刺儿，就拿手指着他，跟葛晋颂说：“葛掌柜，管教伙计，你不如你爹，差了一大截。”

葛晋颂替老浦谢唐立成对孤儿寡母的关照，说老浦在葛家干了一辈子，因为让人骗了大车去就想不开，丢下孤儿寡母走了，他和叔叔一直过意不去。

唐立成也同仇敌忾的样子，让葛晋颂给金送子捎句话，老浦虽没了，可有他唐立成在，欺负孤儿寡母这种没羞没臊的事，就别想在起风镇上发生。

葛晋颂又替金送子道了谢。

唐立成背着手，溜达走了。六子冲他背影“呸”了一口。葛晋颂压低了嗓门道：“你干什么呢？”六子盯着唐立成背影说：“猫哭耗子！”葛晋颂说：“就你明白！”

六子依然愤愤，但见葛晋颂目光严厉，就埋头干活儿了。葛晋颂说：“就算你胆大，你能指他鼻子骂？有用吗？你抓人手腕了？”

六子说：“不用抓手腕也是他让人点的！”

葛晋颂知道六子脾气，嘴贱又犟，上来犟劲，你越说他越来劲，就没再搭理他。

六子把救火时踩塌的草叉起来，狠狠拍到垛上，突然道：“之前扒后窗、跳墙进院，说不准也是他干的。”

葛晋颂喝了一声：“你有完没完?!就算他有这心，都六十岁的人了，上得去墙吗？”

“我的掌柜的！”六子吃惊地看着葛晋颂，“唐立成有钱，用得着他自己干了？”

“哦！他自己看上的女人，出钱让别人去占便宜？”

六子急了，说不是这么回事，他怀疑是唐立成看上了金送子，想娶回去当四姨太，又怕金送子不答应，就先找人吓唬几次，把金送子吓得六神无主了，再让人上门提亲，不就水到渠成了吗？

让六子说得葛晋颂心里也打上了鼓，嘴上却说，没影的事瞎传就是造谣，警告六子出去别信口开河。

六子嘴上答应着，没几天，起风镇上还是起了谣言，说唐立成看上老浦家寡妇手段使尽也没得逞。唐立成很生气，可谣言这事，风似的，传来传去追不到根，也不好拿谁治罪，把乔大嘴喊过来数落了一顿。

乔大嘴说冤枉，吃媒人这碗饭，话虽多，但也知道轻重，她连自家男人都没说，怎么能跟外人说？唐立成就问：“这满城的风雨到底是怎么来的？”

乔大嘴这才说：“我连去了两趟，逼得有点儿紧，老浦家寡妇可能找人讨主意了。”

唐立成就咳了一嗓子，说：“好饭不怕晚，你逼那么紧干啥？”

乔大嘴嘟囔：“我这不琢磨着，她一寡妇，没那么多讲究，要成的话，年前进门，您家也能添丁进口不是？”

唐立成心下烦躁，摆摆手说：“不愿意就算了，死了张屠夫，我唐立成也不会吃带毛猪！”

乔大嘴嘟囔：“白瞎我好几顿酒饭。”

唐立成纳闷：“你还请了她酒饭？”

乔大嘴自知失言，可又想从唐立成这里把酒饭钱讨出来，就红着脸说，她早就听说老浦老婆性子烈，不中意老浦，嫁过来愣是一年多没开口说话，唐立成比老浦还大，怕她更不愿意，就想了个主意，找几个闲汉夜里去扒窗撬门，老浦家一年轻寡妇，肯定害怕，只要她一害怕，再提亲就容易多了。

唐立成就“哦”了一声，说既然人家出了力，也不能亏待了人家，让乔大嘴喊他们去乡公所，他让厨子杀鸡剖鱼，请他们喝两杯算答谢。

乔大嘴想唐立成连这些闲汉的情都领了，把自己花出去的酒饭钱讨回来应该没问题，就把闲汉们叫过来了。

一会儿工夫，喝得手发麻腿脚软了，唐立成让两个当差的拿麻绳捆了。

他说：“我唐立成是想娶房小，托你去说媒，可我没想到你为了挣份喜钱，使出这么阴险的手段，不仅坏了起风镇上的民风，也败坏了我唐某人的名声！”

乔大嘴这才明白，自己着了唐立成的道，所谓去老浦家赔礼道歉是假，洗白他自己才是真。

当差的叫了几个帮手，在正月十六这天，押着乔大嘴和几个闲汉，敲锣打鼓，浩浩荡荡地去给金送子赔礼道歉。正月里，人闲着没事，听见街上有响器，出门看热闹，浩浩荡荡地就成了队伍，到了金送子家门口停住，把金送子弄得云里雾里的，出来问：“这是干啥呢？”当差的把几个闲汉揍了一顿，让他们自己说怎么回事。闲汉们没脸没皮，帮乔大嘴做事，不过为混个肚儿圆，自然不想帮她扛责任，没挨几下打，就把乔大嘴为了让金送子答应提亲，让他们扒金送子家的后窗和半夜撬门以及年五更点她家草垛吓唬她的事，竹筒倒豆子似的说了。

乔大嘴臊得要死要活，当差的见目的已达到，见好就收，给解开绳子，一人屁股上踢了一脚，让他们滚了。

第十章

风从南方吹过来，一天比一天暖，把整个起风镇都暖绿了。

绿了的起风镇，一天天热闹着，浩浩荡荡的龙须河，日夜不停息地向东流，肥鸭拽着胖屁股在蒲草层里钻来钻去，街上的气息腥乎乎、湿漉漉的，好像随便往空气里插一根柳枝都能立地扎根发芽。一转眼，夏天也花红柳绿地来了，暖已会跑了，跟到葛家切酱菜，小嘴巴甜得像抹了蜜，谁都喜欢。六子对金送子还是不死心，千方百计地笼络暖，说："暖，我知道你叫暖，你知不知道我叫什么？"暖说："不知道。"六子说："我叫爹，你以后叫我名字就行了。"

暖不知是计，说："好。"

柜上没活儿，六子就故意喊："暖，我叫什么来着？"

暖就脆生生地说："爹！"

六子也脆生生地答应着，说："暖真是好孩子，管我叫爹，走，爹给你买糖吃。"说着抱起暖就走。被金送子一把夺回来，搂在怀里，把暖凶了一顿。

许仙也觉得六子占孤儿寡母便宜，把他数落了一顿。六子自觉没脸，嚷着要辞工，葛晋颂噼里啪啦打着算盘，说他欺负人欺负出理来了，让白娘子帮他打听打听，看谁家姑娘合适给说合一个。

六子满眼怨气，瞥了金送子一眼，恨声恨气地说：“不要！”

天热起来，起风镇上的家家户户就把后窗扒了，这样，前后窗相互呼应，家里有穿堂风，就凉快起来，金送子也扒了，但扒了两天，又垒上了，因为夏天人穿得少，镇子上的地痞流氓又晓得她新寡，来扒她后窗偷窥。

金送子重新把后窗垒上以后，家里闷得像蒸笼，暖热起了一身痱子，白娘子看着心疼，逼金送子又把后窗扒开，让许仙扛把铁锨在金送子后院蹲着，看见有不要脸的来扒后窗就铁锨伺候，还真拍着一个。太平了没几天，许仙的叔伯哥在胶州去世了，他去奔丧，来回得几天，白娘子不放心金送子娘儿俩，夜里睡不着时转到金送子后院去看，没想到不要脸的又来了，而且不要脸的不怕白娘子，还拿土坷垃把白娘子的头给打了。

白娘子气得哭，葛晋颂起夜听见了，转出去问，让白娘子回家，说这事交给他了。第二天，叫着六子在金送子家后院墙上摞石头。六子纳闷，问摞石头有啥用。葛晋颂说爬墙上屋这种事，体面人干不出来，咱摞上石头以后，想上墙就得有梯子，不体面的人一般日子也过不体面，家里不会置办梯子，因为梯子在乡下是个常年闲，只有有闲钱的人家，才会打架梯子以备不时之需，街坊四邻有需要的，也会去借，但半夜爬寡妇墙不是件体面事，想必也不敢明目张胆去借梯子。不借梯子还想爬后墙，就得把石头捅下来，石头落地，在寂静的夜里，分外响，就会惊动左邻右舍，扒后窗的，通常是又屄又不老实的地痞小流氓，考虑考虑后果就不敢了。六子听得恍然大悟，去铺子里学给金送子听。金送子不由得佩服，葛晋颂果然是个有智慧的。

可能因为墙上有石头，一连两天，葛晋颂去金送子家后院墙外看，傍晚撒的草木灰好好的，没人踩，就知没混混来过，心下也松了口气。

每次下意识松口气，葛晋颂自己也会纳闷：这是怎么了？他怎么为一个不相干的寡妇揪起心来了？

想着想着，就会暗自呸自己一口，觉得自己和街面上的混混没啥区别了，竟会惦记金送子这个年轻女人，让他很是为自己感到羞愧。

羞愧搅得葛晋颂睡不着，仿佛炕是面烧热的鏊子，躺不住，索性起来，上街溜达一圈。

夏夜的风，没了白天的溽热，带着潮湿的凉爽，让他觉得稍微好受点儿了，在街上踱了几步，隐约听到“扑通”一声，心里一惊，忙往金送子家房后跑。青白白的月光下，就见先前摞在墙上的石头七零八落地散在地上，有个人影正扒着墙头，伸着脖子，使劲往金送子的卧房看。葛晋颂三步两步冲过去，扯着那人脚腕子就往下拽。墙上的歹货猝不及防，一个四仰八叉就倒了下来，正好砸在葛晋颂头上，劈头盖脸地，把他给砸倒了。这歹货挣着身子爬起来，想跑，可脚腕子被葛晋颂死死攥在手里，情急之下，从旁边搬起石头就砸在葛晋颂腿上。

葛晋颂痛得浑身一震，手就松了。歹货爬起来就跑，葛晋颂却已看清他面目，是后街上那个叫野鹊的闲汉。

葛晋颂想爬起来去追，右腿却使不上劲儿，低头一看，骨头竟断了，就大喝一声：“野鹊！你跑也没用，天亮了咱乡公所见！”

野鹊就站住了，站在青光光的月亮下，看着葛晋颂。葛晋颂坐在地上，看着断腿，再想想还有一百多亩地的活儿，怕是要干不成了，就气得要命，骂了他几句，让他别看了，赶紧去把六子叫来，抬他去余天恩家。

野鹊期期艾艾地走过来，嗫嚅道：“葛掌柜，非上乡公所？”

葛晋颂没好气：“你这会儿知道怕了？”

野鹊突然一个绊子就把原本就站不稳的葛晋颂撂倒在地，骑在胸膛上就大喊:“老少爷们儿快起来,有个下作的,扒寡妇后窗,让我拿了个正着!”

葛晋颂愣住,意识到要坏,野鹊这是要倒打一耙,就说:“野鹊你要干啥?”骑在他身上的野鹊扭头道:“干啥?你做下了上不了台面的事!让我拿着了手腕子,你还有脸问我干啥?”说完,又扯着脖子喊,像遇上了歹人,体力不敌,再不来人搭把手帮忙,他命就没了。

一扇又一扇的窗亮了,一盏又一盏的灯笼奔过来。

灯笼们汇聚过来围着葛晋颂的脸,一看是他,人群就炸了锅。竟然是葛家少掌柜的!多好的人家,一表的人才,只要他想,多俊的闺女都娶得到手,咋会扒寡妇墙?

金送子抱着孩子站在人群里,呆呆地看着葛晋颂,喃喃叫了声“少掌柜”。葛晋颂挣着坐起来,让大家别听野鹊胡说八道,扒墙的是野鹊,让他逮着了。

野鹊也不惧,抱着胳膊歪着头笑,说:“你逮着我?你逮着我怎么断了腿的是你?”

葛晋颂语塞。镇上巡更的人也闻声到了,也问:“是啊,葛掌柜,是你抓他,咋是你的腿断了?”

葛晋颂说:“我拽他下来的时候他把我坐倒了,我拽着他脚腕子,他想跑,没跑了,拿石头把我腿砸了。”

野鹊说:“老少爷们儿你们信?”

说真的,这要是平常,起风镇老少爷们儿肯定信得着葛晋颂,信不着野鹊,可在这个夜晚,人们觉得一切都是那么暧昧不清,葛晋颂和金送子是隔壁邻居,他未婚,金送子是寡妇,且大大在他家酱铺切酱菜,就算是他捉了野鹊的脚腕子,可深更半夜的,他出门溜达个甚?咋还溜达到了年轻寡妇的屋后?

葛晋颂解释,说许仙不在,他替白娘子过来看看。人群嗡嗡的,听不清他说了些啥。倒是有人说,怪不得乔大嘴给葛晋颂提唐家三小姐他不愿意呢,原来是搞上小寡妇了,还是俗话说得好,吃鸡吃脖子,玩嫚玩婆子！葛掌柜这是入了道了呀。

金送子晓得,就凭她和葛晋颂的两张嘴,说破天也没人信,就去葛家拍门找白娘子出来做证。拍了半天,开门的是葛晋天。他也被野鹊扯着脖子的喊声吵醒了,正要出去看,一开门看见金送子,问:“深更半夜的,外面吵嚷个啥？”

金送子匆忙说:“葛掌柜出事了,你快去看看吧。”说着就往白娘子睡房跑。

葛晋天和葛晋颂虽不是一类人，可打小一起玩乐一起闯祸,感情要好得很,听说他出事,撒腿就往外跑。

晓得许仙不在,金送子连门也没拍,就闯进了白娘子的屋。月光从西窗棂洒进来,洒在白娘子脸上。

白娘子歪在炕上,敞着怀,两只乳房像酵大了的馒头,往两肋边瘫着。金送子把孩子放炕上,边给她扣扣子边说:“白姐姐,你醒醒。”

白娘子睡得跟面口袋似的,怎么叫都不动。金送子就拉她,这一拉,才知道坏了,大热天,白娘子的手冰凉冰凉。金送子脑袋嗡地一下,像熄了火的灶底,眼前净是铺天盖地的黑。心神稍微定了定,又去摸白娘子的鼻息,然后哭得肝肠寸断。被金送子哭醒的葛佑安怎么也不相信才五十多岁的白娘子就这么无声无息地没了,傍晚还有说有笑地给他们擀了豆面条呢，于是跌跌撞撞地往余天恩家跑,到了余家,余天恩老婆说已经和徒弟去了,怕是已经到了。

葛佑安云里雾里,问:“谁来叫的？”余天恩老婆说:“你家伙计啊。”

葛佑安满头云雾,咋也弄不明白,就睡了半个觉,这世界咋就乱了套！撒腿往回跑了几步,觉得还是不对,又折回去问,六子什么时候来的。余天恩老婆说快半个时辰了,这会儿怕是已经接好了。葛佑安就更蒙了,问:“接啥？”余天恩老婆也让他的蒙样给弄糊涂了,说:

“你侄，葛掌柜的腿不让人砸断了吗，你大半夜跑过来，不是为这回事？”

葛佑安张大了嘴巴，说：“我家晋颂？”

余天恩老婆张着嘴，痴痴地“啊”了一声：“除了酱铺葛掌柜你还有别的侄？”

葛佑安就急了，说：“这又咋回事？”

余天恩老婆说：“谁知道呢，在乡公所。”

葛佑安顾不上回家就往乡公所跑。

大老远就听乡公所吵吵嚷嚷的，灯火通明，门里门外地围了不少人，葛佑安心下蹿火，扒拉开人群往里钻，说：“闪开，深更半夜的，这是咋了？”有嘴快的，说：“你侄扒人家寡妇墙头，腿让人砸断了。”

葛佑安就说：“我呸！你侄才扒寡妇墙头，你们全家扒寡妇墙头，我葛家的人，上得刀山下得火海，就是干不出这种下作事！”说着，扒拉开人群进去，就见唐立成坐在一把椅子上，咬着旱烟袋，眉头皱着，快拧成一团了。

葛晋颂依着乡公所办公的桌子腿坐在地上，一条腿棍子似的往外撇着，余天恩和他的徒弟正围着他的右腿忙活着绑夹板。葛晋天像怒目金刚，提着两只拳头站在一边。野鹊显然被打了，脸上青一块紫一块的，一眼又一眼地挖葛晋天，嘴里嘟囔：“扒寡妇墙头你们还扒出理来了?! ”葛晋天就指了他的鼻子：“你他妈再给我喷一句试试？”

野鹊指着葛晋颂跳脚：“事实在这儿摆着！”

葛晋天上去就是一个绊子。野鹊倒在地上，抓着他脚腕子就咬了一口。

疼得葛晋天几拳头下去，野鹊的脸就给打成了一朵开得正盛的鸡冠花。

葛佑安闯进来时，被葛晋天骑在身下的野鹊已没了声息，葛佑安怕出人命，扑上来抱住葛晋天的拳头，骂了句：“臭小子，你要作死啊！”

葛晋天这才意犹未尽地晃着钵大的拳头站起来，说：“跟老子玩横的，也不先撒泡尿照照！”

乡公所公差踢了野鹊一脚，野鹊死了一样，躺那儿一动不动，鼻子嘴角都往下滴血，公差一脸后怕地说：“莫不是不行了吧？”

如果野鹊是当着镇长的面被打死，镇长也脱不了干系。唐立成晓得这点，忙让余天恩看看，还有没有救。

几年前，野鹊爹死的时候，野鹊去余天恩家使过横，说他爹吃了余天恩一冬天药，把他爹治死了，要跟余天恩没完。其实，明眼人都能看出来，野鹊讨公道是假，讹余天恩银子是真。余天恩行医多年，没遇上这么赖的，不搭理他。野鹊就天天在余天恩家门口号叫庸医治死了他爹，一到吃饭点，就往余天恩家饭桌前一坐，抓起筷子就吃。余天恩开门行医，不能关大门，晓得野鹊无赖，怕被讹上，进来也不能动粗往外轰，只能看着他像坨屎一样往饭桌前挤。最后余天恩的儿媳妇实在受不了和这么脏的人在同一张桌子上吃饭，偷偷拿了点儿私房钱送去，这才消停了。打那以后，余家人在街上看见野鹊都绕着走，野鹊和他娘偶有个头疼脑热来余家求药，余天恩眉都不皱一下地说没有。有年冬天野鹊下老鼠药偷了一只狗，剥皮煮了，吃得娘儿俩上吐下泻，连走路的劲儿都没了，爬到余家求药。医者父母心，余天恩不能见死不救，叫来左邻右舍，让野鹊和他娘当众立了字据才给药。

现在唐立成让他给野鹊看，余天恩不好驳他面子，就说：“当着老少爷们儿的面，我把丑话说在前面，我就看他还活不活，不包治。”

大家都晓得余天恩和野鹊的恩怨，表示支持。

余天恩扯过他手腕，号了一会儿脉，说：“就是受了点儿跌打伤，不碍事，抬回家将养几天就好了。”

一桩风化案断到这里，已进行不下去了，当差的问咋办。唐立成说:“还能怎么办?一个腿断了,一个就剩口气吊着了!抬回去,等双方好差不多了再说。”

就这样,葛晋颂和野鹊各自被抬回家,是非曲直,等日后再断。

随后,葛佑安让余天恩到家看看,晚上全家人还吃白娘子擀的面条呢,咋半夜就没了。

余天恩去了,掀开金送子给她搭在身上的被单,摸了摸身上的衣服,都被汗水湿透了,说十有八九是心症。

葛佑安问啥叫心症。余天恩说是心脏上的毛病,平时看不出来,可一旦发病,快且危险,命大的,躺平了,找个劲大的按胸口能按回来,但大多数肋骨按断了,人也救不回来。

白娘子走了,葛晋颂腿断了,葛家的天就塌了。

六月,正是荒草疯长的季节,隔几天就得锄地,虽然有雇工,但也得有人领着雇工干。许仙人老眼花,干不了细活儿,葛佑安又是个嘴货,让他带雇工干活儿,一天有大半天蹲在地头的树下给雇工们谈古论今。有故事听不用干活儿还有工钱拿,雇工们当然喜欢,可地里的庄稼就遭了殃,眼瞅着就被荒草吃了,许仙说这么下去不行,让葛晋天带雇工干活儿。

葛晋天虽生在乡下,可是,除了小时候跟着大人到田里追野兔抓蚂蚱,就没干过农活儿,突然让他和锄头打交道,就像把活在天堂的人扔进了地狱。半天工夫,手上磨起了花生仁大小的水泡,后背和脖子也晒破了皮,汗水流下来,又疼又痒,难受得想就地打滚。他这才明白,田园生活的诗情画意是建立在不亲自动手,一切都有人代劳的基础上,于是无论如何也不想当什么饱读诗书的乡绅了。葛晋天给葛晋颂撂下话,别指望他回来继承老葛家的田产,他不稀罕。他要发愤图强,去北平去上海,在马桶上拉屎撒尿,娶一个念过书的洋学生做老婆。在他的人生中,起风镇只能作为故乡存在,永远不会成为他正在生活的地方。

第十一章

野鹊家穷得可以挂起锅来当钟敲,大门都被野鹊卸下来换酒喝了。唐立成是个体面人,没门也不会贸然进别人家,就咳嗽了两声。野鹊娘听见,迎出来,见是他,骨子里的刁气争先恐后往外跑,使劲挤眼,好不容易榨出两滴老泪,两腿一软就要往下跪:“唐镇长,您可来了。”

唐立成知道野鹊娘这种乡野泼妇,一旦让她坐到地上,下一步就是撒泼,忙扶她站稳,说:“有话慢慢说。”

野鹊娘指着穷得光溜溜的院子说:“唐镇长您也看见了,我们家比不了葛家,人家仗着财势欺负到头上了。您说,打狗还看主人面呢,葛家二小子当着您面就把我家野鹊骑在身子下打,这要不是人多眼杂地看着,野鹊的命怕是早就没了。”

野鹊娘虽不是个有城府的,但也晓得人的七寸在哪儿,比如唐立成,作为男人、作为镇长,当然憎恶被无视威严,葛晋天当着唐立成的面打野鹊,就是没把唐立成放在眼里!野鹊娘像点眼药水,一下点准痛处,让他想装傻都装不过去。

唐立成心里不是味,但不想让野鹊娘看出来,遂没听见一样,问:“野鹊怎么样了?”

野鹊娘扯着嗓子说:“还人事不省呢,喂药都是顺着牙缝往里溜。”

野鹊在炕上听见了,明白是暗示自己,忙挺尸似的躺好了。

唐立成踱进屋,看了野鹊几眼,说:“这个葛晋天,下手也忒没个轻重了。”

野鹊娘就放声哭,仿佛是对唐立成这句话的配合。

唐立成耐着性子,等她哭得没力气了,才自言自语似的说道:“打成这样以后咋出去扛活儿?他不扛活儿,你们娘儿俩吃什么?”

一句话戳到野鹊娘的伤心处,又是一顿哭,说要去告官。唐立成拿鼻子“哼”了一声,说:“告官?县官不如现管,你先跟我这现管说清楚!你儿子说葛晋颂扒墙头,葛晋颂说你儿子扒墙头,你说我该信谁?”

野鹊娘白眼一翻:“信我家野鹊!”

“葛家也这么说!”唐立成生气,“野鹊娘,你捂着胸口好好想想,你家野鹊和葛晋颂都是咱起风镇上的人,大家知根知底,搁你身上,你是信得着你家野鹊还是信得着葛晋颂?”

野鹊娘使浑道:“葛家有钱就要比我们家有人品?”

唐立成又轻轻“哼”了一声:“不是我不向着野鹊,他平时没少祸害人,出了这档子事,谁向着他说话?何况两人又伤了个半斤对八两。”

说完,唐立成就背着手往外走,野鹊娘追到院子里:“唐镇长,您来,就为跟我说野鹊落到今天这步田地是活该倒霉?”

唐立成站住,回头直挺挺看着她:“我来看他小命还在不在,不在了,就是人命官司,我这个镇长断不了案子,得往上报!”

野鹊娘一屁股坐地上哭:“我总不能为了出口气把野鹊掐死吧?”说着,抱住唐立成的腿不让走,说现如今野鹊人事不省,家里连熬一碗粥的米都找不出来,如果唐立成不给主持个公道,她就借辆独轮车推着野鹊去唐立成家门口吊死算了。

唐立成让她说得哭笑不得，说："冤有头债有主，你到我家门口吊死算怎么回事？"说完，轻轻一笑，就走了。

野鹊娘站在原地，愣了一小会儿，拍着自己大腿"哎呀"了一声。

野鹊娘回屋，喜滋滋地跟野鹊说："咱娘儿俩算是有饭碗了。"第二天，野鹊娘借了辆独轮车，蹒跚着推野鹊去了葛家铺子，长一声短一声地哭，说野鹊让葛晋天打得至今不省人事，她没法活了。

野鹊娘天天推着野鹊在铺子门口闹，把葛晋颂气得血脉贲张，让许仙把野鹊娘喊进来，问她到底想干什么。

许仙虽然没念过书，可活了五十多岁，世道人心还是见过一些的，跟葛晋颂说："像野鹊娘这种泼皮，你既不能谦逊也不能礼贤下士，要不然她就当你理亏气短。"于是许仙说，"掌柜的这事你不能自己出面，他们配不上。"说着，就出去了，问野鹊娘到底想干什么。

野鹊娘知道许仙不主事，就是个传声筒，但也不能得罪，就一把鼻涕一把眼泪地抹着，说自从野鹊爹死了，她就靠野鹊养活，现在野鹊让葛晋天打得说死不死说活不活，她没法活了。

许仙说没法活了她也不能拖到葛家门口等死啊。野鹊娘听许仙话里连讽带刺的，就恼了，说是葛家老二给打成这样的，她就是要让野鹊死在葛家门口好去告官。

许仙说："那也是她推到我们家门口熬死的，不是我们家二少掌柜打死的。"

野鹊娘就带着哭腔说："许仙！你好狠的心啊，你咋就不想想，你前脚走，后脚白娘子就死在自家炕上，弄不好就是哪个不要脸的谋算老浦家寡妇，嫌你老婆碍眼给掐死的！"

许仙当然不信，骂野鹊娘是疯狗，转身走了，没再理她。

金送子还是日日来切酱菜。

白娘子活着的时候，葛家无论是洗衣做饭，何桂枝也就动动嘴的份，白娘子都替她干了，白娘子忙不过来的时候，最多让葛锦绣搭把手。何桂枝的活儿，是以一家主母的身份，评价白娘子的菜烧得好不好吃，家务干得利不利索。现在，白娘子冷不丁没了，家务事像一捆不重但体积庞大的草，泰山压顶在何桂枝头上，她哪儿吃得下这份辛苦？于是她就指使葛锦绣。葛锦绣之前做家务仅限于给白娘子打下手，担主力也吃不消，就跟何桂枝吵。常常做着做着饭，娘儿俩就吵起来了，菜刀铲子叮当响；或是做饭攒了一肚子火，攒到饭桌上互喷，娘儿俩针尖对麦芒，没一个示弱的。总之，自从白娘子走了，葛家就没一天安宁日子。用葛晋天的话说，吃的是猪狗不如的饭食，生的是开天辟地的气。饭食猪狗不如不是食材差，而是葛锦绣和何桂枝都不会做，多好的东西，也给做出了猪食的模样和味道。

葛佑安让她们吵得心烦，又自知一旦插嘴，难免沦为众矢之的，索性转移视线，一遍遍唠叨葛晋颂，让他赶紧相看个合适的娶回来，要不然，这个家早晚得让何桂枝和葛锦绣娘儿俩给点上一把火烧了。

葛晋颂虽也吃厌了何桂枝娘儿俩做的饭，可让他本着娶老妈子的原则娶老婆，还真不情愿，就推说等等吧，三年守孝期还不满呢。葛佑安拿烟袋一下一下地磕桌沿上，指着自己耳朵，说："我的贤侄，都什么时候了，你还惦记着三年的孝期。让她们吵的，我这耳朵茧子都磨两尺厚了！"

何桂枝没好气儿，说葛佑安豆腐高的身子板长了个饭桌高的耳朵眼儿，活脱就是天上地下都找不出来第二个的怪物。把葛佑安骂火了，从椅子上跳起来，说不为别的，为了有碗舒服饭吃，他也得娶房小。

何桂枝跑到牲口棚把铡刀拖出来，当院子咔嚓咔嚓地空铡几下，指着寒光闪闪的铡刀刃说："有胆你给我娶回来试试，我他娘给你铡成一小块一小块按到酱缸里去！"

葛佑安的脸都给吓白了，娶小的事，没敢提第二次。

许仙、六子和金送子在灶房吃饭的时候，六子学何桂枝学得绘声绘色。金送子笑得不行，再到快做饭时，主动去厨房帮何桂枝，说白娘子没了，做饭需要人帮忙喊她一声就行。

何桂芝本就习惯了享清闲，听她这么说，索性和从前一样，把厨房和家务都撂给了金送子。

虽然有金送子帮忙，何桂枝轻松了不少，可看金送子在厨房忙活，不知为什么，何桂枝就有种说不出来的别扭。她跟葛锦绣说："外面传得沸沸扬扬的，说你大哥跟她有勾搭，她怎么就能脸不红心不跳呢？还天天到咱家忙活。"

葛锦绣看不惯她既要享金送子帮忙打理家务的轻松又自作高尚地戳人家脊梁骨，就说她："你要真觉得她是那种人，就撵出去啊，不让她进咱家门不就得了？"

何桂枝瞪眼，仿佛看穿了葛锦绣是在瞧她笑话，把腰一叉，说："你以为我不敢呢？"

葛锦绣说："敢，这大天底下，哪儿有您老人家不敢干的事，可你得想好了，把金送子撵走了，你自己干活儿，别吩咐我。"

何桂枝说："你不在这家吃，还是不在这家喝？我凭什么不吩咐你？"

葛锦绣说："就凭老话说'做一天闺女为一天官'，别人家闺女没出阁，在娘家都是作威作福的姑奶奶，凭什么我要给你当丫头？"

野鹊娘虽然天天在酱铺外面哭天抢地，但碍于葛晋天这个横霸王，还真不敢踏进酱铺半步。起风镇的人都知道野鹊娘天天来闹，是想逼葛家破财消灾。金送子说："葛家没对不起他们，凭什么把财破在他们身上？"

何桂枝说："还不是因为你！"让金送子给个不破财也能免灾的办法。金送子说这两天她留意了，野鹊十有八九是没事，他泥巴似的躺在独轮车上是装的。

第十二章

野鹊娘儿俩在葛家酱铺门前耍赖，熬了将近一个月的光阴，不少碎嘴男女没事就往酱铺门前的树下一坐，瞧戏文一样瞧野鹊娘儿俩演戏。

有天中午，人们在树下昏昏欲睡，金送子提着一只黑陶罐，拿着一只碗出来，跟野鹊娘说："这么热的天，喝口糖水解解暑热吧。"

一连好几天了，每到中午，金送子就会送糖水给野鹊娘喝。开始时野鹊娘喝得警惕，唯恐糖水里有蹊跷，可几天喝下来，也没见着啥幺蛾子，就不那么防备了，甚至感激金送子，接过碗时说："跟葛家沾边的，就你一个好人。"

金送子笑，等野鹊娘喝完，她摸出一条手绢，看看野鹊，说天够热的，说着，用手绢蘸糖水往野鹊嘴里溜点儿，脸上擦擦，说去去暑气，末了，又把剩下的糖水给他擦脚底板，野鹊娘本想拒绝，可又见野鹊一副很享受的样子，就没吭声。

金送子擦完了，就冲铺子里喊："许仙大哥，把咱家羊牵到树底下凉快一会儿吧，我看它热得直吐舌头。"

许仙就牵着羊出来了。

葛家人在铺子门口探头探脑往这边看。野鹊娘就"哼"了一声，心想:难不成我还能把你们家羊生吞活剥了?

许仙牵着羊到了树下,就见羊东嗅嗅西嗅嗅,嗅到野鹊的脚底板那儿停住了,伸出舌头就舔,只一下,野鹊的身子就抽搐着抖了一下。野鹊娘觉出来不对,厉声喊:“许仙!你干啥呢?你咋牵羊咬我儿子?”想扑过去推开许仙,金送子见状,忙拦着野鹊娘,说:“你看,野鹊动了一下!”又跟许仙道,“许大哥,你让羊好好舔舔,说不准就把野鹊给治好了!”

野鹊脚底板上有甜味,羊舔得津津有味,野鹊再也忍不住了,哈哈大笑着从独轮车上滚下来,可身上也有糖水,羊追着他舔。金送子拍着手笑,说:“瞧见没?羊把野鹊给治好了。”

那个中午,一头矫健的山羊追着野鹊,跑遍了起风镇的大街小巷,成了街头奇景。

在独轮车上烂泥一样瘫了一个月的野鹊,让金送子一碗糖水、一只山羊给治好了,在起风镇成为奇谈,话传到余天恩那儿,余天恩就笑,说:“老浦家的是个有见识的人。”

有人问这话怎么说。余天恩说他早就看出来野鹊瘫在独轮车上不能动是装的了,反正就是躺着不动嘛,不用手艺不用道法,谁都能装,且人要成心想装,谁也没办法。可金送子就能想出让山羊去舔他的脚这个办法,这不是一般的高。

听的人就一脸好奇。

余天恩说,古代有种酷刑叫笑刑,就是把犯人绑在那儿,在他脚底板上涂上盐水或是糖水,让山羊舔,快舔没了,继续往脚底板上刷盐水或糖水。山羊舔脚底板,奇痒无比,犯人会发出一阵阵神经质的大笑,两个时辰,人就会笑得精疲力竭死过去。金送子用了糖水而不是盐水,因为糖水可以先盛一碗给野鹊娘喝,让野鹊娘误以为是金送子起了恻隐之心,给他们送糖水解暑,放下心头戒备,然后,许仙牵着山羊上场,山羊重口味,喜食甜或咸,闻到野鹊脚上有甜味,必定去舔，就把野鹊的装人事不省的局给破了。

“所以，你们说，老浦家的是不是个有见识的人？”

野鹊娘儿俩灰溜溜滚回自己家去了，葛家的日子也恢复了往日的平静。

虽然有金送子帮忙做家务何桂枝轻松了不少，可毕竟金送子是切酱菜的，她想帮何桂枝也要先把柜上的酱菜忙出来，她帮不上忙的时候，还得何桂枝自己忙活。

何桂枝天天片刻不得闲，她最喜欢的瓜子没时间嗑，也返潮了，就气得慌，骂葛锦绣，嫌她手脚慢，说她这样的等出了嫁得天天挨婆婆的打骂。

对她诅咒一样的恐吓，葛锦绣根本就不当事，说魏世瑶说了，结婚就接她去省城，用不着在家和婆婆一个锅里摸勺子。

葛锦绣十二岁就和魏世瑶定了亲，那会儿魏世瑶还没去广州黄埔军校读书，年年夏天来，虎头虎脑的，就是个很莽撞也很憨直的少年郎。

一想到魏世瑶用不了多久就毕业了，毕业回来就要把葛锦绣娶走，她更没帮手了，何桂枝就慌得手脚发麻，催葛晋颂别管剩下的守孝期了，赶紧托媒人找个差不多的就娶进门帮帮她，要不然她这条老命就要搭在锅台上了。

何桂枝每次催，葛晋颂都说好，却没行动，她就跟葛佑安抱怨。葛佑安说她围着灶台转愚了，托人保媒拉纤这种事，年轻人哪有自己张罗的，不都长辈出面？

何桂枝这才恍然大悟，打发六子去把乔大嘴找来。

乔大嘴和何桂枝掰着指头数起风镇上待字闺中的女孩子，说了一圈，何桂枝不是嫌这个娇生惯养就是嫌那个身子板薄吃不了苦。把乔大嘴给挑毛了，问她到底想要个什么样的侄媳妇。何桂枝看看拄着手杖在给主顾称咸菜的葛晋颂，说：“丑俊不讲究，泼实能干就行。”

酱铺里，除了乔大嘴和何桂枝的高声低语，就是金送子咯噔咯噔的切酱菜声，葛晋颂看了六子一眼，目光就大胆而又恣意地落在金送子乌黑的头发上。金送子感觉到了他的目光，脸颊火辣辣的，却不敢多想也不敢抬眼去看他，只是当何桂枝和乔大嘴的你一言我一语进了耳朵，心里就特别难受，不知为什么鼻子就酸了。

最后，乔大嘴数起风镇上的姑娘数累了，把两手一摊，说："葛二奶奶，起风镇上能谈婚论嫁的闺女我都给你数遍了，要是还没合适的，我就去镇外踅摸踅摸。"

这时，暖拿着许仙给她的一粒冰糖，走到葛晋颂跟前，摸着他打着夹板的腿，问他疼不疼。葛晋颂抱起她，说不疼了。暖还是把冰糖举到他嘴边，说："吃吧，吃了冰糖就不疼了。"葛晋颂接过冰糖，却填回暖的嘴里，抬头看金送子。金送子听到暖和葛晋颂说话，也抬头往这边看，见葛晋颂抱着暖，一副父慈子乖的景象，莫名就想掉泪，又怕葛晋颂看见，忙低下头。

乔大嘴和何桂枝也听见了，两人歪着头，愣愣地看着葛晋颂。葛晋颂也微笑着迎了两人的目光，说："眼前有合适的，你们就别费劲了。"

何桂枝和乔大嘴都一愣，乔大嘴就笑了，说："你看，咱俩还在这儿瞎忙活个什么劲儿？葛少掌柜心里已经有合适的了。"

何桂枝没转过弯，一脸迷瞪，问："晋颂都两三个月大门不出二门不迈，上哪儿看上合适的了？"

金送子突然心跳加快，脸涨得通红，手里的刀也乱了分寸，一不小心切在了手指上，顿时，血吧嗒吧嗒地往酱菜板上滴。暖看着，吓哭了，说："娘，你手破了，淌血了。"

何桂枝闻声扭头，从杌子上起身，冲到金送子身边，一把抢过她的手指，拽到酱菜板外，嫌弃地"哎呀"了两声，说："好好一板酱菜，你还让不让卖了！"

金送子小声说："从我工钱里扣。"

何桂枝说："就你们孤儿寡母的，扣了你工钱够街坊四邻说道的！"说着，忙把滴上了血的几块酱菜挪到一边。

葛晋颂拄着拐过来，用牙叼起衣襟，刺啦就撕下一条布，抓过金送子的手，一声不响地往手指上缠。

何桂枝就更急了，张皇着手冲葛晋颂嚷嚷道："锦绣春天刚给你缝的褂子！"

乔大嘴吃的就是男欢女爱这碗饭，看出了端倪，拍着巴掌笑了起来，说："你说你说，葛二奶奶，你说咱这些灯下黑的，眼前就守着一个好看能干又合适的，咋就没往这上面想呢？"

何桂枝一个激灵就醒悟了过来，愣愣地盯着葛晋颂和金送子看了一会儿，直扑扑地看着葛晋颂："你乔婶说中了？"

葛晋颂看了金送子一眼。

金送子的脸红得像烙铁，低着头，从葛晋颂手里抽回手指，背过身去，自己细细地缠好，拿牙齿打了个结。

何桂枝像看天方夜谭一样看着葛晋颂。

葛晋颂低低地"嗯"了一声，说："还要看送子的意思。"

六子也看得瞠目结舌，半天才明白过来，结结巴巴说："葛掌柜，你……你看好送子了？"葛晋颂大大方方看了他一眼，"啊"了一声。六子生气，把手里的酱勺往柜上一扔："掌柜的！你……你明明知道！"

葛晋颂明白六子的感受，抱歉地笑了笑，说："六子，婚嫁这事，得看两人意思，我知道你喜欢送子，可她没应下你，她就还是她自个儿的，只要她愿意，我就有娶她的可能。"

六子说："你！葛掌柜，你欺负人！你家大业大，你要和我抢，谁会选我？"

葛晋颂说："话还真不能这么说，照你的标准，唐家三小姐和送子，我得选唐家三小姐。"

六子脸通红，像刚蒸熟的虾米，连蹦带跳蹿出酱铺。何桂枝也一巴掌拍在柜上，天爷天爷地哭了起来，说："造孽啊，你一个有家有业没娶过媳妇的大好青年啊，起风镇里外多少黄花闺女等着你娶你不要，你看上了个带着孩子的寡妇，你让我和你叔怎么跟你死去的爹娘交代啊……"

金送子知道会这样，抱起暖往外走，葛晋颂红着脸追出来，说："你等我信儿。"金送子回头看了他一眼，泪一下子跳了出来，低头匆匆走了。何桂枝拍着柜台，说："看看！看看！街上闲言碎语那么多，她还跑我们家干活儿！我怎么就没看出来她心思不在活儿上，是来勾搭我们家晋颂的。"然后又冲葛晋颂道，"晋颂，你给婶说实话，她有没有给你使媚子？"

葛晋颂说："婶，娶回来我们就是一家人了，您这么说，好听吗？"

葛锦绣听铺子里吵起来了，跑过来看，听了几耳朵，听出了端倪，给葛晋颂帮腔说："都什么年代了，现在是民国，婚姻自由，我哥说城里的年轻人都自由恋爱！"

何桂枝问："啥叫自由恋爱？"

葛锦绣说："男人和女人之间彼此喜欢就能结婚，不用媒人从中说合。"

何桂枝呸了一口，说："潘金莲和西门庆还相互喜欢呢，那叫自由恋爱？那叫勾搭成奸！"

葛锦绣也生气了，说："我哥是西门庆吗？金送子是潘金莲吗？真是的，明明就是司马相如和卓文君！"

司马相如和卓文君的戏文何桂枝没听过，问司马相如是什么人。

葛锦绣说一个斯文书生，卓文君是个寡妇，两个人好上以后私奔了。何桂枝吓了一跳，自古以来，寡妇勾引男人比黄花大闺女有手段，万一葛晋颂真跟金送子私奔了，葛家酱铺、葛家的田产谁操持？就抹眼泪，跟乔大嘴说："这要传出去，人家还不得说我这当婶子的拿侄子的婚姻当破箩筐？"

第十三章

葛晋颂要娶老浦家寡妇,像平地雄起的风,让起风镇的每一个人都目瞪口呆。

何桂枝和葛佑安终还是没拗过葛晋颂,对他和金送子的亲事,不得不点了头。在春风越来越燥热的春末,葛晋颂赶着马车去五十里外的岳父家下聘。

金送子说不用这么隆重,选个日子她自己收拾包袱过去,踏踏实实过日子就行。葛晋颂说不行,他俩这辈子,就这么一回,一定得正经八百地办。

金送子怕他如此隆重地娶寡妇被街坊邻居笑话。葛晋颂让她别管,选好了日子,找了本家几个兄弟和族长,让许仙赶着马车去金送子娘家下聘。

把金老三惊得差点儿倒过去,青天白日的,生怕这是葛晋颂要笑他。葛晋颂恭恭敬敬地叫了爹,递了庚帖,金老三这才信了,拿着庚帖的手,抖得像狂风中的树叶子。

夏天滚烫的风,把麦子烤黄了,收完麦子,葛晋颂就把金送子娶进了门。

金送子是上午过的门，来看新媳妇的妇女叽叽喳喳，说葛晋颂让老浦家寡妇迷昏了头，寡妇不能上午过门，这是老理，老理传下来，都有它的道理。但葛晋颂不信这邪。

晚上，闹房的人走了，葛晋颂坐到炕沿上，拉过金送子的手，歪头看着她笑。金送子也笑，她笑啊笑啊的时候，就想起了德生，觉得对不起他。他在水下做了鬼，可她已嫁了两次，嫁老浦的时候，没觉得对不起德生，那是被爹逼的，她也没办法。可这次不一样，她是发自内心地喜欢葛晋颂，觉得自己像戏文里的负心郎对不起痴情女子一样对不起德生。她低着头，柔情似水，也无限伤感，像河堤上的孩子，看幸福像澎湃的河水，拍打着脚下的河堤，却不知该怎么伸手触摸。

葛晋颂来解她大襟上的盘扣时，她一颔首，轻轻咬住他的手指，亲了一下。葛晋颂就傻了，好像不晓得在这世上，人和人还可以这样亲昵，温柔而湿润，足以把钢铁之心融化成水。

那天晚上，二十二岁的葛晋颂在穿窗而进的月光里，端详着他新娘子美丽的胴体，像成熟饱满的麦粒，她狐狸一样尖俏而紧致的脸蛋，在汗水的浸润下，闪着金色的光芒，她脖子修长而光滑，有着天鹅颈一样优美的弧线，微抹而圆润的肩，高耸的胸脯，因为奶过孩子，乳头俏皮地挺立着，像颗等人来噙走的温润樱桃，细的腰，翘翘的圆屁股，让他忍不住一次又一次地往她身体里冲锋、沦陷。让金送子忍不住期盼，这夜啊，无休止地长下去吧，天永远不要亮，太阳永远不要出来，她不要吃饭，不要劳作，只要在这热乎乎的炕上，和葛晋颂缠绵不休。

可天还是亮了。

金送子回想昨夜，脸热烘烘地泛上了红润，轻手轻脚穿好衣服，拉过被单给葛晋颂盖上，自己去厨房做饭。许仙在灶下烧火，何桂枝把剩饭菜一样一样往锅里码。

金送子叫了声“婶”。

何桂枝回头看了她一眼，说："起来了啊？"

金送子脸上又是一热，仿佛昨夜的孟浪已被何桂枝看到了，就在嗓子眼儿里"嗯"了一声，洗了手，把活儿接过来，说灶上的活儿以后她来就行了。

何桂枝松了口气，说："我可算熬到头了。"说完转身出去了。

吃完早饭，葛晋颂突然问许仙，地里豆子长势怎么样。许仙说该锄了，再不锄荒草就把豆苗压住了。

葛佑安在旁边听了，哼了一鼻子，说光惦记着娶老婆去了，田产早都忘到脑后去了，先人们若是在天有灵，怕是要把棺材板踢碎了！说完，乜斜着葛晋颂两口子，拿扇子扇，好像肚子里火烧火燎，要不是有这把扇子，肝火能蹿出来把房点着。

金送子脸涨得通红，恨不能找个地缝钻进去。

葛锦绣看见了，说："哥，你和嫂子好好过你们的日子，别看我爹的脸色，他那张脸，除了别人起哄架秧子的时候，开晴的时候少。"

倚在门口嗑瓜子的何桂枝把一把瓜子皮扔到葛锦绣脸上："谁家闺女这么说自己爹？"

葛锦绣抖掉瓜子皮，气哼哼说："你家闺女！"

葛晋颂去厢房找许仙，问今天约没约下雇工。许仙说："昨天你大喜，没想到今天能下地。"言下之意是没约。葛晋颂把手巾搭肩上，扛起锄头，说："上街看看吧，有闲人就喊着，没有就咱爷儿俩干。"

许仙说："成。"

主仆两个出了门。

起风镇不仅大，而且人丁兴旺，据说，五个起风镇的人口加起来，相当于一个高密城，所以，起风镇不仅逢四、九是集，平时还有工夫市。工夫就是点零工，谁在家闲了，临时想出去挣钱花，就带上家什去工夫市蹲着，等主顾来挑。

葛晋颂家一百多亩地，一年种两季，一季豆子一季麦子，地多就要常年用雇工,谁勤快、谁干活儿扎实,他心里有谱,到了工夫市,葛晋颂点了十几个人。雇工虽是临时雇来的,可都十次工夫有七次是给葛家点的,主雇之间熟得很,晓得葛晋颂昨夜做新郎,嘴贫的,一边锄地一边打趣他。葛晋颂新尝男女欢娱,磨不开面子,就闷着头努力绷着脸,雇工嘛,大字不识一个,言语粗鲁,上得了台面的,上不了台面的,都堂而皇之地往外端,他要绷不住,他们说得更来劲儿,光顾着说笑,手底下就不出活儿了。

锄了一上午地,大家腰酸背痛,一到树下,就瘫在地上,四仰八叉地晒太阳。葛晋颂也累,可他是东家,东家不仅要领着干活儿,还得做榜样,地要锄得比雇工们仔细,速度要比雇工们快,还要假装累不着,让雇工们心下惭愧,下午加油赶上东家。这是他从父亲那儿学来的诡计,别人都以为地主老财好当,可哪一天的日子不是汗流浃背换来的?

葛晋颂和大伙儿打了会儿哈哈,估摸许仙快回来了,就找桶去打水,让大伙洗手洗脸吃饭。

葛家每置一块地,都会在地头栽两棵树,挖口井,栽树是为了干完活儿坐到树荫下歇口气,打井是为了干活儿的时候有水喝,干完活儿也洗把脸,消消汗。葛晋颂拎着桶去打水,一个上了年纪的雇工躺在地上耍贫嘴,冲他背影喊:“东家,昨晚忙了一夜,今天锄地还这么大劲儿,可以啊!”

葛晋颂噌噌拉上一桶水,招呼大伙儿来洗脸。雇工们瘫在地上,享受着午饭前的片刻懒散,没一个想挪窝的,让葛晋颂先洗,因为他昨晚忙了一夜,肯定滚了一身臊气,还是先洗洗干净,别让大伙儿就着他一身臊气吃饭。

葛晋颂懒得和他们贫嘴,说:“那你们可不要说我仗着东家身份占头份!”说着,把手伸进桶里。

手插进桶里的瞬间,就觉虎口被什么咬住了,闪电一样地痛,顺着虎口往胳膊上蹿,他大叫一声,跳起,瞬间落地,人们才看清,他手上攥着的不是缎带,而是蛇,死死咬在他虎口上。半人多长,像墨绿色碧玉,还带着黑色斑点的蛇!

他们惊呼着,纷纷抄起家伙,想把蛇从葛晋颂虎口上弄掉。

蛇也感觉到了危险,死死咬在葛晋颂手上,一动不动,像长在了上面。年长的雇工让葛晋颂把手摆在地上,他抄起铁锨,齐着蛇的脖子就铲了下去。

只剩了三寸多脖子的蛇头,还死死咬在葛晋颂手上。

葛晋颂让人解下腰带,扎住手腕,撒腿就往余天恩家跑,雇工们像群惊慌失措的山羊跑在他身后。

刚跑进镇门,葛晋颂眼前一黑,就一头扎在了地上。雇工们搬腿抬胳膊,扛起来继续往余天恩家跑。

余天恩看了看咬在葛晋颂手上的蛇,倒吸了一口冷气,让老婆熬了还魂汤,给葛晋颂灌下去,又用竹签把蛇牙从葛晋颂虎口上撬开,豁开伤口,泡在还魂汤里。过了一会儿,葛晋颂睁开眼,好像不记得刚才发生过的一切了,问余天恩这是怎么回事。

余天恩说他让蛇咬了。

说话间,葛佑安和何桂枝跌跌撞撞地来了,进门就大呼小叫,问葛晋颂咋了。余天恩大声说不碍事,眼神却在暗示葛佑安两口子出去说。

葛佑安和何桂枝跟余天恩到了院子里,问是不是很凶险。余天恩点头,说这种毒蛇他从没见过,葛晋颂醒过来啥也不记得,说明蛇毒已经侵袭到了神经,很凶险。

葛佑安又探头往屋里看了一眼,葛晋颂神志清醒,正擎着手端详虎口上的伤口,就觉余天恩又在卖弄医术,颇有些不忿:老话说医者父母心,医术再好你也得仁慈,不能别人生点儿小病,你就把别人往死里吓唬,好像病人活过来了,不是病得不深,而是你余天恩医术高明！

余天恩看出了他的不忿，遂不多说，回药房抓了几服药，让葛佑安把葛晋颂拉回去，有啥变化，记得来喊他，千万别自作主张。

葛佑安奇怪，说高密地处北方，少有蛇类，即使有，也是没毒的菜蛇，葛家地头的井用了几十年，除了雨水大的年间有几只青蛙，还从没见过蛇。

余天恩说："要不说人有旦夕祸福。"

葛佑安让人把葛晋颂抬回去。葛晋颂觉得小题大做了，也怕吓着金送子，要自己走。说着从诊病的榻上站起来，没承想，双腿好像不是自己的了，软绵绵的，一下子瘫坐在地上。葛佑安真给吓着了，这才意识到余天恩不是瞎说，哆哆嗦嗦去扶葛晋颂，问他感觉咋样。

葛晋颂说身上有千斤重，没有力气。

葛佑安就问余天恩，人都醒过来了，怎么还会反复。

余天恩说这种蛇他也是第一次见，伤口里挤出来的血是黑的，看来毒性不小，建议把葛晋颂拉到县城找名医看看。

葛佑安就焦躁了起来，说："高密方圆百八十里，谁不知道你余天恩的大名？你要说治不了的，谁敢接手？"

余天恩说："话不能这么说，老话说得好，天外有天，人外有人，万一遇上个能的，就是晋颂掌柜的福气。"

说话间，金送子也到了，见葛晋颂身上发红，摸上去烫手，知道不好，晓得哭也没用，就听了余天恩的，让许仙赶紧回家套马车，这就往高密城去。

许仙赶着马车，拉着葛晋颂、葛佑安和金送子转遍了高密城，中医和新开的洋人医院都去遍了，没一个有办法的。

从高密回起风镇的路上，葛晋颂开始说胡话，等到家，身上开始变紫，脸也发黑了，皮肤滚烫滚烫的。

金送子记得奶奶曾说过，人要是脸发乌了，就是一只脚踏进了阎王殿。她束手无策地看着葛晋颂，问他哪里疼，要怎么着才能舒适点儿。葛晋颂被高烧烧得迷迷糊糊的，只会看着她傻笑。

金送子张着两手，想抚摸他，又不敢碰，唯恐手落下去，他的皮就破了，血肉就会流出来。是的，葛晋颂身上渐渐变黑、肿胀，整个身体好像一只庞大的紫黑色水泡，触手可破。

见她掉泪，葛晋颂还安慰她，说没事，躺两天就好了。

葛晋颂从没想过自己会死，才二十二岁，对死没概念。可金送子是经历过死亡的人。德生不就是吗？如果德生知道蹚过河找她就会死，德生还会蹚过那条河吗？

以前，她经常想这件事，想得夜里睡不着，德生是爱她，可是连命都没有了，拿什么爱？德生的命都没有了，她跟谁私奔？她觉得德生要蹚过河来找她的时候，一定没有想过自己会死，而现在的葛晋颂，和当年的德生一样，都站在鬼门关了，还没想过自己会和死有瓜葛。

从德生死了，金送子就彻底懂了“黄泉路上无老少”，像人不吃饭会死一样确凿无疑，她握着葛晋颂的手，小心翼翼，如同抚摸，让他哪儿不舒服都要告诉她。

葛晋颂微微点头，眼皮垂下来，好像睡过去了，金送子怎么叫，都没反应，就知他是昏过去了。

很快，起风镇上的人都知道了，葛晋颂结婚第二天就让毒蛇咬了，生命垂危，就有人说果然啊，怪不得以前有人说老浦家寡妇命硬，现在看来，是真的了；听说嫁过来之前克死俩了，老浦不信邪娶回来，才一年多就送了命；葛家少掌柜的贪恋美色不要命，结果怎么着？更快，才一天就出事了。

葛佑安从街上回来，脑子里灌满了闲言碎语，把金送子叫到铺子，问她嫁给老浦之前是不是克死过两个男人了。葛晋颂危在旦夕，金送子的心，脆弱得像块嫩豆腐，听不得“死”字，只是唰唰流眼泪。

葛佑安就拿烟袋锅敲着柜台，说："你无话可说了？"

金送子还是流泪。

何桂枝就过来帮腔，说："你命硬你自己不知道？"

金送子还是流泪。

何桂枝就说："你知道自己命硬还往外嫁，你这不成心害人吗?!"说着，去葛晋颂的睡房卷起金送子结婚时带过来的东西，一股脑扔到大门外。

路过的人不明就里停下看，也有人去捡，暖认得是自家东西，跑过去抱着不让，说："你别拿我家东西。"

人就讪讪走了。

还有的人知道是葛晋颂命在旦夕，葛家这是抱着最后一丝希望驱灾星，希望赶走金送子就能保住葛晋颂的命。

葛佑安吆喝六子铺纸研墨，写了一纸休书，找出葛晋颂的印盖上，往金送子跟前一扔，仿佛只有这样，驱逐金送子这颗灾星的程序才算完整合程序。

金送子捡起休书，叠好，揣进怀里，说如果这样葛晋颂就能活下来，她无怨无悔，说着，给葛佑安两口子鞠了个躬，领着暖，收拾门外的东西，回她才离开两天的家。炕上、家具上，还没来得及落灰尘，金送子知道哭救不了葛晋颂的命，含着眼泪拼命想，怎么才能从阎王爷手里把葛晋颂抢回来。

想啊想啊，就想起离娘家村不远，有座尼姑庵，尼姑庵师太医术高明，有些郎中治不了的病，她能治，有的人眼瞅着不行了，就剩一口气吊着，家里人奔着死马权当活马医的想法抬到庵里，师太几服药下去，人就活过来了。

事不宜迟，金送子抱起暖就跑去找许仙，让许仙赶马车把她送到尼姑庵，求着药就回来，要不然路这么远，她带着孩子，拿脚量回去，再量回来，紧赶慢赶也得两三天，怕来不及。

许仙觉得也是，说都这半天了，咱死马当活马医也得试试，可是，现在在葛家人眼里，金送子就是害了葛晋颂的灾星，听说是她的主意，怕是不会答应。

金送子急得都要哭了，说：“你就不能说是你听说的偏方。”

许仙说行，让她回家收拾收拾，到镇外路口等着，他豁出去了，无论如何也把马车赶出来。金送子没啥好收拾的，这就出镇等着。

金送子在路口等了半个时辰，许仙赶着马车出来了，金送子上了车。马拉着三个老小奔跑在路上。葛家丢过一次马车，打那以后，轻易不让下人赶着马车外出，金送子问许仙，他是怎么把马车赶出来的。

许仙说葛佑安听说能救葛晋颂的命，很痛快就答应了，还帮他套马呢。

第十四章

许仙把马赶得一路小跑，到尼姑庵已是半夜。金送子进去，见到师太，闷头就拜。师太让她不必多礼，说说病患的症状。

金送子就把葛晋颂的症状和咬他的那条蛇的样子描述得仔仔细细。师太说这种蛇，多在南方，剧毒，按说在北方是活不下来的。金送子说这蛇在井里，井里一年四季温度差不多。师太说这就是了，可能有人在南方买了蛇带到北方放生，蛇不知怎么掉进了井里，侥幸活了下来，说着，就打开药柜，捡了几种草药，让金送子回去煮成水给葛晋颂连洗三天伤口，又给了几个药丸，让她回去研磨成粉，用温水送服。

金送子千恩万谢，拿着药出来。

许仙没想到这么快，正牵着马在路边吃青草，听见金送子招呼，忙拉着马上来，套上又往回赶。

等到起风镇，葛晋颂已只有出气没有进气。刘七公说怕是不行了，让何桂枝准备送老衣服。何桂枝号啕大哭，说谁家二十二岁的人就备送老衣服。葛佑安哆嗦着两眼老泪，去寿材铺子买了寿衣，众人七手八脚给葛晋颂穿上。

金送子和许仙进门的时候，响器班子都已经进家了。

金送子的泪跟下瓢泼雨似的，抹都抹不开，跌跌撞撞往里走，怎么也不相信，她才离开一夜，葛晋颂就没了。

何桂枝见她进来，气不打一处来，往外打她，说她是害人精。葛锦绣原本是向着金送子的，可现如今，葛晋颂就要死了，她不得不信了满街说金送子命硬克夫的流言，也站在何桂枝身边，拦着不让金送子进。

金送子绝望，犹如万箭穿心，一下子跪在地上，说她和许仙跑了整整一夜，给葛晋颂求来了药，不管他们多恨她多讨厌她，都让她试试。

何桂枝说："你都把他害成这样了，还有脸说这话，你要试不好呢？"

金送子说："我和他一起死，我去地下陪他。"

何桂枝又啊呀啊呀地哭了起来，说："你在阳间害他害得还不够啊，还要追到阴间去?！"

葛晋天接到信，也赶回来了，听说葛晋颂命在旦夕，眼珠子都红了，进门见这阵仗，听了几耳朵，把何桂枝拽到一边，跟金送子说："嫂子，你尽管试，试不好有我呢。"

何桂枝回手打葛晋天，问他到底姓啥，为啥帮外人。

葛晋天说："我姓葛，不让试我哥是死，让试说不准我哥能活，你凭啥不让试？"

葛佑安也觉得葛晋天说得在理，把何桂枝拉到一边，跟金送子说："只有出气没进气了，你看着救吧，你要能救过来，你就是我葛家的大恩人。"

何桂枝还嘴硬，说："万一救不过来呢？"

葛佑安怒了，劈手就给了她一巴掌："闭上臭嘴能死啊你？"

何桂枝晓得葛佑安是嫌她说话丧门，这要在平时，葛佑安敢给她一巴掌，她早跳起来了，不把房顶掀了，也得把葛佑安的脸挠花了。可在这时候，救葛晋颂要紧，她不敢由着性子节外生枝，苦着脸说了句“葛佑安你给我等着”就闪一边去了。

葛晋颂寿衣都穿好了，金送子顾不上哭，让葛锦绣拿一包草药去烧热水倒在木桶里，她把药丸研碎了，化开，往葛晋颂嘴里喂。

葛晋颂的嘴已张不开，喂进去的药，顺着嘴角往下流。金送子让葛晋天找来两根筷子，把葛晋颂的嘴撬开，用勺子把药一滴一滴地往里顺。半碗药滴完了，葛锦绣的水也烧好了，金送子让葛晋天帮忙把寿衣脱下来，把人抬进木桶里泡着。

全家人没一个说话的，围成一圈，静静看金送子忙活。

金送子盯着葛晋颂的脸，紧张得连气都忘了喘。

过了半个时辰，葛晋颂嘴角开始往外流黑色液体，金送子找碗接着。何桂枝又开始哭，说：“这都吐黑水了，还有救吗？”

金送子说：“师太说了，喂下药去吐黑水，是身体里排毒，把毒排干净了，人就活过来了。”

何桂枝不信，张嘴刚要说什么，被葛佑安拽了一把。

到晚上，葛晋颂吃下第二颗药丸，脸上乌黑的紫色就不那么重了，葛佑安到院子里，打赏了响器班头，说：“你们回去吧。”

响器班头云里雾里地看着他，问咋回事，这在他的响器生涯里，还是头一遭，进门等了一天一夜，活儿没干就给赏钱打发了。

葛佑安面带喜色，说：“我侄有救了。”

葛晋颂吃下第二颗药丸后上吐下泻，全是绿水。金送子说等第三颗药丸吃下去，他会往外排黄水，排完黄水他就好了。

葛晋颂在木桶里泡了三天，吃了三颗药丸，人就醒了，从炕上爬起来嚷嚷着要吃饭，何桂枝一把鼻涕一把泪，说：“晋颂啊，你可好了，你要是没了，我和你叔的脊梁骨得让人给戳断了。”

葛晋颂一边抱着海碗喝小米粥一边说：“他们凭啥戳您脊

梁骨？”

何桂枝说：“人家还不得说我和你叔为了独霸葛家家产故意给你娶了个命硬克夫的老婆，把你克死了。”

葛晋颂就笑，说：“让他们说去。”说着，笑眯眯看金送子。金送子却一别脸，泪就掉下来了。

晚上，金送子给葛晋颂铺好炕，转身往外走，被葛晋颂一把拉住了手，说：“这么晚了，你去哪儿？”

金送子说：“你才好，咱俩不能睡一炕。”说完，抹开他的手，坚决走了。

葛晋颂知道她是为自己好，刚从鬼门关回来，经不起折腾，可他都好了七八天了，她还是一到晚上就回曾经的旧家，就毛了，说：“你到底要干啥？”

金送子还是那句话，葛晋颂才好，不能睡在一炕上。金送子说得姿态铿锵，不容置疑，说完就往外走。葛晋颂追到门外，街上不少人乘凉，听见动静，往这边看。葛晋颂怕人笑话，只好站住，两眼呆呆地看着金送子的背影消失在柴门里。

许仙远远看见了，冲他招手，拍拍草席子，让他坐。葛晋颂初尝男女欢爱，满心思都是金送子的肉体，怏怏地在草席子上坐了，琢磨怎么才能让金送子相信自己已好了。

许仙就叫了声“少掌柜”。

葛晋颂心不在焉地应了一声，一眼又一眼地往老浦家的柴门上瞟。

许仙说：“少掌柜，你知道暖她娘为啥一到晚上非要回自己家？”

葛晋颂一愣，问：“为啥？”

许仙说：“你叔已经替你把她休了。”

葛晋颂瞠目结舌：“为啥？”

许仙就把他被蛇咬了，昏迷不醒，起风镇街上流传金送子命硬克夫的事说了。

葛晋颂都给气笑了，说："如果送子真命硬克夫，我现在都埋到坟里开始招蛆了吧？咋会被她救过来？还能坐在这儿和你说话？"

许仙说："谁说不是。"

葛晋颂对金送子，不由得又高看了一眼，这要搁别的女人身上，沉冤得雪，还不得有冤的申冤、有仇的报仇，赶紧在他跟前告上婶婆婆和叔公公一状，让他替自己把这口气出了。可金送子没有，她一早跑过来，从里到外忙到晚，就好像这个家里从来没人为难过她。

葛晋颂说："谢谢你，许叔。"

许仙笑笑。

葛晋颂起身，去推老浦家的门。老浦的抠，体现在他活着的时候的每一个细节上，起风镇外有围墙和护城河，内有巡更的，街面上安宁，所以老浦家的大门，是用几块乏了的木板钉起来的，防君子不防小人，一脚上去，就能稀里哗啦碎一地。

葛晋颂拍了拍门，金送子知道是他，说："睡下了，有事明天说。"

葛晋颂不管，用肩膀使劲一撞，门就哗啦开了，径直走进去，抱起金送子就要往家走，暖一看，不干了，从炕上溜下来，抱着葛晋颂的腿不撒手，让他不要抢走她的娘。

葛晋颂就尴尬了，左右为难，站定了，放下金送子，拉了她的手，压低声音说："跟我回家。"

金送子挣出来，说："不回！"

葛晋颂说："你是我老婆，我叔替我休你不算数。"

金送子就笑了，说："谁告诉你的？"

葛晋颂说："你别管，反正我知道了。"跟金送子要休书。金送子问他要休书干什么。葛晋颂说："烧掉！"金送子说休书早就让她烧了。见葛晋颂不信，又说："我是你娶回去的，别人谁休都不算数。"葛晋颂说："那你怎么不在家睡？"

金送子捏了捏他鼻子，说："师太说了，你好了也不能近女色。"

葛晋颂这才恍然大悟，原来金送子不在家睡，不是和叔叔婶婶他们置气，是怕待在他身边，他会把持不住，毁身体。他心下一松，坐在炕沿上，揽过她，脸埋在她胸口说："送子，你怎么这么好？"

金送子怕他抱久了会抱出欲火，就亲了他头发一下，让他赶紧回家。葛晋颂就怔怔地看着她，不相信似的说："师太真说我不能近女色？"

金送子逗他，"嗯"了一声。

葛晋颂就懊恼，把头又埋在她胸前，说："还不如死了算了。"金送子忙推开他，说："就一个月，咬咬牙就熬过去了。"

葛晋颂松了口气，说："吓死我了，幸亏不是一辈子。"

第十五章

出伏那天，街上吹过的风，已有了秋的凉意，金送子住回了葛家。第二天，何桂枝把一打绸缎被面抱给她，说媒人捎信了，魏岀瑶家要过来送日子。

送日子是高密婚俗，男方把合婚庚帖送来。女方开始准备张罗陪嫁。

何桂枝把被面堆在金送子炕上，让她有空就拾掇上两针，金送子说行，白天干完家里的事，睡觉前再缝一会儿嫁妆，葛晋颂心疼，不让干，说她嫁过来没亏着谁也不欠谁的，要说欠，也是葛家老少都欠她的！她用不着豁上命去讨好他们！

金送子气坏了，觉得葛晋颂看低了她才把给葛锦绣缝陪嫁看成是讨好葛家，跟他吵了一架，一连两天没说话，葛锦绣看出来了，问为什么，金送子就照直说了。

葛锦绣眼就红了，金送子以为葛晋颂不让自己给缝嫁妆她难过了，就解释说，葛晋颂不是不让她缝，是觉得她白天忙家务，晚上还不得闲，怕她累坏了，想让何桂枝和葛锦绣自己也忙活忙活，别什么都指着她。

葛锦绣说:“我知道,嫂子,你别缝了。”

金送子就笑,说:“不缝咋办?你见谁家新娘带着背面和棉花套出阁的?”

葛锦绣却说:“我不想出阁。”

“真假?”金送子不信,女孩子,到了年龄,哪儿有不想出嫁的,何况魏世瑶和她,也算青梅竹马了。

“真的。”

“魏世瑶又怎么惹你了?”金送子知道,魏世瑶会给葛锦绣写信,因为知道她不识字,要别人给读,信都写得冠冕堂皇,不外是广州的天气,广州这座城市如何,学校里如何如何,倒像是不省心的儿子写给古板老子的家信。每次听完魏世瑶的信,葛锦绣就让葛晋颂帮她回封信,一开始自己还口述,可又不好意思,索性让葛晋颂看着写了,所以,金送子就笑葛晋颂,说他这是替葛锦绣跟魏世瑶谈恋爱呢。但葛晋颂替葛锦绣写信,也是写得冠冕堂皇,不外是说说家里如何,葛锦绣最近在干什么。魏世瑶最近的一封信,是上个月来的,念信的时候金送子也在,魏世瑶在信里汇报了自己的近况,说再过几个月就回来了,想想能见到她,很激动。

除此之外,葛锦绣和魏世瑶没其他联络的途径,葛锦绣咋就突然不想嫁给他了呢?

葛锦绣说:“魏世瑶不好。”

“怎么个不好法?”金送子百思不得其解。

“他变了,变坏了。”

金送子说:“不能吧?他不挺好吗,在广州念书,将来是军官,听说你不愿意远嫁,人家毕业就回济南,这么体恤女人的男人你上哪里找?”

葛锦绣说以前她也这么想的,可现在不了。金送子问为什么。葛锦绣好像很意外金送子不知情,说:“你不知道啊?”

金送子说:“知道什么?”

葛锦绣说:“外面都传疯了。”

金送子说:“你就别卖关子了,我每天从早忙到晚,哪儿有时间上街听闲言碎语?你到底听说啥了?”

葛锦绣就哽哽咽咽地哭,说唐立成去县里开镇长会,听魏世瑶那个镇的镇长说,他们那地出妖了,那个妖就是魏世瑶。

金送子笑得不行,说:“魏世瑶他是个大老爷们儿,怎么会成了妖?”

葛锦绣说真的,魏世瑶每年放暑假回来,都会找从小一起长大的那帮人玩,可今年回来,他天天在家待着,谁叫也不出去,别人从他家屋后走,都能听他家咿咿呀呀有戏班子唱戏,大家就好奇,魏世瑶家的房子是不寒碜,但也没高大到屋里可以扎戏台子的份上,就往他家跑,想看看到底怎么回事。魏世瑶家确实没戏台,也没戏班子,唱戏的声音是从一个方木头匣子传出来的,就稀奇,问木头匣子这么小,咋会里面有人唱戏。魏世瑶让大家猜。大家猜了半天,魏世瑶一直摇头。后来,有人说有道行的法师,能把人摄到葫芦、瓶子、香囊里锁起来,就问他是不是把戏班子摄到了木头匣子,锁起来,专门给他唱戏听。魏世瑶说是啊,他不仅把唱戏的,还把唱歌说相声的也摄到了木头匣子里了,想让哪个说唱,就让哪个说唱,想什么时候让他们说唱,他们就什么时候说唱,不让说不让唱的时候,他们大气儿都不敢喘,乖乖闭上嘴,在里面蹲着。说着,还摆弄着木头匣子,演示给来人看。有人问摄了这么多人,木头匣子这么小,他们不嫌挤吗。魏世瑶把一双手张牙舞爪地开合了一会儿,说:“要是能让他们觉得挤,咱还好意思说咱有法术?”大家就恍然大悟,但也心惊胆战,唯恐魏世瑶看自己不顺眼也给摄进木头匣子出不来。

金送子第一次听说有这样的事,说:“不会吧?”

葛锦绣说:“怎么不会?唐立成开会回来,跟二姨太说的,他二姨太又跟儿媳妇说了。给他家洗衣服做饭的几个老妈子都听见了,学得有鼻子有眼的,吓得人汗毛都立起来了。”金送子知道,在乡间大地,怪异传说经久不息,就问:“你怎么知道说的是魏世瑶?”葛锦绣说:“人家点名道姓说的,说得真真儿的,说是我爹的亲女婿。嫂子,你说,我要嫁过去,天天跟这么一会妖术的人睡一炕,多瘆得慌啊。”

金送子说:“道听途说,你别当真。”

月底,六子在柜上结了账,说不干了。葛晋颂倒也不意外,从决定娶金送子进门,他就做好了失去六子这个用熟了的好伙计的准备,给六子多结了半年的工钱,问他以后是怎么打算的。

六子说起风镇说大不大说小不小,他不想一辈子钉死在起风镇,要出去看看。

不久,金送子怀孕了,挺着一天天大起来的肚子给小姑葛锦绣缝嫁衣裳,葛锦绣则愁眉苦脸,魏世瑶家来送日子那天,她竟躲到要好的小伙伴家一天没回来。何桂枝以为她害羞,等她晚上回来,骂她窝里横,仗着亲娘疼她,连句重话都不舍得对她说,她戗起亲娘来像隔世仇敌,可在婆家人跟前,却像老鼠见了猫!

第十六章

魏世瑶骑着高头大马来迎亲的时候,金送子已经显怀了,一大早起来忙接迎亲队伍的盘盘碟碟。忙完了,见葛锦绣屋门还闭着,问喜娘来了没,许仙说没见着。金送子让他赶紧去催,魏家庄离得远,想不耽误时辰,就得早出门。

许仙前脚出门,魏世瑶后脚就到了。葛晋天要去送亲,也换上了新衣服,招呼魏世瑶先落座喝茶,等葛锦绣梳妆打扮好了,一起上楼给二老敬茶。

葛佑安听说魏世瑶来了,一肚子问号想落实,在楼上坐不住,就下来了,翁婿礼仪一毕,葛佑安问魏世瑶成亲以后的日子是怎么谋划的。魏世瑶说父母就他一个孩子,想离家近点儿,照应起来方便,上司体恤,把他分到了驻扎济南的部队。葛佑安整天赶集,知道的事多,国家大事也略知皮毛,知道盘踞在东北三省的日本人正虎视眈眈盯着中国平原大地,像豺狼虎视眈眈着肥美的羊群,不知什么时候就会溜进关内捣乱。而魏世瑶是军人,意味着身已许国,战事一起定要冲锋陷阵,且不说生死难料,守不守得住都不一定。守不住的话,可能就要生灵涂炭了。魏世瑶信心满满,说小日本弹丸之国,想吞中国，纯是蛇想吞象，门儿都没有，让葛佑安把心放到肚子里，说不准哪天委员长动了真气，一声令下，他们就率部北上，把盘踞在东北三省的小日本给连根拔了。葛晋颂也说，就是，东北三省地广人稀、土地肥沃，委员长要动真气就早点动，把小日本这匹虎视眈眈地盯着中原大地的野狼撵出中国地界，别等着它吃肥了养壮了。魏世瑶也说："谁说不是！"

正说着，喜娘来了，金送子带她去葛锦绣的闺房，想必要的时候她也帮把手，就推门和她一起进去了，葛锦绣不在，被子叠得整整齐齐，暖正趴在窗台上张望院子里的光景。

金送子让暖过来，问："姑姑呢？"

暖说不知道。

金送子还没上心，又问："姑姑是不是去茅房了？"

暖还是说不知道。

金送子觉得不对了，问暖早晨睡醒以后看没看见姑姑。

暖说没看见。

金送子就毛了，打量暖，衣服穿整整齐齐的，问谁给穿的，暖说昨天晚上姑姑不让她脱衣服睡，怕她半夜起来撒尿会感冒。

金送子脑子里哄哄的，乱成一团："姑姑没说她不在家要去哪儿？"

暖摇摇头，见金送子一脸严肃，有点儿害怕，想挣脱她的怀抱去玩。金送子紧紧抱着她不放，问："昨晚你睡觉的时候姑姑在不在？"暖说在。

"什么时候姑姑不见了的？"

暖说夜里起来撒尿姑姑就不见了。

不好的感觉越来越强烈，但事情没确定前，金送子不想声张乱了阵脚。她放下暖，打开葛锦绣的衣柜，发现她平时不舍得穿的几件新衣服和首饰都不见了，一个残酷的事实像匹烈马一样闯进了她的脑海：葛锦绣逃婚了！

这种事,喜娘也是头一次遇上,问金送子咋办,她是回家,还是在这儿等等。

金送子怕喜娘才进门就出去,会引起魏世瑶怀疑,让她先等会儿,自己出去,跟正在客厅高谈阔论的葛晋颂使了个眼色。

葛晋颂谈兴正浓,见金送子一脸难言之隐的样子,就纳闷,大喜的日子,能有啥为难的?但还是跟魏世瑶招呼了一声,起身,跟到院子里,问是不是什么打点忘了。金送子压低嗓门儿说:“锦绣不见了。”

葛晋颂没往葛锦绣逃婚上想,以为是暂时没找见她人去哪儿了,随口说了句:“这个锦绣,毛手毛脚的,今天什么日子,她还乱跑。”

金送子说:“是不是逃婚了?”

葛晋颂冷不丁一急,说:“魏世瑶哪儿不好?她逃哪门子婚?”

如果魏世瑶又老又丑,或是烂泥扶不上墙的没出息样,葛锦绣逃婚,葛晋颂还能理解,可魏世瑶打小和她青梅竹马,相貌堂堂,新晋国民党军官,是多少姑娘做梦都想嫁的乘龙快婿呀,她咋就逃婚了呢?他不信,见许仙正在往车上装嫁妆,问他看没看见葛锦绣。许仙说没看见。葛晋颂还想去问别人,被金送子拉住了,赶紧让人沿着起风镇周围的几条路去找。葛晋颂说:“如果她真是昨天晚上走的,这会儿,三四十里路怕是出去了,怎么找?”

金送子说:“万一她走着走着后悔了,又顺原路回来了呢?”

虽然知道这个可能性不大,可最后一搏,还是得试。葛晋颂把本家几个送亲兄弟叫过来,让他们有马车的赶马车,没马车的赶驴车,顺着大路,赶紧找。

葛佑安见葛晋颂两口子在院子里,好像土匪袭了起风镇似的,一脸严峻的焦灼,心下好奇,起身出来,问是不是有啥事没准备停当。

事已至此,葛晋颂不能再瞒,先叮嘱他要稳住,然后才小声说:“锦绣逃婚了。”

葛佑安挂着一绺山羊胡子的下巴颤了两颤,就“啊呀”了一声,要不是葛晋颂扶着,就一个趔趄坐在了地上。

金送子说眼下其一是找葛锦绣，其二是想想怎么安抚魏世瑶。因为迎亲队伍空着轿回去,对男家来说,是奇耻大辱。葛佑安和魏世瑶滔滔山河的兴奋劲儿全都化作了鸟兽散,没接金送子的茬,背着手就往外走。金送子就知道,虽然逃婚的是葛佑安的亲生闺女,但葛佑安又要当甩手掌柜的了,把烂摊子丢给她和葛晋颂收拾,就看看葛晋颂。葛晋颂也是五内俱焚,不知如何是好,要去找葛锦绣,金送子说他不能去,说着,拿眼瞟向客厅。

魏世瑶坐在客厅里,满脸狐疑,他搞不明白,刚才还在和他天南海北气吞山河的人怎么就一个个去了院子里,还满脸都是天要塌的凝重,他想出去问问发生了什么事,可见葛家人的目光,对他都躲躲闪闪的,好像他的脸是块炭火,目光一落上来就能烫着眼珠子,飞快就闪开了,遂把内心的疑问按捺住了,兀自喝茶。

虽然知道葛晋颂已撒了人出去找葛锦绣,可葛佑安知道,依着葛锦绣的犟,如果她下定了决心逃婚,谁也别想把她找回来。

她咋就会逃婚呢？葛佑安想破天也想不明白,觉得没脸面对魏世瑶,就背着手出门,一露面就被说恭喜话的街坊邻居给扯住了,这是风俗,儿子娶媳妇,新娘子进门的时候,街坊邻居会扎堆来瞧新娘子讨花生讨喜糖落个喜气,闺女出阁,街坊邻居也会来看,看新娘子的装扮,看新娘子的嫁妆。

街坊邻居们知道今天是葛锦绣大喜的日子,葛家又是有点儿家底的体面人家,就都想看看,葛佑安这个甩手掌柜的怎么“发送”闺女,酱铺门口被围得水泄不通,葛佑安就后悔出来了,想回去,又打怵面对魏世瑶,进退维谷,言不由衷地应付着贺喜的话,最后,横心扒拉开人群往起风镇外走去,有人见他心事重重,就打趣他,说:“闺女要出阁,瞧把咱个二掌柜的难受的。”

葛佑安头也不回地大步快走，好像只要离开起风镇的街道,所有的烦恼就会烟消云散。

葛佑安出了镇，举目四望，也不想赶集，又无处可去，就往自家田里走，收完庄稼的旷野一望无垠，葛佑安站在地头上，张望着苍茫的高密大地，白毛汗一层又一层地在脊梁上冒出来。

葛家上上下下的人，都一脸隐秘的忙碌，葛锦绣就像突然升仙一样，从葛家人的视野中消失了。

葛锦绣竟然逃婚了！成了起风镇的头号奇闻。

足足半个月葛佑安不敢出门，而魏家庄传来噩耗，魏世瑶的父亲，因摆下了一院子宴席，等来的却是亲朋好友们一起见证没进门的儿媳妇逃婚，不堪羞辱，在当天晚上吊死在自家院子里的梧桐树上了。

人们拭目以待葛家怎么收场。

葛佑安像热锅上的蚂蚁，吓得不敢出门，唯恐出门就遇上魏世瑶来寻仇。

那段时间，起风镇人也很警惕，每每看到形迹可疑的人，就会告诉葛晋颂，小心门户。

提心吊胆的日子过了一天又一天，金送子说这么下去不行，人的心里不踏实，日子就没法往下过，逃婚一方是葛家，就是葛家欠下了魏家的，出了人命，就是阎王债，不登门赔礼道歉，这个理搁哪儿都说不过去，就准备了一马车厚礼，让葛晋颂陪葛佑安去魏家庄赔礼道歉，葛佑安怕一进魏家庄就被人拖住打死，死活不去。

何桂枝说："万一他们讹咱怎么办？"

金送子说："他要能开了口讹咱，还好了呢。"

何桂枝就"咦"了一声，跟葛佑安说："听见了没？胳膊肘这都拐到哪儿去了，竟然巴望着人家来讹咱。"

葛佑安知道金送子的意思，如果魏家能开口要钱，对葛家是好事，这世上，欠账好还，就怕欠情、欠人命，只要对方不出价，一辈子也还不上，就瞪着何桂枝说了句粗话，跟着葛晋颂走了。

一路上，葛佑安越想越不安，毕竟，葛锦绣是他的女儿，养不教是父之过，魏家人要治罪，肯定冲他这亲爹来，不会算到葛晋颂头上，这么胡思乱想的时候，马车过坎，把他屁股抛起来又落下，他屁股上肉少，硌得骨头生疼。硌一下，就疼成这样，葛佑安不敢想，万一是打，挨到身上，会是什么滋味？一害怕，就觉满尻子都是屎尿，万马奔腾地要往外蹿，就和葛晋颂说停下等会儿，他去沟里上个茅房。

葛晋颂把马车在路边停了，葛佑安下到路边沟底，一蹲就是半天。葛晋颂急了，说："叔，时候不早了。"

葛佑安扶着一棵光秃秃的小树蹲着，说："晋颂，要不，你自己去吧，我肚子坏了。"

葛晋颂说："那哪儿成？我自己去，显得多没诚意。"

葛佑安一听，更怕了，咋非得他去才有诚意，这不就相当于廉颇负荆请罪吗？就算他有廉颇的心，可也没廉颇的胆，因为他不知道魏家到底有没有蔺相如的胸怀呀，就把着小树，高一声低一声地"哎哟"，说站不起来了。

葛晋颂颓丧地看着他亲爱的叔叔在沟底把着一棵小树撅着干瘦的屁股演戏，知道他一旦要起赖来，谁都没办法，索性也不跟他耽误了，问："我走了你咋办？"

葛佑安说："好办，我再蹲会儿，等肚子不疼了，慢慢溜达回去。"

葛晋颂说好吧，扬鞭赶着马车走了，等看不见马车影子了，葛佑安提上裤子，从沟里爬上来，一溜烟跑了。

果不出葛佑安所料，葛晋颂一进魏家庄，就有人给魏世瑶家通风报信了。魏世瑶不在家，爹也死了，只有新寡的老母亲，日日以泪洗面，但魏家庄全都姓魏，全村都属一个大宗族，葛家坑了魏世瑶家，就相当于坑了整个魏家庄，一听葛家人送到门上了，哪儿有不把这口恶气出了的道理？年轻气盛和游手好闲的，相互招呼一声，就把葛晋颂按倒了，一顿拳打脚踢，要不是年长的压着，怕是要出人命。葛晋颂爬起来，给周围人抱拳行礼，说葛家多有得罪，今天特意上门赔礼道歉，这顿打，挨得不冤！谁让葛家没教养好闺女呢？

最后，魏家族长说："人打了，葛家歉也道了，不管再怎么着，都是于事无补，就这么着吧。"

葛晋颂鼻青脸肿地回来，金送子给他敷上消肿药，问他生不生气她给出了个馊主意。葛晋颂说他早就知道去魏家庄肯定少不了挨打，但还是去了，就是为了让魏家人出口恶气，要不然恶气憋久了，会成仇的。金送子欣慰，说："你是个明白人。"

这年夏天，葛晋天考上了省城的师范学校，可为人师表不是他的理想，上了一个月课，觉得没劲儿，给家里来信，说不读书了，要退学去找葛锦绣。

葛佑安急了，说葛锦绣是孽障，为了她自毁前程，她配不上！回信让葛晋天老老实实把书念完。葛晋天又给家里回了封信，说他退学，不光是为了找葛锦绣，是想去北平，一边找她一边复习功课考燕京大学，在信的末尾，让葛佑安不必劝了，他写这封信的时候，已经办好了退学手续，等家里收到这封信，他已在北平了。

葛佑安气得头顶冒烟，但葛晋天在千里之外，他毫无办法，安慰的是每过一段时间，家里就会收到葛晋天的信，有从青岛寄来的，有从济南寄来的，也有从北平寄来的。葛佑安看着信封上的邮戳，说："这小子，怎么跟苍蝇似的，东一头西一头的，四处乱扎。"

葛晋颂安慰他："可能是为了找锦绣吧。"

葛晋天的来信里，却没有葛锦绣的消息。最难过的是何桂枝，本想母凭子贵，等葛晋天在大城市混好了，扎下根，把她接出去见见世面，吃大城市美味，给嘴天天过大年，可因为葛锦绣，葛晋天也成了没头苍蝇，就觉一切都成了泡影，整天唉声叹气，说人筹谋不如天算计。

转年春末，金送子生了个大胖小子。

第十七章

金送子的儿子叫葛鸿飞，虎头虎脑特别招人喜欢，像个跟屁虫似的，天天跟着姐姐葛鸿雁满街跑，葛鸿雁就是暖，比葛鸿飞大五岁，已经能帮父母照看弟弟了。

时光一点一滴地流逝，曾经的年轻人，脸上也开始有了岁月的痕迹，比如金送子，几年而已，虽然还是细腰高胸大臀，可因为要操心一家老少，脸上的光泽，暗淡了不少。葛佑安和何桂枝，因为惦记着一双儿女，几年间，鬓角渐白。自从逃婚，葛锦绣犹如泥牛沉进大海，杳无音信。葛晋天则像口箱子，漂在汪洋波涛中，时隐时现，每次来信都换一个地址，不让家里给写信，说他行踪不定，就算回了信，也收不到。每每葛佑安念葛晋天的信，何桂枝都要哭一场，哭完把信细细捋平了，藏宝贝一样压在她的梳妆匣子下面。

越来越老的葛佑安已经不赶远处的集了，就在起风镇的茶馆和各家铺子里坐坐，和人扯天说古，他总是感叹，人啊，老了以后，世界就变小了。

何桂枝经常拿一马扎，坐在起风镇路口，看见人就问："你们看没看见过一个这样的年轻闺女？看没看见过一个这么英俊的小伙子？”然后把葛晋天和葛锦绣的样子，说了又说，她说的葛锦绣，永远是那个嫩水葱一样水灵的葛锦绣，她说的那个葛晋天，永远是那个意气飞扬，眼睛干净明亮得像钻石的葛晋天。

没有人见过她的葛锦绣，后来，葛晋天从北平寄来一封信后，就彻底失去了音信。何桂枝满脸不解地问金送子：“你说，晋天怎么会没信了呢？是不是被他们弄丢了？”让金送子去乡公所找找，去找县上的邮差问问。

葛晋颂也逢人就打听，可是，没人知道葛晋天兄妹去了哪里。何桂枝有时候会可怜巴巴地跟金送子说：“晋天是不是怕我和你叔拽着他回家种地？你让晋颂写信，跟他说，咱葛家的地，哪怕荒着长草也不用他种，让他放心回来，哪怕站在门口让我看一眼就走也行。”

金送子也是做母亲的人，听她这么说，泪就忍不住下来了。

日本人打进关内了，中原大地狼烟四起，到处都是携儿带女躲避战乱的人。起风镇街上，夜里没地方去的人越来越多，这儿一堆，那儿一撮，在别人家的屋檐下瑟缩着，好不凄凉。一想到外面兵荒马乱，葛晋天兄妹却不知所终，又天大地大无处寻觅，葛晋颂心里就空空落落的，怅然若失。

这年十月底的一天，葛佑安从外面跑进来，慌里慌张地说不得了了不得了了，唐立成儿子唐华山回来了。

金送子说：“他老婆孩子都在起风镇，三天两头往家跑，有啥大惊小怪的？”

葛佑安说：“这回不一样，回来好几天了，牵着一头毛驴回来的，毛驴上驮了好几只口袋，听说全是县警察局的账本。”

金送子觉得奇怪，说：“他把县警察局的账本驮回来干什么？”

葛佑安小声说：“曹梦九跑了！”

曹梦九是高密县县长，金送子奇怪：县长就是土皇帝，就算捞不着胡子眉毛一把抓，也没人怎么着他，他跑什么跑？

葛佑安说日本人来了，曹梦九接到蒋委员长的命令，带着整个县衙门的人跑了。

金送子问唐华山咋没跟着跑。葛佑安说唐华山老婆孩子都在起风镇，三儿子刚落地十天，还没满月，他没法跑。

金送子也有点儿慌了，说："蒋委员长让曹梦九跑了，咱老百姓怎么办？就这么扔着，不管死活了？"金送子很生气，接着说，"每年咱都该纳粮纳粮，该纳税纳税，交给县上，图个啥？不就是为国家出点儿力，有难的时候国家护着咱嘛。这可倒好，日本人还没打到呢，他们先跑了，咱老百姓手无寸铁，跟把羊羔子扔到狼群里有啥区别？"

葛佑安说："别发牢骚了，赶紧跟晋颂商量商量，咱家怎么办？"

金送子把面板和饺子馅都端到了铺子里，一边包饺子一边和葛晋颂商量怎么办。葛晋颂也气得骂，说事来了，不能干等，晚上约着镇上几个大家族族长找唐立成商量商量。说完，把柜上的事一扔，背着手走了，直到金送子把饺子煮好，才回来，说去找唐立成了，确实，日本人已经把济南和青岛占了，下一步就是下面各县了，曹梦九跑了也是真的。金送子问："唐华山真回来了吗？"葛晋颂说："回来了。"金送子说："唐华山见的世面比咱大，他就没说该咋办？"

葛晋颂把筷子一扔，饭也不吃了。金送子就明白了，唐华山一定说了丧气话，就小心翼翼地说："生气也没用，兵来将挡，水来土掩吧。"

葛晋颂说："我就奇怪了，咱中国这么大，人这么多，怎么能让指甲盖大小的日本给占了？日本人还没来呢，县长先跑了，咱中国满地上跑的是绵羊啊！"

晚上，葛晋颂和镇上的大户以及族长们去乡公所碰头，本想借着起风镇有围墙有护城河，大家能齐心对付日本人，慷慨激昂地说上一通。可大家七嘴八舌，没一个准主意。末了，唐立成扫了大家一眼，说："葛掌柜，你还是年轻了。"然后又问大伙，"你们觉得，咱一个起风镇，比县政府还有本事？”

话音一落，整个屋子就安静了下来。

见大家不语，唐立成就又说：“县政府聚集着咱全县的力量，他们都自知不敌跑了，就咱起风镇？不要说咱一个起风镇，一百个起风镇也干不过日本人！”说着，让唐华山把他知道的情况给大家讲讲。

唐华山从七七事变到日本人一路势如破竹从关外打进来，分析了半天，说恐怕整个中国都要沦陷了，让大家做好思想准备。

唐立成也痛心疾首，说：“葛掌柜，我要年轻二十岁，想法和你一样，豁出去了，和日本人干，可我现在不年轻了，不年轻了不是没血性了，是懂得以大局为重了，就算在座各位同仇敌忾，浴血奋战，可整个中国都沦陷了，咱起风镇再有血性也是瓮里的那只鳖！折腾不出大天去，咱啊，各自回家，想想怎么自保吧！”

葛晋颂去乡公所时热血澎湃，回来时垂头丧气，摸黑回家，脚也没洗就上炕了，仰面躺在炕上，说：“想不到我这辈子还要当亡国奴。”

金送子说：“别人能过咱就能过。”

葛晋颂说：“憋屈，明明自己的家，让人家占了，人家说了算，这都什么事！”

日本人要来的消息满天飞，街上一片人心惶惶，卖粮食的少了，卖牲口的多了，因为有消息传过来，说日本人进了村会赶农户的牲口。牲口太大，又是不通人性的活物，藏不住，不如卖成钱，随便找个地方就能藏起来掖住了。

葛家院子里因为常晒酱，如果养鸡鸭，稍有点儿风吹草动，鸡鸭毛就会满天飞，落在酱缸里，所以，除了养耕地的牛和拉车的马，葛家没有养牲畜的习惯。金送子也还是担心，问葛晋颂要不要把牛和马卖了。葛晋颂说：“不卖！”只晚上关了酱铺以后，和许仙在院子里的南墙根下挖了个小地窖，把粮食拿油纸包了，往地窨子里埋。

葛晋颂埋好粮食的第二天，起风镇来了几个日本人，他们骑着一个三个轮子的铁家伙在起风镇突突地转了好几圈，进了乡公所。

没几天，乡公所墙外就贴出了告示，说起风镇以后将有日军入驻，为保障起风镇居民的平安，原乡公所的院子将改建成炮楼，作为日军驻扎在起风镇的据点，报名参加炮楼建筑，酬劳是一天五斤小麦。

葛晋颂每天都往乡公所溜达一趟，金送子问他去干什么。葛晋颂说去看看都有谁报名去盖炮楼。金送子说这有什么好看的。葛晋颂说给日本人盖过炮楼的人，葛家的活儿就不用他们干了。

金送子明白了，说："心里明白就行，别说出去。"

葛晋颂"嗯"了一声。

第十八章

第二年开春,炮楼建好了,野鹊和一帮闲汉在街上比画,那墙两尺半厚,他们夯墙的时候,有个日本鬼子打枪试过,一梭子出去,打出半个拳头大小的洞,子弹壳弹出来,像块小石头,落在地上,大伙儿扑上去抢,野鹊费了九牛二虎之力才抢到手。说着拿出来炫耀,比花生米大点儿,被破棉袄磨得锃亮。

春末,日本人住进了炮楼,要找个人烧饭,有要去的,多半被劝住了,给日本人做饭和给日本人盖炮楼是两回事。盖炮楼是出苦力,做饭是长期给日本人干活儿,是汉奸。

不管给日本人盖炮楼还是做饭,但凡去干的,想得都很简单,赚碗饭吃,可在这世上,不是随便什么饭都能赚的。葛佑安说:“听过戏文《桃花扇》吧,一个烟花女子能守住的气节,咱老爷们儿也不能太丢人了不是?”说得想去的人讪讪的。

野鹊不服气,说:“给日本人做饭不是为了伺候日本人,是想往家偷点儿粮食。”

葛佑安就“哼”了一声,说:“瞧你们这点儿出息,有给日本人做饭的能耐就不能去干点儿别的挣碗饭吃?”

野鹊不服气，说："干别的哪儿有给日本人做饭轻快？再说了，日本人吃的都是白花花的大米和香喷喷的肉罐头，能不能偷出来暂且不说，至少能吃个油光水滑吧？"然后，又奚落葛佑安，两口子啥也不干，啃人家葛晋颂两口子，还有嘴出来说别人！

葛佑安气得胡子一撅一撅的，说："我命好！有本事你也投生在不缺吃喝的好人家！"野鹊说："我就是投生在不缺吃喝的好人家，我也得为子女积德，别像你似的，遭了报应，俩孩子没了一双！"

一句话戳中了葛佑安的软肋。

葛佑安拎起拐棍追着野鹊打，一路追到了鬼子炮楼下，野鹊不知死活，蹦着高气葛佑安："我就去给日本人做饭！我吃香的喝辣的！气死你！"

炮楼上的鬼子见野鹊蹦跳着往炮楼里闯，大声喝问他干什么的。野鹊听不懂，大声说："给你们做饭的！"鬼子让他站住，野鹊还是听不懂，继续往里走。鬼子就端起了枪，葛佑安离得远，看见了，觉得不好，喊了一嗓子："野鹊，别跑了！"

野鹊以为葛佑安还想倚老卖老指挥自己，往炮楼跑得越发欢了，就听砰的一声，野鹊就像挨了一土铳的兔子，原地蹦了个高，栽倒在地。

葛佑安脑子嗡的一声，待在原地愣了片刻，就见鲜红的血渗透了野鹊的破棉袄，流到了地上，野鹊眼睁睁看着血从肩上流下来，在地上流成一摊，吓傻了，只知道"啊啊"地哭。葛佑安下意识地往前跑，想把野鹊拖过来。可鬼子又打枪了，子弹砰砰落在眼前，打起了一串串的黄烟，就不敢往前走了，隔老远喊："野鹊你别动啊，你动，日本人还开枪打你，他们听不懂咱话！"

野鹊一动也不敢动，趴在原地尿了一裤子，抬头看着葛佑安哭，说："葛二掌柜，我不该咒你，我也遭报应了。"

镇上的人听见枪声，站老远看稀罕，围了个半圆。葛佑安趴下，把野鹊拖出来，几个闲汉胆大，往日也和野鹊玩得好，过来架起野鹊就飞一样跑了，葛佑安拄着拐棍走到余天恩家。余天恩已给野鹊包好了，说野鹊命大，这一枪从肩胛骨下穿过去的，再往下点儿，伤着脏器，他就治不了了。

葛佑安坐在杌子上，两手拄着拐棍陷入了沉思，突然说："日本人咋就不能有话好好说，非要开枪伤人呢？"

余天恩说："你听得懂吗？"

葛佑安说："听不懂也不能开枪就打，这万一打死了呢？算谁的？"

余天恩说："打死了谁算谁倒霉。"

葛佑安觉得不行，日子好好地过着过着，怎么就过成蝼蚁了？日本人打死个人就跟踩死只臭虫似的，这还了得？不行，他得找唐立成说道说道，就去了唐立成家。

唐立成听了很生气，不生日本人的气，生葛佑安和野鹊的气，说："我跟你们说了，平时见着日本人绕道走，别惹他们，你们不听！非要惹事！"

好像野鹊跑到炮楼下吃了日本人一枪子是给他惹了麻烦。

葛佑安就不高兴了，说："唐老兄，我尊你是镇长，过来找你说道，是为给野鹊寻个公道，你咋一张嘴就派我一堆不是？野鹊是不着调，可他是去报名给日本人做饭的，日本人咋能上来就是一枪呢？"

唐立成更生气了，说："你们以为随便什么人都能给日本人做饭？"

葛佑安也没好气："咋？他们还挑挑拣拣？"

"那是，得先过了我这关！万一人不可靠，下毒找谁去？"说完，唐立成自觉这么说不好，又道，"想报名他也来找我说啊，找日本人报名，是他能听懂日本人说话，还是日本人能听懂他说话？"

葛佑安看着他，半天才说："野鹊这一枪就白挨了？"

唐立成说："八成！"

葛佑安拿手杖往地上戳了几下："唐老兄，你是镇长哎！"

唐立成说:“我把这镇长让给你吧,你去跟日本人摆道理。”

葛佑安转身走了,回家,连晚饭也没吃,长吁短叹地说:“亡国奴啊,连人家圈里的一头猪都不如,连个征兆都没有,说杀就杀。”

整个冬天,野鹊都吊着膀子,在街上晃来晃去地骂日本人,唐立成知道了,又把他骂了一顿,问他是不是没死够。野鹊嬉皮笑脸,说反正他们也听不懂,说着,冲炮楼吼了一嗓子:“日本人,我×你祖宗!”

炮楼上的日本人懒懒地往这边看了一眼,又端着枪继续溜达了。

野鹊说:“你看!”

唐立成让他气得不成,说:“你等着吧,有你好看的那一天!”说完走了。

野鹊亦步亦趋地跟了几步,煞有介事地喊了一声:“唐镇长!”

唐立成当他有啥事要说,就回头看他一眼。

野鹊嬉皮笑脸说:“除非你告诉日本人我骂他们了。”

唐立成没想到被街头闲汉将了一军,气得要命,碍于人多眼杂,又不好说难听的,就背着手走了。野鹊就在后面跳着叫喊:“他们说了,给日本人打中国人小报告的,都是汉奸,我就知道唐镇长不是那样的人!”

事后,大家说野鹊挨了日本人一枪把胆打大了,竟然敢当街戏谑唐立成。

野鹊就得意地笑,说别看唐立成镇长当着挺威风的,其实心里怯着呢。大家不信,说:“镇长好歹也是个官,管着全镇的人呢,怯啥呢?”

野鹊卖弄似的说别看唐立成出门耀武扬威的,其实在家唉声叹气的。大家好奇,平时走在街上都晃着膀子的唐立成,一派威严,怎么可能关起门来跟瘟鸡似的?野鹊就说唐立成这镇长不比以前,以前当镇长是蒋委员长的政府任命的,名正言顺,是为一方百姓安身立命和为民请命的官,现在是日本人让干的,替日本人管着起风镇上的老百姓,就是汉奸。如果日本人站不住脚跑了,他是要被中国政府清算的。

大名鼎鼎的唐立成居然也有活成过街老鼠的那一天，大家听得兴起，把野鹊围在人堆里，让他讲讲都是听谁说的。

野鹊一开始不说，后来被逼问得没辙，就招了，说和唐立成家洗衣服的寡妇老妈子好上了，听她说的。

老妈子是个职业称呼，就是在大户人家帮忙做家务的，未必年纪很大，大家根据野鹊的年龄，很快推算出了他和哪个老妈子好，起哄，让野鹊讲讲，睡大户人家的寡妇老妈子是啥滋味。野鹊说口渴，要去街边铺子讨口水喝，大家信以为真，给让开道，野鹊趁机跑了。

转年春天，唐华山又回城里当差了。听说在县警备队当头头。葛佑安出去打听回来，说是帮日本人维护治安的。葛晋颂说："这不就是汉奸吗？"金送子忙上来捂他的嘴，叮嘱他，千万别往外传。

但唐华山做了汉奸这事，起风镇人很快就知道了。唐立成很生气，上街见谁都不打招呼，黑着脸，唐二太太为这事骂了好几天大街，说："警备队就相当于民国的警察局，是维护全县治安的，怎么会是汉奸？你们要觉得唐华山是汉奸，让人抢了东西、挨了黑枪别去县里报案。"

野鹊无缘无故挨了日本人一枪，心里有气，就说："二太太，我让日本人打了一枪，找你家华山报案管不管用？"

二太太破口大骂："野鹊！你这种二流子货！我看活着都是糟蹋粮食！打你一枪都轻了！没事你少往我家门口遛，别以为我不知道你那一肚子脏下水惦记着谁！小心我打折你的腿！"

把野鹊骂得脸红脖子粗，好半天才缓过来，扭头呸了一口痰，拽着膀子走了。事后，葛佑安知道了，就问他："野鹊，平时你屁话挺多，怎么能让唐立成的二老婆给骂哑巴了？"野鹊悻悻地说："好汉不吃眼前亏！"葛佑安说："明明你有理。"

野鹊晃晃自己吊着的胳膊仰天长叹说："现在是讲理的世道吗？"

葛佑安也叹气："我刚要对你刮目相看，你又跳泥坑里去了。"

第十九章

这天,金送子正在铺子里切酱菜,进来两人,一个中年男人和一个穿着军装的年轻日本兵。中年男人在铺子里打量了个遍,跟日本兵叽里呱啦说了一通日本话。这个日本兵竟会说中国话,问铺子里都有什么酱。

金送子就放下菜刀,过来掀开坛子逐一介绍,正说着,就听有人轻声说:“送子。”

声音那么熟悉,熟悉得让金送子觉得脑壳里像在打雷,她寻声抬头,就看见了德生。是的,千真万确就是德生,那个年轻的日本兵就是德生,目光温和。

她呆呆看着他, 他已不再是十年前那个虎虎生风的德生了,更沉稳安宁了,眉宇间多了儒雅之气。

金送子愣愣地看着他,微微张着嘴巴,半天说不出一句话,只是一瞬间泪雨滂沱。

显然,德生也很意外,看着她,好像很难过,也泪流满面,哽咽着说:“原来你在这里啊。”

两人的泪雨滂沱把中年男人弄愣了,回头张望着他俩,满脸都是云里雾里的不解。金送子自知葛晋颂马上就过来了，不想让他看见，忙擦了一把泪，说："是啊。"久久地盯着德生，想说"原来你活着啊"，可喉咙哽咽得让她一个字也说不出，就捂着脸，转过身去，背对着德生又哭了一会儿，才转过身，艰难地说出了这几个字："你活着啊……"

德生也背对着她，擦干泪，才说了句："说来话长。"

葛晋颂进来后，诧异地看着金送子和德生，瞪了德生两眼，问中年男人要什么酱。中年人显然听不懂，歪头用生硬的日本话说："德生君。"

德生平复了一下表情，介绍说，中年人是据点里的厨师，从日本过来的，想买点儿酱回去做味噌汤。葛晋颂的脸，一下子沉到冰点，说："我家酱都是穷苦百姓当咸菜吃的，做不了味噌汤。"德生说他知道，可一时找不到能做味噌汤的酱，就想找点儿中国酱代替一下。这么说的时候，眼睛还是潮的，不时瞥金送子一眼。

金送子擦干泪，冲他笑笑，千言万语奔跑在胸膛里。

葛晋颂满眼狐疑。

德生大约看出了葛晋颂和金送子的关系，为掩饰尴尬，去掀酱坛看。葛晋颂一把按住，说："不用看，没有。"

德生就尴尬了，歪头看看金送子。葛晋颂闹不明白这个鬼子为啥会说中国话，看上去跟金送子还很熟的样子，就也去看金送子。金送子眼里还有泪，不敢看他，眼神躲躲闪闪的，不知如何是好。

德生冲葛晋颂打了个拱说："老板，行个方便。"

葛晋颂说："你是中国人啊。"

德生说是。说着看看金送子问："您夫人吧？"

葛晋颂用鼻子"嗯"了一声，问："金送子是不是我夫人和酱有关系吗？"

德生说："我和尊夫人认识，虽然不同村，但我们两家的地挨着。"

葛晋颂“哦”了一声,说:“那算我老岳父倒霉。”金送子见葛晋颂话越说越硬,忙从中打圆场,说:“晋颂,就当行个方便吧。”

葛晋颂不好驳金送子面子,转身走了。金送子就把装着酱的坛子一个又一个打开给中年男人看,最后中年男人选了当年黄酱要了几斤。葛晋颂远远冷眼看着,一声没吭。

金送子把酱装好,收了钱,递给中年男人,送出门口,问德生:“这到底是怎么回事?你怎么成日本兵了?”

德生还是说一言难尽。金送子是急脾气,说:“再一言难尽你也得说了我才明白啊。”

德生说他现在是日本翻译,常驻起风镇……

话还没说完,葛晋颂就喊金送子过去。德生晓得葛晋颂是不愿意金送子和自己多说话,就说:“来日方长,以后慢慢说吧。”

回了铺子,金送子胸膛里叮叮咣咣的,老半天平静不下来。葛晋颂一边扒拉算盘一边拿眼瞟她,她知道他有话要问,但她想平复一下心情,不想开口。

整个下午,金送子都沉浸在德生的死而复生里,为什么我和他没有抱头痛哭?曾经多少次,她做梦梦见德生回来了,他们抱头痛哭,烈火干柴,商量再怎么私奔。当然,这些梦大多是她嫁给葛晋颂之前做的,尤其是老浦活着的时候,梦见德生是她活下去的力量。嫁给葛晋颂以后,她就很少梦见德生了,偶尔想起来,还是会伤感,但没有大哭一场的冲动了。

直到吃晚饭,葛晋颂和金送子还是没怎么搭话,好像她娘家地界邻居做了汉奸,成了她的不是。

金送子张罗一家老小吃完饭,收拾利索了,伺候孩子们上炕睡了,才回她和葛晋颂的睡房,掩上门,倚在门上看着他说:“你问吧。”

葛晋颂从书上抬起头,看着她:“不就你爹地界的邻居当汉奸了吗,有啥好问的?”金送子说:“我想跟你说的不止这些。”

葛晋颂定定看着她，想了一会儿，渐渐回过点儿味来一样，说：“对，你见着他哭啥哭？”

金送子说：“你想听真话还是假话？”

葛晋颂说：“这不废话吗？想听假话的话，跟不说有啥不一样？”

金送子说：“你得答应我别生气，别嚷嚷。”

葛晋颂的心，就一点点地沉了下去，猜到什么一样地看了她一会儿，才说：“你说的时候别掉眼泪，要不然我会觉得你心里还有他。”

金送子没想到葛晋颂这么通情达理，眼泪一下子就涌了上来，扑上去抱着他的肩说：“晋颂你怎么这么好。”

其实葛晋颂心里很不是滋味，胸膛里犹如万鼓齐擂一样地轰鸣着难受，浑身上下一点儿力气也没有，就拍拍她的肩，有气无力地说：“说吧。”

金送子还是紧紧地抱着他的肩，在他耳边说：“你记得咱俩刚成亲那阵起风镇上传我命硬克死了好几个男人的事吧？”葛晋颂用鼻子“嗯”了一声。金送子说他就是其中一个，叫德生。说完，松开葛晋颂，看着他的脸，把当年她和德生的事轻声细语地说了一遍。

关于金送子命硬，在老浦之前还克死过男人的事，葛晋颂有耳闻，但并不知详细，听她说完，才喃喃说了句“果然是……”

金送子问他果然是什么。

葛晋颂说怪不得人说世间所有谣言，都是无风不起浪。

金送子知他心里不是滋味，忙解释：“以前没告诉你也不是故意要瞒你，是觉得他人都不在了，再说也怪没意思的，还让你心里不舒服。”

葛晋颂说：“现在说我心里也不舒服。”就没再说话，整整一晚上，到躺下睡觉都没说话。

金送子脱了衣服，钻进被窝，从后面贴着他的脊梁，抱着他，说：

“都过去的事了，我现在见着他恍如隔世，只剩下感慨了，男女之间的事，想都没想一下子，觉得他像小时候一起玩的伙伴，有一天，他去了很远的地方，再也没见面，可突然有一天，他又出现了。”

葛晋颂还是不说话。

金送子说：“你不觉得，人是会变的吗？一年一年的，同一个人，今年和往年的心思是不一样的。”

葛晋颂没吭声，却在心里悄悄地想，想自己，想他和何顺意曾有过婚约，他曾喜欢何顺意，知道何顺意寻短见的时候，他也曾锥心刺骨地痛苦过，但就像金送子说的，人会改变的，伤痛就像一个沙坑，日子的风沙，总会慢慢填平它。

金送子在街上又见过几次德生，德生问她有没有空，有空的话叙叙旧。金送子见来来往往的人都盯着她和德生看，觉得不好，就说：“改天吧，改天你别穿军装，到家里叙叙旧。”

德生说：“家里？”

金送子“嗯”了一声，说：“当年的事，我跟当家的说了。”

德生点点头，苍凉的感伤像潮水从心底里漫上来，觉得金送子能跟丈夫说当年的事，不外是已在心里把他俩的事做了了结。他站在那儿，千言万语，不知该说哪一句，就那么微微笑着，看着她，眼眶一阵阵微疼，就抬头望了望天。

这种复杂而微妙的感觉，金送子也有，也知道，就像一对曾为挽救孩子性命而竭尽全力的夫妻，孩子没了，夫妻离散，在多年以后，又站在孩子小小的坟墓前，那种根植过彼此生命的痛楚，只有自己能体味。

两人都闷着，有点儿尴尬，金送子问他结婚了没有。德生说结了，又说：“要是你当家的不介意，改天我就去家里坐坐。”金送子说：“行，我回去和他定好日子告诉你。”

回家，金送子和葛晋颂商量，说想请德生来家吃顿饭。

葛晋颂勃然大怒，说金送子欺负人，不计较她和德生当年的事，不等于可以和德生坐一张桌上推杯换盏。他是开铺子做生意的，碍于日本人的淫威，汉奸来买东西，他不能不卖给他，但是汉奸想成为葛家的座上客，门都没有！

金送子虽然对德生当汉奸也很生气，但也不解，就特别想知道这到底是为什么，就跟葛晋颂说："行，你不让他进门，我和他出去说，只要你不怕人家说你老婆和汉奸下馆子了就行！"

这一招，还真把葛晋颂治住了，起风镇上从来没有女人下馆子，可他的老婆要下馆子了，还是和汉奸一起下馆子！让起风镇老少爷们儿看在眼里，还不得把他葛晋颂的脊梁骨戳断？就连野鹊这个泼皮无赖，自从挨了日本人一枪，都知道跳着脚骂日本人是杀人不眨眼的王八蛋，他葛晋颂的老婆却跟汉奸下了馆子，难不成他连野鹊这种泼皮无赖都不如了？葛晋颂投降，金送子可以让德生到家里来，但必须是他自己，必须不穿军装，必须是天黑以后来，必须不能让人看见。

第二十章

德生来的那天晚上，金送子精心准备小菜，葛晋颂看着就生气，横挑鼻子竖挑眼，一句话不合就和她戗，说家里来亲戚，也没见她准备得这么精致。金送子晓得他是吃醋，就笑，说：“如果你有个老相好的来家看你，我会准备得更好。”葛晋颂气得不说话。金送子就自说自话说：“我还会打扮得漂漂亮亮，让她看看，我长得漂亮，不邋遢，还烧一手好菜，你娶我比娶她好，让她死了这条心。可今天晚上呢，来的是我的老相好，我把菜做漂漂亮亮的，让他看看，咱家日子过得不错，我嫁的男人也宽宏大量，所以呢，我才能请他到家里坐。他要是个通情理的，一看我男人这么好，也会自愧不如，你说是不是？”

葛晋颂知道她这番话是说给他听的，希望他宽宏大量给德生看看，就气得笑了。其实，他也明白，能约德生回家，就说明金送子对德生啥念想都没了，剩下的，就是故人交情而已，这点他比谁都明白，可心里还是不得劲儿，就故意气金送子，每个盘子里捏菜吃。

见他这样，金送子就知道他不生气了，把菜每样盛出一份让他送到楼上，又每样盛出一份送到西间让鸿雁和鸿飞吃了睡觉。小孩子嘴上没把门的，金送子不想让他们掺和，怕他们见了德生会记得，上街乱说。

鸿雁已经懂事，见父母这么隆重，好奇今晚家里要来个什么样的客人，跑出去问葛晋颂。葛晋颂看了看金送子，说："你姥爷那边的亲戚。"鸿雁点点头，问："那我叫他什么？"

金送子问葛晋颂："你说呢？"葛晋颂说叫舅舅吧。鸿雁还满眼疑问，金送子催她睡觉，说："你没见过这个舅舅，这个舅舅也不喜欢小孩儿，你吃完饭就赶紧带弟弟睡觉。"

鸿雁就将信将疑地回屋了，金送子弄好饭菜，给两个孩子铺好被窝，把两人塞进去，带上门，回客厅把凉菜摆好，没一会儿，德生就到了。

德生穿了件长褂，像镇上初级小学的校长，还提着花花绿绿的礼物。

金送子接过来，完全拿德生当客人的语气说："过来吃顿便饭，你客气什么。"德生笑笑，跟葛晋颂打了个拱，又对金送子说："给孩子们带了点儿糖果。"他看四周又问："孩子呢？"金送子边招呼他坐边说："睡了。"

其实，葛鸿雁和葛鸿飞根本没睡，葛鸿雁让葛鸿飞趴到门缝里，听外面说什么。葛鸿飞听见德生说带了糖果，眼珠子都亮了，跑到炕边说："那个舅舅说给咱带了糖果。"

葛鸿雁爬起来，问葛鸿飞想不想吃。葛鸿飞咽着唾沫点头，葛鸿雁说："你出去，假装说你要撒尿。"

葛鸿飞说："我没有尿！"

葛鸿雁说："你想不想吃糖了？"

葛鸿飞说："撒尿就有糖？"

鸿雁点头。

葛鸿飞就一步三回头地挪出去，挪到客厅说："娘，我要尿尿。"

金送子刚把筷子和菜摆好，见葛鸿飞光着屁股出来了，说要出去尿，金送子知道他的主意，就给他穿好衣服，说出去撒完尿就回来睡觉。葛鸿飞噘着嘴"嗯"了一声。

金送子领着葛鸿飞去院子里的茅房撒完尿，回来经过客厅，葛鸿飞就站住了，看着德生说："娘，他是谁？"金送子说："你舅舅，叫舅舅。"

葛鸿飞开心地喊舅舅。德生忙拿出糖果塞到葛鸿飞怀里，说："长得真可爱，跟小老虎似的。"

金送子不想让孩子多掺和，跟葛鸿飞说撒完尿了，也拿着糖了，快上炕睡觉吧。葛鸿飞就撒丫子跑回屋和葛鸿雁分糖去了。金送子看着他背影，不无嗔怪地哂笑，说："这孩子，一肚子吃心眼儿。"

德生说孩子嘛，又说是个聪明孩子。说完羡慕地看了葛晋颂一眼，举起酒杯，一语双关地和他碰了碰："葛掌柜，我是发自内心地羡慕你。"

葛晋颂也不笑，跟他碰了杯，把酒抿了，说："是吧？"

气氛稍有点儿尴尬，金送子就坐下，跟德生聊家常，问他回没回老家。德生黯然说："回过，回去的时候爹娘已经没了。"金送子说："地呢，我记得你家还有十几亩地。"德生说姐姐姐夫给卖了。

说到过往和德生已故的爹娘，气氛就凝重了起来。德生问金老三怎么样，说他当初回去，还特意去金送子的村看了看，那会儿金送子的奶奶已经没了，她的父亲金老三也老了，在院墙外的南墙根下，依在一棵老柳树上抽烟。说得金送子的眼泪下来了，说前年金老三也没了。德生问怎么没的。金送子说赶集回家路上摔了一跤，把大胯摔碎了，痛得吃不下饭，郎中也没法儿，在炕上躺了十天，人就没了。想想金老三最后的时光，就是痛得喊爹叫娘，金送子的眼泪就止不住，葛晋颂也不是滋味，总觉得金送子的眼泪成分复杂，不单单是为了岳父金老三，脸上就怎么也端不住地不好看了起来。

金送子看出来了，忙擦干泪，说："我奶奶活着的时候，做梦都想给我爹续上弦，生个孙子给老金家续上香火，说要不然，她去了地底下没脸见我爷爷。”

德生也感慨，说：“可不，连给你取名都取了送子。”

金送子点头，给两人倒上酒，讨好地看了葛晋颂一眼，眼里还湿漉漉的，就冲他笑，说：“一想起我爹痛得喊爹叫娘我就难受。”葛晋颂知她意思，这是跟他解释前面的眼泪开解他心情呢，也觉得自己有点儿过分，人都是有感情的，现在，金送子是爱他的，无疑，但现在金送子心里惊涛骇浪一样难受，也是无疑的，他不该在这时候再往她心头上压杠子，就端起酒杯，跟德生碰了碰。德生道歉，说不善饮酒，怕这一杯下去，就会醉得把持不住，出洋相。葛晋颂让他随意。德生抿了一口，冲葛晋颂抱拳，让他见谅。

金送子问德生当年到底怎么回事。德生看了看葛晋颂。

葛晋颂也想让德生知道自己是个胸怀宽广的人，就大度地笑笑，说：“都时过境迁的事了，想说你们就说，我要是那个在意的，也不会让她把你请到家里。”

德生又抱抱拳，说：“承让了。”

葛晋颂忙摆手：“哎，话说明白，我可不想啥都承让，就是不在意当年那档子事了。”

德生说：“知道，我说的承让就是这意思，您要不承让着我，我也没机会座上客似的在这儿跟送子说话。”

金送子在桌子下踢了葛晋颂一脚。葛晋颂突然笑了，指着桌子底下说：“你看你看，她踢了我一脚，我这老婆，欺负起自家人来，本事有的是。”

德生笑笑，他明了葛晋颂话外玄机，不外想让他知道，在金送子那儿，他才是自家人，所以才踢他。

金送子心里有种说不上来的怪异感，觉得德生再也不是以前的那个德生了。他变得特别有教养，而这种教养，既让人舒服又拒人于千里之外。

德生给自己和葛晋颂倒满酒，两人又喝了一杯，德生才说，十一年前的那个夏夜，他想按照约定过河找她，可天一黑就下起了瓢泼大雨，他爹娘不让出门，他找尽借口，说雨大，想去看看地里的瓜。他出门就直奔河边，可河水已经涨起来了，仗着水性好，他觉得游过河没问题，下到河里，才知道自己太盲目自信了。在泄洪一样滚滚向前的河水里，他犹如激流中的一片叶子，只有随波逐流的份，在强大的自然之力面前，人那点儿力量，连蝼蚁都不如，所谓的会水，所谓的游泳，都是徒劳无用的挣扎。他也怕了，想往回游，可就像不可能游到对岸一样，他也游不回去了，挣扎中呛了一肚子水，就昏过去了，顺着河水漂到了胶州。

金送子擦了把眼泪，问："后来呢？"

德生说，救他的人叫吉野一郎，是日本人，在青岛开布店的。他和伙计一起赶着车去胶州进土布，走到河边，发现上涨的河水漫过了桥，下来牵马过桥，见桥栏杆上挂了个人，试了试，还有脉搏，给他赶车的伙计告诉他，他们救溺水的人，都是把人横着搭在牛背上，赶着牛跑，把肚子里的水控出来，人就活过来了。没有牛，他们就把车上的土布码成牛背的样子，把德生搭在上面，等到了青岛，德生就醒了。

葛晋颂觉得奇怪，说："既然活过来了，你咋不回来找她呢？"

德生叹气，说他虽然被吉野一郎救活了，可身无分文，就想已经出来了，索性先挣点儿钱，在青岛站住了脚再回去接金送子，就去火车站扛大包了。等他挣的钱能在青岛租间房子置办点儿简单家当了，才回高密，一进庄就知道爹娘没了，金送子出嫁了。当时他想死了算了，站在井沿上要往下跳的时候，被挑水的瘸子骂了一顿，说他没出息，有胳膊有腿好生生的健全人竟然不想活了！他跳下去一了百了了，可弄脏了井，他们上哪儿去挑水吃?!

他自觉惭愧，就买了些高密土特产回青岛了，去布店拜访了吉野一郎，正好吉野一郎店里的伙计不干了，问他愿不愿意留下当学徒。他想，反正父母没了，金送子嫁人了，急着挣钱也没意义了，就答应了。因为是救命交情，他在店里很尽心，吉野一郎对他也很好，吉野一郎有个妹妹叫吉野直子，对他有好感，吉野一郎也欣赏他，从中撮合，过了两年，结婚就成了水到渠成的事。婚后，直子生了个儿子，他的日语就是在日常生活中一点点学来的。吉野一郎还有个弟弟，叫吉野好夫，是军人，前年被派驻山东高密，去高密前，考虑到语言不通，再加上知道德生是高密人，让他做随军翻译，德生死活不干，他可以娶一个日本老婆，但不能为日本军队做事，这不成汉奸了？吉野直子告诉德生，如果他不为天皇效力，她就带着儿子自杀，绝不蒙羞活在这世上，德生无奈，只好跟着吉野好夫来了。

金送子没想到德生娶了个日本人，感慨地说："原来这么回事啊，我就奇怪你咋就学会日本话了呢。"

葛晋颂端起酒杯抿了一口，说："想不到日本人也会救人。"德生说："我知道你们讨厌日本人，但日本人也不全是坏人，吉野一郎和吉野直子在生活中都是很好的人，但对天皇的所谓'圣战'，忠心耿耿，不容别人说半个'不'字。"

葛晋颂就生气："他们抢地盘都抢到别人家院子里了，还不让别人说不，什么东西！"

德生说："是啊。"

葛晋颂厌恶日本人，德生是日本人的丈夫和翻译，站各自的立场，话说着说着，就说不下去了，礼貌也难掩尴尬。

德生看出了他的情绪，端酒杯跟他碰了一下："不管怎么说，我还是中国人，中日两国的事，我不会站在日本人那边。"

两人干了酒，葛晋颂问日本人在中国能不能长久得了。

德生说纵观咱中国历史，被外族入侵的次数不少，哪一次也没成得了大气候，日本弹丸之地，也长久不了。不过，不管日本将来会怎样，作为手无寸铁的老百姓还是谨慎为上，轻举妄动容易丧命。王家庄被屠了十几口子人，起因是日本人从庄里过的时候，有个小孩冲他们扔了块石头。

葛晋颂就想起了野鹊和葛佑安，倒吸了一口冷气，问德生打算怎么办。德生茫然地看了一眼门外，说："先熬着吧，我要说不干了，就算日本人不找吉野直子母子的麻烦，吉野直子怕也是会自杀。"

三个人絮絮叨叨说到大半夜，葛晋颂对德生的敌视稍微轻点儿了，觉得他是个胆小怕事、被日本老婆拿性命要挟了的普通男人。德生也觉得，虽然他没能和金送子走到一起，可看她和葛晋颂过得好，悬着的心，也就放下了。说完，起身告辞，葛晋颂两口子送到门口，德生突然站住，说现在是战时，他给日本人干活儿，中国人难免看他不惯，为避免给葛家招惹误会，日后在街上见了，还要继续装不认识。

葛晋颂说好，又说："也给自己留条后路，给日本人干事的时候，别那么上心。"

德生说知道，让葛晋颂他们放心，只要是对不起中国人的事，他绝不会帮日本人干。

第二十一章

可是很快，镇上就在传说据点里的日本翻译是葛晋颂的大舅哥。

传说的出处来自葛鸿飞，五岁的孩子，记吃不记打的年龄。有一次德生到街上买东西，葛鸿飞正和小伙伴玩游戏，看见了。虽然德生穿着军装，和穿长衫的样子差别很大，可德生的那包糖果，让葛鸿飞对他印象太深刻了。

葛鸿飞悄悄跑过去，跟在德生身后叫了声“舅舅”。虽然都是孩子，可也众目睽睽的，德生怕人多嘴杂，张扬出去，葛晋颂一家不好解释，就假装听不见。葛鸿飞不甘心，追着他喊，声音高多了。和葛鸿飞一起玩的孩子们听见他喊鬼子翻译舅舅，既纳闷又好奇，就齐刷刷地看他俩。

德生知道孩子没深浅，如果继续装听不见，葛鸿飞还会追着叫，就不冷不热地看了葛鸿飞一眼，说忙着呢，让他一边玩去。

他突然的冷淡，把葛鸿飞弄愣了，站在原地，呆呆的。跟他玩的孩子就起哄，说葛鸿飞没脸皮，冲着鬼子翻译叫舅舅，就是拿自己热脸贴人家冷屁股。还有人说，要去告诉他爸，看不揍他屁股。

葛鸿飞也是个犟种，被小伙伴们嘲笑，自然咽不下这口气，梗着脖子犟，说德生就是他舅舅，还去他家吃过饭，给过他一大包糖果。

孩子们起哄得更来劲了，说葛鸿飞吹牛，德生是鬼子的人，就是坏人，不抢你家东西打破你头就算对你好了，还给你糖吃？鬼才信！

葛鸿飞急得跺脚，让他们等着，说完，就跑进百货铺子。

德生让老板拿了几块香皂，逐一闻味道。葛鸿飞跑过去，大声叫舅舅。叫得百货铺子老板也愣了，看看德生又看看葛鸿飞，问他叫谁舅舅呢。在外面被小伙伴质疑，在这里又被老板质疑，葛鸿飞不高兴了，也不解释，故意演给人看似的，冲德生大声说："舅舅，你要买什么？"

德生知道，铺子老板不是外面的小孩，不好糊弄，就模棱两可地摸摸葛鸿飞的头，说这孩子，嘴真甜，咋满大街喊舅舅。

其实，这句话，本是解释给铺子老板听，意思是葛鸿飞是信口胡叫的，让他别当真，然后跟葛鸿飞说："买洗脸的香皂。"

葛鸿飞问："什么是香皂？"

德生拿了块香皂，给葛鸿飞看。

葛鸿飞翻来覆去地看了一会儿，说："我娘说这叫香胰子。"德生就笑，说："咱高密土话就叫香胰子。"见葛鸿飞还拿眼看着他，没走的意思，就让老板称了半斤水果硬糖，给葛鸿飞把口袋塞满满的，拍拍他脑袋笑着说，"别让你杠喊了一顿舅舅。"

葛鸿飞望着满口袋的糖，乐得合不上嘴。德生让他回家，别在大街上疯了，再就是别在大街上随便见了谁都喊舅舅，回家会挨揍的！

葛鸿飞不干了，一梗脖子，说："我从不喊别人舅舅，只喊你，我娘说的，你是我舅舅。"

德生本意是怕铺子老板听葛鸿飞叫自己舅舅出去瞎传，想说这么一句，算是把葛鸿飞喊他舅舅这个事给掩饰过去，没承想葛鸿飞不仅犟，还伶牙俐齿，不仅把他的局破了，还把他欲盖弥彰的真相给彻底托出了水面，心下懊丧，又说了句让他回家，就大步流星走了，好像根本就不认识那个还在望着满口袋糖傻乐的葛鸿飞。

葛鸿飞的口袋里装满了糖，像刚刚学会了打鸣的小公鸡，雄赳赳的，仿佛为刚才的被辱没找到了翻身证据，想马上炫耀一番，就夸张地捂着被糖撑得鼓鼓囊囊的口袋，晃着小肩膀从百货铺子出来。等小伙伴们探头探脑地围过来，才掀开口袋，说："看！舅舅给我买的糖！"小伙伴们将信将疑："鬼子翻译真是你舅舅？"

葛鸿飞一仰小脑袋："那是！不是我舅舅能给我买糖吗？"

小伙伴们眼馋葛鸿飞有个给他买糖吃的舅舅，回家和父母学。没几天，镇上的人就都知道了，据点里的鬼子翻译，是葛晋颂的大舅哥。

葛佑安在茶馆里扯古的时候，被人奚落，说："葛秀才，咱起风镇骂日本人骂得最起劲儿的一个是你一个是野鹊，野鹊让日本人一个月五十斤麦子给收编了，连觉都不睡，提着灯笼整夜围着据点巡逻，成了鬼子的看家护院。你更狠，成了汉奸的亲戚，我看咱中国怕是要保不住了。"

葛佑安就跟人家翻了脸，说埋汰葛家名声，要不是鬼子当道，他这就上衙门递张状子！别人就把鸿飞在街上喊德生舅舅，德生给买了一口袋糖的事说了。说要不是真事，德生凭啥给葛鸿飞买糖吃？葛佑安就拄拐棍蹦起来，说："小孩子的话，你也信？一定是德生这个汉奸不要脸，诱骗小孩子喊他舅舅占便宜，不信，你喊我舅舅试试，我也给你买糖！"

吆喝完，也不顾乡镇秀才的体面了，拄着拐棍，踉踉跄跄地往家走，因为知道这帮整天在茶馆打发日子的闲汉都不是要脸皮的，只要有好处，多不要脸的事都能干出来，喊他声舅舅才到哪儿？他可是半个铜板都不想花在这帮赖皮身上！

回家就跟葛晋颂和金送子火了，说满大街都知道炮楼里的日本鬼子是葛晋颂的舅子了。

把葛晋颂给说愣了,问怎么回事。原本拉着葛鸿雁的葛鸿飞突然撒了手,转身跑回自己屋去了。金送子想起德生来那夜,葛鸿飞起来撒尿叫德生舅舅,德生给了他一大把糖,莫不是问题出在这儿?就跟进屋里。

葛鸿飞跪在地上,拉开五斗橱最下面的抽屉,把散在抽屉里的水果糖往里堆。金送子就拉起葛鸿飞,问哪儿来的。

葛鸿飞低着头,不看她,噘着嘴,一副随便你怎么问,我就不想告诉你的样子。葛晋颂闻声进来,扫了抽屉一眼,把葛鸿飞从金送子手里拉过来,盯着他眼珠问:“哪儿来的糖?”

葛鸿飞嗓门响亮地说:“我舅舅给的!”

葛晋颂强忍怒气:“他什么时候给你的?”

“前天!”

“在哪儿给你的?”

“街上!”

“你跟他要的?”

“我没要!他去百货铺子买香胰子,我叫他舅舅,他就给我买了糖!”

葛晋颂抓过葛鸿飞,朝着屁股就打了一巴掌:“谁让你叫他舅舅的?!”

“我娘!我娘说我得叫他舅舅!”

葛晋颂把他夹在腋下,屁股朝上,朝屁股上噼里啪啦打:“他不是你舅舅!听见没有?以后在街上见了,不许喊他舅舅!”

葛鸿飞一边挣扎一边哭:“我就要他做我的舅舅,舅舅才会给我买糖!”

“我让你犟!”葛晋颂又打了几巴掌,把葛鸿雁吓哭了。金送子也心疼,过来从他胳肢窝底下往外扒葛鸿飞:“也不能怪孩子,舅舅是咱让他叫的，他懂什么？”说着，把葛鸿飞抱在怀里，“当初又没说在外面不许喊他舅舅。”金送子给葛鸿飞擦擦泪，说，“鸿飞，你记着，以后在街上看见他，不许叫他舅舅。”

葛鸿飞觉得委屈，呜呜哭，问为什么。

金送子狠了狠心说：“因为他是坏人。”

葛鸿飞犟嘴：“他不是坏人！坏人不会给小孩儿买糖！”

想想以后遇见德生不能喊舅舅，再也吃不到他买的糖了，葛鸿飞就难过，哭得更厉害了。

偶尔地，唐立成会托着一把紫砂壶到酱铺坐会儿，让葛晋颂尝尝他托人从福建捎回来的茶。

对唐立成的经常眷顾，葛晋颂是憎恶的。因为唐立成的儿子唐华山是县警备队队长，听日本人的调遣，明白人都知道那是汉奸。唐立成民国的时候是镇长，日本人来了，他还是镇长，日本人让抓鸡他不敢吓狗，说白了，是伪政府的底层小吏，也是汉奸。如果唐华山、唐立成是汉奸，和鬼子吃喝拉撒在一起的德生就更是汉奸，现在，外界说德生是他葛晋颂的舅子哥，言下之意就是汉奸的亲戚，而唐立成经常往酱铺跑，让他有种鱼找鱼虾找虾，王八找了个鳖亲家的一丘之貉感，倍觉窝囊。

第二十二章

整个秋天，高密一滴雨也没下，起风镇围墙外的护城河干了，横穿镇子的龙须河也干了，树上的叶子早早落了，偶尔，饥饿的野兔从高密大平原上跑过，扬起一片了无生机的黄尘。葛晋颂站在自家地头上，望着干渴成光秃秃一片的土地，心里一片惆怅。

唐立成赶着马车过来，在和葛晋颂家相邻的自家地头停下，抓起一把土看了看，扔回去，装上一袋烟，抽了两口，说："今年的麦子，怕是种下去也发不了芽。"

葛晋颂望了一眼湛蓝的天，说："难不成老天要渴死高密？"

唐立成问他今年的麦子还想不想种了。葛晋颂说种吧，地也不能老歇着，去年歇了一季了，老是歇着就歇荒了，说不准老天发了慈悲，种下去就下雨了。

唐立成也望了一眼天，说："要是不下雨，白瞎种子。"

葛晋颂说："白瞎就白瞎吧，种了，至少还有点儿指望，不种，连这点儿指望都没有。"

第二天，葛晋颂让许仙牵着牛下田种麦子。许仙担心不下雨白瞎麦种，劝葛晋颂别找雇工，就这破时节，他俩能种几亩是几亩，比花钱雇人种下去也白搭还能少糟蹋点儿。

葛晋颂说成，主仆两个在地里忙活，一边种一边盼乌云。老天像故意气他们，种到第五天，天还是又高又蓝，连一丝风都没有。许仙去头一天种下的地里扒出种子看了看，地太干了，麦粒种下去什么样现在还是什么样，拿给葛晋颂看，葛晋颂打量了一会儿，怅然说："叔，咱不糟蹋种子了。"

又过了十几天，还是一滴雨也没下。有一天，野鹊拎着几只田鼠从酱铺前跑过去，把葛晋颂吓了一跳，问哪儿来这么多田鼠。野鹊说："你家地里的。"葛晋颂一时没反应过来，许仙已明白了，说："怕是咱撒到地里的麦种都喂老鼠了。"

野鹊说："对，就你家地里，遍地老鼠，大家都在抓呢。"说完撒丫子跑了，说要回家拿铁锨和筐子。

葛晋颂和许仙一人拎了一把铁锨往地里跑。

果然，离地还老远呢，就见十几个人，挥着铁锨跳来跳去地拍，等走近了才看清，遍地都是老鼠，好像一夜之间，地里长出了会跑的灰蘑菇，乌压压地蠕动着，让葛晋颂脊梁上一层一层地往外冒白毛汗。

老鼠扒拉着土找麦种吃，对即将拍上来的铁锨不管不顾。

俗话说胆小如鼠，说的就是老鼠胆小，有点儿风吹草动，就逃之夭夭。可如今这遍地的老鼠不仅胆大包天，且如痴似迷，想必也是饿惨了，葛晋颂心下大骇，竟不知如何是好。许仙挥锨就拍，见他呆站着不动，以为他被遍地的老鼠的异象吓傻了，解释说："晋颂，这遍地老鼠不是邪行，天旱，野地里也没得吃，就咱家种了麦子，它们是闻着味来盗麦种吃的。"

葛晋颂把铁锨放地上，坐在锨柄上抽了两袋烟，起身说："知道了，回吧。"

许仙拎着几只拍死的老鼠："不抓两只？"

葛晋颂说“不了”，心里灰扑扑的，明年春天来不来无所谓了，他的田里，已经没有等待春天的庄稼了。

高密的深秋，在干渴中一步步向着冬天挺进，买酱和酱菜的人越来越少了，人人恨不能找根绳把脖子扎死，不吃不喝也能活下去，怎么会买让人胃口大开的酱菜和酱呢？

一晃年就过了，春天的高密，旱得遍地焦土，人们抬着龙王的塑像东奔西跑，烧香拜佛，到处求雨，就差献祭活人了，可老天像睡着了一样，理都不理，莫说雨星儿，连片云彩都不往高密地界上派。渐渐地，人们绝望了，连种子都不往地里撒了，反正撒下去也是浪费，还不如留着填肚子。

葛佑安一次次去茶馆，又一次次满脸萧瑟地回来，人连饭都吃不饱，哪儿还敢去喝茶涮肠子？没人喝茶，就没人听他说古道今，剩他和茶馆老板长吁短叹。

整个1942年，高密平原上，饥饿的人面面相觑，相互看着看着，就生出怕，一言不发地转身快走了。镇上的人，走得动的，都逃荒去了，闯关东或是走南闯北找活路，留下的不是大户就是走不动和走不了的，街上的人越来越少，风在空空荡荡的巷子里跑来跑去，像撒了野，欺负着每一个因为吃不饱而走路打晃的人。

夜里，饿得睡不着的孩子发出撕心裂肺的哭声，把起风镇的夜撕成了碎片。

据说炮楼里的鬼子也缺粮，乡公所的两个当差的，天天敲着锣在街上喊日本皇军为了“大东亚共荣圈”撇家舍业，在中国这片土地上鞠躬尽瘁，所以，各家各户要积极纳粮，支持“大东亚共荣圈”建设，拒不交粮，县警备队上门搜，一旦搜出谁家有粮不交，全部没收，人还要被打一顿。

起风镇上挨打的人不少，因为太饿了，挨了打都没力气喊叫，竹条抽上去，噗噗的，像抽在麻袋上。

葛家说没粮，酱和酱菜被抬走了好几缸，说是顶粮。

人没得吃，藏粮食比藏金子还严实，老鼠也饿坏了，大白天就出洞找吃的。那些连逃荒的力气都没有了的人，拿树皮和草根填满肚子之后，坐龙须河的桥上，说着记忆里的酒足饭饱，有气无力地笑，笑着笑着，就泪流满面了。

总之，在这个冬天，高密大地上的每一个人都在想方设法不吃、少吃，还能活下去。

作为一家主母，金送子一天要打发无数遍乞丐，一开始给玉米饼子，后来，玉米饼子给不起了，给菜窝头，有的乞丐刁，说他们葛家大买卖做着，这菜窝头是做了喂狗的吧。金送子知道，但凡能舍下脸皮上门乞讨的，都是能豁上脸皮的主儿，跟他们没道理可讲，就沉着脸说："嗯，没办法，我们也是全家吃狗粮呢。"乞丐就悻悻，说："真有你的，为了蒙我个要饭的，连全家都咒上了。"金送子说："你们来要，我们家吃什么我就给你什么，嫌糙以后别来！"说完，砰地关上门。

何桂枝说她："都说宁得罪十个君子别得罪一个小人，尤其要饭的，别得罪，得罪了他们会半夜往门上抹屎。"

这天夜里，金送子就听院子里有砰砰声，想，坏了，乞丐真给往门上抹屎了！忙推推葛晋颂。

葛晋颂睡得迷迷糊糊，问怎么了。金送子说："我听有动静。"话音未落，房门就被撞开了，金送子一个骨碌坐起来："谁？"

一个冰凉的家伙就抵到了脖子上："别出声。"

接着，有人擦洋火点着火把，屋子顿时被照得锃亮，五六个端着枪的大汉站在炕前，整间屋子显得挨挨挤挤的。

葛晋颂彻底醒了，定了定神，坐起来，看见土匪的大刀片子搁在金送子脖子上。金送子倒没怕，眨着眼，好像正想这是怎么回事。葛晋颂知道她胆大，但怕她说话冒失吃亏，就反手把她往炕里一推："老爷们儿的事，妇道人家靠后站。"说着，给几个壮汉作揖，"各位好汉，我女人不懂事，有什么需要我做的请尽管吩咐。”

一个看上去是头目的麻脸说：“葛掌柜，咱明人不说暗话，高密大旱，兄弟们没得吃了，大当家让我找你借点儿粮食。”

葛晋颂明白，遇上土匪了。

高密一马平川，并不适宜匪帮生存，奇怪的是，自古以来，高密不缺土匪。废弃的庙宇、河边的芦苇荡、茂密的树林，都是土匪的乐园，人口不多的村庄，也可能驻扎着匪帮。因为小村容易受四周大村的欺负，也乐于匪帮住在村里，一旦发生和周围村争地、争水源的事，土匪会帮他们出头，但不暴露身份，多以亲戚朋友的名义，几场架打下来，周围村子就明白了，别看某个村小到一只瓢就能扣过来，但惹不起。起风镇大，成气候，还有护城河、围墙，晚上有巡更的，进来难，抢了东西绑了人往外走更难，所以这么多年以来，高密大地上虽然匪帮成患，起风镇却罕有匪迹。

葛晋颂听说土匪只要粮食，就松了口气，说“这好说”，问土匪带没带口袋。麻脸土匪横声横气地说没有！葛晋颂说“这好说”，他去找，下炕拱上鞋，让土匪跟他去厢房装粮食。麻脸土匪看看金送子，让一年轻小土匪在客厅长眼色。金送子估计是怕她跑出去搬救兵，就笑笑，说：“你放心，我哪儿也不去。”过了一会儿，听葛鸿雁在那边怯生生地喊娘，就跟小土匪说，“孩子害怕，我过去看看，别吓哭了惊动街坊四邻。”

小土匪显然明白她的弦外之音，摆头，示意她去。金送子端着灯到了客厅，就见葛佑安老两口瑟瑟发抖地坐在楼梯上，金送子叫了声“叔”。

葛佑安看看小土匪，问：“这咋了？”

金送子故意放松语气，说：“这帮兄弟的大当家找咱家借点儿粮食，叔，您和婶上去睡吧，有我和晋颂呢。”边说边使劲给葛佑安丢眼色，示意他们不要多事，赶紧上楼。何桂枝看懂了，连拖带拉把葛佑安拉上去了。

院子里的酱菜缸被打开了，两个土匪正在往麻袋里捡酱菜，十几个身板壮实的土匪来回穿梭往外扛粮食，院墙外群马嘶鸣。

土匪扛了粮食的脚步声沉闷而又铿锵，在寂静的冬夜里分外响亮，他们来回跑了半个多时辰，院子突然暗了，也静了下来。

葛晋颂从外面进来，面沉似水，金送子问："都走了？"

葛晋颂"嗯"了一声，说："没事了，睡吧。"

金送子就觉得全身一松，像瘫掉了一样，连下炕的力气也没有了。

葛佑安两口子抱着手站在客厅里，满眼惊恐地看着他们。

葛晋颂说："没事了，叔，你们睡吧。"

葛佑安摸着八仙桌角坐下，哆哆嗦嗦地说："都遭土匪了，我睡得着吗我？"

葛佑安让葛晋颂这就去报官。葛晋颂问："报哪个官？"

葛佑安说："不管哪个官，都得报，要不然，土匪得手太容易，下回还得来。"

葛晋颂说："再来也没的抢了。"

葛佑安吃惊地道："你把粮食全挖给他们了？"

葛晋颂苦笑，说："叔，人家是念书念斯文了，您是说书也能说斯文了，土匪来了二十几号人马，还用我动手？他们自己动手，还能给咱留？"

何桂枝一听就急了："全挖走了，咱吃什么？"

葛晋颂没吭声。金送子说幸亏挖了个地窖，何桂枝才松了口气，葛佑安扭头看了她一眼，骂了一句："一天到晚就知道吃！"又问葛晋颂知不知道土匪的来路。葛晋颂说："土匪就是土匪，哪儿能自报家门，我也没敢问，不过听口气好像和咱家有过节，挖粮食挖到最后我跟麻脸土匪说咱家上有老下有小的，让他给留点儿，麻脸土匪说了句:‘这是你们葛家欠我们大当家的！少他妈的废话。’”

葛佑安百思不得其解:“你得罪谁了？”

葛晋颂说:“我连个叫花子都不得罪,我能得罪谁？”

何桂枝从背后搡了葛佑安一把:“肯定是你！”

葛佑安说:“放你娘的屁!我集倒是四处赶,可我一介书生,走路连只蚂蚁都不忍心踩,我能去得罪谁？”

叔侄两个都没睡意，把这几年和葛家有来往的人掐指数了一遍,也没琢磨出到底得罪了哪个,末了,葛佑安说:“该不是因为那个日本翻译是你舅子哥吧？”

葛佑安的意思是,因为大家知道德生是葛晋颂的舅子哥,葛家可能被抗日游击队报复了。葛晋颂说:“不能!我和他没来往,街上见了都不打招呼。”

葛佑安说:“不打招呼人家就不知道他是你舅子哥了？”

葛晋颂生气了,说:“叔,您要我说多少遍？”

葛佑安说:“啥？”

葛晋颂说:“他不是我舅子哥！”

葛佑安把两手往袖口里抄了抄,说:“可全镇的人都晓得鸿飞在街上喊那个日本翻译舅舅,他就给他买了一口袋糖！”

葛晋颂气得恨不能再把葛鸿飞拎起来打一顿。

葛佑安又道,外面有不少抗日游击队,专门偷袭日本人,也杀汉奸,搞不好这次弄粮食就是把他当汉奸亲属收拾了。

葛晋颂不服气,说:“要论汉奸,谁也比不过唐立成,唐立成自己是伪镇长,儿子是县警备队队长,唐家才是货真价实的一家子汉奸,且家大业大,土匪为啥不抢唐家？”

葛佑安歪着鼻子哼哼冷笑,说:“老太太拣柿子,专挑软的捏呗!人家唐家养着看家护院的家丁,还都配了土枪,咱家有啥?就一条黑狗!屁用不顶!土匪来了,连哼一声都没哼,白瞎粮食,还不如杀了炖肉吃！”

葛佑安一说，金送子才想起家里还有条黑狗，也纳闷，平时来叫花子，它叫得能惊动半条街，来土匪了，它倒一声不吭了，便提灯笼去院子里看。

狗没在窝里，院子里也没有。

金送子出去找，门口没有，铺子里也没有，站在大门口唤了几声，没回应，这要往日，听到她唤，黑狗早就颠颠来了。街上寒风刺骨，金送子打了个哆嗦，转身回家，路过许仙住的厢房时，听屋里呜噜呜噜的，忙推门去看，就见许仙让人捆得像个肉粽子，脸朝下趴在炕前，嘴里塞了块破布，吭吭地大喘气。金送子忙一边喊葛晋颂一边给许仙松绑。

许仙坐在地上，张嘴大喘了几口气，让金送子别找黑狗了，土匪打劫前都踩点，如果被打劫的人家有狗，就把腌咸菜的辣菜疙瘩煮到半生不熟，捞出来用棉被包着，入户前，扔给狗。狗不知是计，以为是吃的，一口咬上去，牙就陷在滚烫的辣菜疙瘩里拔不出来了。这时候的狗，叫不出声，只会呜咽着拼命甩脑袋，土匪扑上去勒狗，就算狗把辣菜疙瘩甩掉也不怕，因为滚烫的辣菜疙瘩已把狗的牙床烫熟了，狗甩掉辣菜疙瘩的同时也会甩掉牙齿。土匪把狗勒死，开始打家劫舍，走的时候会把死狗带走，扒皮下锅，煮一锅香喷喷的狗肉犒劳自己。

许仙说他就是被狗的呜咽声弄醒，出去看究竟，和土匪撞了个照面，还没来得及喊就给绑成粽子丢在炕前了。

许仙也觉得别报官，不声张，土匪有土匪的道义，抢过一茬的人家，一般不会抢第二遍，如果报官，官家又剿不灭土匪，后患无穷。

可第二天，葛家被土匪抢了的事，镇上的人还是知道了。

因为有一袋黄豆漏了，从葛家门口一路漏到干涸的龙须河底，一直穿过因河水干枯而悬空的木栅栏，上岸后一路逶迤往西北而去，早起拾粪的人看见了，纳闷，循着豆子找到葛家门口，发现了更多的豆子和各色粮食，一打听，左邻右舍有听见动静的，说可能昨夜里葛家来土匪了。

吃过早饭，葛晋颂让葛佑安像往常一样去茶馆闲聊，自己开门招呼生意。

葛佑安虽也想若无其事，可想想被抢劫一空的粮食囤子，还是愤懑。在茶馆坐定没一会儿，就有人问昨天晚上葛家是不是出事了。葛佑安装没听见，没接茬，觉得在这饥荒年间，自家还有粮食让土匪打劫也不接济忍饥挨饿的街坊邻居，显得不仁义，如果是因为街上传说日本翻译是葛晋颂的舅子哥，让锄奸队报复性地抢了，也不光荣，遂不管别人咋问，都三缄其口。后来，唐立成来了，要了壶好茶，给葛佑安倒上，啥也不问，只说压压惊。唐立成虽是伪镇长，可也是镇长，是起风镇上现管的官员，葛佑安心头积郁着的憋闷和冤屈正无处安放，见他一脸关切，就仿佛找到了去处，重重咳了一声。唐立成问怎么回事，葛佑安就道："还不是因为我那好侄子的老婆，勤不着懒不着，认了个汉奸亲戚，让锄奸队给盯上了！"

唐立成倒吸一口冷气，说："不会吧？"

葛佑安说："咋不会？要是纯土匪，肯定挑大户抢，轮不到我们葛家，要说有仇家，晋颂脾气我知道，就算生气了都没大声说话的时候，而我，就说古道今这点儿爱好，人没得罪半个！人家偏偏抢到我家头上，不是锄奸队是啥？"

唐立成又七七八八地聊了一会儿，茶一口也没喝就走了，没几天，镇上就传开了，葛家是因为金送子认了门八竿子打不着的汉奸亲戚被锄奸队抢了。到底是不是因为自己和德生的关系家里才被抢的，金送子说不清楚，心里窝囊，也愧疚。也有人说真是大水冲了龙王庙，一家人不认一家人了，有跑买卖的人在莱阳一带看见过葛晋天，听说他加入了共产党，在莱阳那边抗日打游击，也锄奸。

话传到葛佑安这儿，他又喜又惊又害怕，喜的是葛晋天有下落了，还活着，惊的是他竟然成了共产党，怕的是万一日本人知道了，全家受牵连。所以，心里有一万个惦念，也不敢跟传话的人详细打听，只回家跟葛晋颂和金送子说："也不知真假，这要真的，托他去把咱家粮食要回来。"

葛晋颂说："抢咱家粮食的未必是锄奸队。"

葛佑安问为什么。

葛晋颂说锄奸队他也听说过，听说纪律严明，不拿老百姓一针一线。葛佑安就嗤之以鼻，说："不拿老百姓一针一线，他们喝西北风活着？"

葛晋颂无言以对。

葛家因为粮食被抢，仿佛坐实了是汉奸亲戚这回事，葛鸿雁和葛鸿飞上街玩，孩子们都躲着，好像他俩身上有骇人的瘟疫。葛鸿飞贪玩，脾气大，孩子们不跟他玩，气坏了，追着问为啥，被问的孩子就说葛家有汉奸亲戚。葛鸿飞虽然才五岁，也知道汉奸不好，就和人打起来了，奈何脾气大年龄小，被大孩子打得鼻青脸肿，回家气得不吃饭，站在院子里号啕大哭，问金送子为什么要有个汉奸亲戚，德生那么好的舅舅，为啥要去当汉奸。金送子本就窝了一肚子火，气得脸色发白，抓过来又打一顿。

后来，唐立成来了，在铺子里溜达两圈，问葛掌柜呢。

金送子去喊，葛晋颂拖拖拉拉过来，手里还拿着书，见是唐立成，抱了一下拳，寒暄了两句，问有什么事。唐立成凑到葛晋颂跟前，小声问："葛掌柜，这事就这么过了？"

葛晋颂说："不这么过还能怎么着？"

唐立成说："你得报官，让官家剿匪，敢对咱起风镇下手的土匪我还没听说过。"

葛晋颂说："算了算了。"他建议唐立成组织民夫把龙须河底的栅栏补起来，以前龙须河上是一趟高高的木栅栏连着两边的围子墙，龙须河里有水，浩浩荡荡的，倒也算天然屏障，可这两年大旱，龙须河枯了，河床干得像条大马路，栅栏底下空了，都能跑马车，给土匪提供了进出起风镇的缺口。

“葛掌柜，你以为我不想修？”唐立成说完，把两手一摊，“就这年景，谁出钱？”

葛晋颂说：“镇上不每年都有经费吗？”

唐立成说那是往年，日本人来了以后，收多少他们拿走多少，一分都不给留，现如今，更夫们提的灯笼用油，都是从他家里倒的。意思是他对起风镇已仁至义尽了，剩下的都是老天的事，他伸不上手了，末了还是劝葛晋颂报官。

葛晋颂心想：你堂堂镇长，连修栅栏这么点儿事都不想伸手了，我让人抢了，报官顶个屁用，但没说出口，只说就当破财免灾吧。

唐立成说：“错！葛掌柜，你觉得是破财免灾，在别人看来你就是做贼心虚！”

葛晋颂不高兴了，说：“我堂堂正正的庄稼人，什么时候做贼了？”

唐立成指指据点方向，又指指自己鼻子：“葛掌柜，别发火，我没别的意思，咱俩是半斤对八两，你有个舅子哥给日本人干翻译，我家老人在县警备队干队长，我呢，自打日本人来了，这副卸不下来的镇长担子也成了罪证，咱啊，在大伙眼里，没一个好东西，这官你得报，你要不报，起风镇上万口子人等着瞧咱热闹。”

对唐立成一厢情愿把他拉到汉奸一伙里，葛晋颂心里的火苗子蹿两丈高，知道关于自家被锄奸队报复了的事，在起风镇已是众口铄金，不承认也没用，就说：“连土匪是哪山头的都不知道，我怎么报官？”

唐立成胸有成竹地道：“土匪山头我帮你找到了。”

葛晋颂大吃一惊，说：“您怎么找到的？”

唐立成微微一笑：“镇长是白当的吗？”说完，转身走了。

抢葛晋颂家的土匪，盘踞在五十里以外的峡山湖湖心岛上，土匪大当家江湖人称老鸹子，手下有一百多号人，人手一杆枪，实力强悍，是唐立成派管家沿着撒了一路的豆子找到的。其实，他找土匪，也不是为葛家出头，作为起风镇头号大户，唐立成知道，打劫葛家的，不管是土匪还是锄奸队，他都不能坐视不管。如果是土匪，敢动起风镇，就说明势力不小，他们打劫葛家打劫得太顺当，如果让他们认为打劫起风镇富户就像探囊取物，下次说不准就冲唐家来了；如果打劫葛家的不是土匪而是锄奸队，那么打劫葛家，就是个信号，他这个伪镇长兼伪警备队队长的爹，也不会有好果子吃，所以，他必须在祸事落到自己头上之前，连根拔了。

从葛晋颂家出来，他就套上马车去城里找了县长，说再不剿匪，怕是起风镇不得安宁了，起风镇不得安宁，驻扎在起风镇的日本人就不会有好脸，日本人没好脸，有他们这些伪县长伪镇长啥好果子吃？

县长开了个会，就决定剿匪，觉得剿匪这事，一是老百姓想过安稳日子，也会觉得县政府总算做了点儿人事，二是把日本人怪罪下来的隐患从根上消灭了，就派县警备队连夜出动，去峡山湖剿匪。

第二十三章

峡山湖浩浩荡荡,方圆两百多里,湖中央有片湖心岛,十几亩地大,岛上曾住着一户人家,被土匪相中以后赶走了,土匪从此霸岛为王,作威作福。再后来,有更厉害的土匪,把之前的土匪赶尽杀绝,自己当土皇帝,你来我往,湖心岛每过几年就换一批土匪,前几年,实力彪悍的老鹞子听说了这片风水宝地, 仗着人多势众手里有家伙,一举抢下了湖心岛,盘踞了下来。

县警备队围剿湖心岛,攻了整整七天,喊话土匪出岛投降,县警备队收编,被土匪骂了个狗血喷头。唐华山恼羞成怒,下令强攻,可湖边离湖心岛太远,开枪不在射程范围内,就从周边村子征用了民船强攻。

湖面空空荡荡,一览无余,船一开出来就成了靶子,警备队死伤惨重,攻不上去,折腾到第七天,唐华山就泄气作罢了。

警备队撤走的第三天,土匪就卷土重来绑走了葛晋颂。

那天晚上,葛晋颂在地窖里,像国王检阅军队一样检阅他的粮食,发现有的粮食已因地窖潮湿而开始霉变,就让金送子在炕上铺开晒席,炕炉子烧旺,把返潮粮食烘干后再密封放回地窖。

两人忙活到下半夜还没忙完，葛晋颂让金送子守着炉子歇会儿，剩下的他自己来。

坐在暖烘烘的炕炉子前，温热的火苗舔在脸上，一会儿工夫，金送子就困成磕头虫了，迷迷糊糊中，听见扑通扑通的脚步声，以为是葛晋颂又扛来了受潮的粮食，连眼也没睁，起身去接，却被狠狠搡了一把，一屁股坐在了烧得通红的炕炉子上，坐下的瞬间，她下意识地伸手去撑地，撑在烧红了的炕炉边上，她大叫一声跳起来，人也清醒了，刚要责怪葛晋颂毛手毛脚，才发现站在眼前的是土匪，就抢粮那拨。

金送子当他们又来抢粮食，急了，顾不上害怕，说："诸位爷，你们来我家拉过粮食了，我们家上有老下有小，各位爷大慈大悲，给留条活路。"

为首的麻脸土匪扬手就是一马鞭："你他娘的也配跟老子说大慈大悲！"

这一鞭抽在金送子肩上，棉袄当即开花，剧痛顺着肩膀往下蔓延，金送子疼得满眼泪花，又不敢让眼泪掉出来，捂着肩膀说："诸位爷，如果还要粮食您就装走，家里就这些了，还受了潮。"

葛晋颂把没受潮的粮食归置好，从地窖里上来，一露头被院子里的灯火通明刺了个趔趄，差点儿跌回去，揉眼在梯子上站定了，见几只火把下面站了几个人，心说：坏了，难不成又来抢粮食？他僵在地窖口，斟酌到底要不要出来。出来，怕土匪发现藏粮食的地窖；不出来，又怕老婆孩子有闪失。他思量再三，觉得粮食再要紧也不如老婆孩子要紧，就硬着头皮上来了，故作镇静地咳嗽了两声，说："诸位爷，又来了？"

院子里的几个土匪听见动静，扑过来把他按倒，五花大绑地扎了个结实，冲屋子里喊："二当家，拿了个正着。"

葛晋颂被抽得在地上滚来滚去的，金送子扑上来护他，说他们确实不知哪儿做错了，让土匪们明说，有错他们改，有账他们还。

麻脸土匪一马鞭一马鞭地往两人身上抽，说："你们葛家欠我们大当家一条人命，来拿你们点儿粮食，你们竟然让县警备队去围剿我们，打光了我们的子弹，还死伤了好几个兄弟，你说！这笔血债怎么还？"

金送子问葛晋颂："当家的，是这么回事？"

葛晋颂这才知道土匪被围剿了，忙分辩道："这位爷，你们的宝地让县警备队剿了？"

麻脸土匪又是一鞭子，骂葛晋颂装痴卖傻。

金送子也听明白了，说："镇上的人知道你们抢了我们家的粮，可我连你们是哪一路英雄都不知道，咋会让县警备队去打搅爷的宝地？"

麻脸土匪又过来抽葛晋颂，骂他孬种，竟然让老婆替他狡辩。

金送子气坏了，扑上就抢麻脸土匪的马鞭："这位爷！有事说事，想要啥您直说，您没完没了地打算怎么回事？"

麻脸土匪被金送子天不怕地不怕的气势给震了一下，旋即又笑了，往地上啐了一口才说："成，你一娘儿们家，看上去倒是个有担当的。我大当家的说了，这次围剿，打光了我们的子弹，死了俩兄弟，还有几个受伤的，补充弹药，抚恤家属，给受伤的兄弟买药治伤都他娘的需要钱。"

金送子怕他们再打葛晋颂，说："要多少钱您说！我们筹！"

麻脸土匪说："成，就冲你一妇道人家，还算通情达理，废话我不多说，准备一千大洋赎你男人吧。"说完，扭头看看敞着口的地窖，说，"粮食，我们也要了。"

金送子知道坏了，土匪这是要绑票，忙说："这位爷，一千大洋不是个小数，你们把我男人带走了，我一个妇道人家出去筹钱，谁给？"

麻脸土匪又骂了句："爱他妈的谁给谁给，关我什么事？"

这时，葛佑安从楼上连滚带爬地下来，冲麻脸土匪打躬作揖说："这位好汉爷，你们看这样行不行？你们带我走，让晋颂在家筹钱赎我。"

麻脸土匪上下打量着葛佑安，问："你算哪根葱？"

葛佑安说："我是葛晋颂的亲叔，也算这个家的家长，葛佑安。"

麻脸土匪劈头盖脸一马鞭就抽在了葛佑安脸上，葛佑安被抽得一个趔趄就坐在了地上，右边脸被抽开了花，鲜血顺着衣领往下流。金送子忙扶起葛佑安，扭头对麻脸土匪说："不管咋说，大家还称你们一声绿林好汉，你咋能连老人都打？"

麻脸土匪道："打的就是他！老王八蛋，要不是你闺女跑了，我们大当家的爹也不会吊死在自家门框上！"又指着葛晋颂和金送子说，"别他妈的把我们当土匪，我们是正牌国民党军，要不是曹梦九这屌蛋跑了，我们也不至于落草为寇！为点儿鸟粮食搭上俩兄弟的性命！"

葛晋颂心头一阵电闪雷鸣，说："你们大当家的是魏世瑶？"

麻脸土匪又抽了他一马鞭："去你妈的，就你！也配直呼我们大当家的名字?！"

正说着，突然街上响起了敲脸盆的声音，在黑漆漆的午夜里，敲击脸盆的声音像铜锣一样响亮，有个苍老的声音在喊："闹土匪了！葛家酱铺闹土匪了，大家伙赶紧起来打土匪呀！"

一个望风的小土匪跑进来问麻脸土匪咋办。麻脸土匪抬手，做了个砍的动作。葛晋颂听出那是许仙的声音，忙说："一个老人家，老糊涂了，我跟你们走就是。"见麻脸土匪犹疑不决，又说，"放心吧，现在兵荒马乱的、人人自危，不会有人管闲事的。"

果然，在黑漆漆的夜里，许仙敲着脸盆呼号的声音渐渐远去，街上，依然静得空旷，让人心寒。

麻脸土匪一摆头，两个土匪架起葛晋颂往外拖。葛晋颂唯恐金送子扑上来拦，再闹出险情，就大声说："你放心，世瑶兄弟是个讲道理的人，我去跟他好好说说。"

金送子知道自己打不过十几号土匪，扑上去也是徒劳，气得直哭，追出去，见土匪把葛晋颂横在马背上，半拉身子搭在马鞍上，怕他硌得慌，忙跑回屋，找了一条葛鸿飞小时候的棉被，给他掖在身子底下，把镯子撸下来，塞在骑马的土匪手里，求他路上关照葛晋颂，别让他遭太多罪。

麻脸土匪指挥土匪们把粮食装好，搭在马背上，一行十几个人，沿着干涸的龙须河床策马远去，整个起风镇静得只有马蹄沉闷地叩击着河床和许仙的铜盆声，撞击在千家万户的山墙上、院墙上，来来回回地荡漾着。

寒夜里的起风镇，像死掉了一样寂静、萧条。

再后来，一些人家的门陆陆续续地开了，陆陆续续有灯笼亮在街上，有胆大的跑到金送子身边，羞愧地看着她，他们羞愧于听到了许仙的呼救，却没有勇气挺身而出。

金送子不想怪罪任何人见死不救，毕竟乱世，人人自危。就像葛晋颂说的，在人人保命第一的世道里，热血英雄们都上前线打日本了，像他一样留在家里守着老婆孩子热炕头的，不是孬种就是没血性的绵羊。

金送子淡淡说了句没事了，转身往家走，听见据点那儿传来一阵枪声。她一愣，莫名一喜，以为据点里的鬼子听见动静，跑出来把土匪截下了。

她撒腿就往枪响的方向跑。灯笼们在枪响之后快速隐没在各家门洞里。

金送子跑着跑着，枪就不响了，她放慢脚步，聆听四周，安静的冬夜，连虫子的鸣叫都没有，这寂静让人觉得不对劲，她拼命想，到底是哪里不对劲？突然就想起来了，是铜盆声，许仙敲铜盆的声音没有了，他并不知道土匪已离开了葛家。

她喃喃叫了声“许大哥”，又大声喊“许大哥”。

回答她的，是一片被寒风卷来的落叶，匍匐在脚边。

不祥的浓雾笼罩了她，她走得跌跌撞撞，朝着响枪的方向，走过两条街，就看见了许仙，在离炮楼不远的地方，脸朝下趴在铜盆上，身下流了一汪血，在星光暗淡的夜里模糊不清，散发出凛冽而又刺鼻的血腥味。金送子喊他，许仙没回应，她弯下腰，摸他的脸，已没了气息。她一屁股坐在地上，张大了嘴巴，却没敢哭出声，因为离鬼子的炮楼很近，一定是许仙敲着铜盆跑到这里，惊动了炮楼里的鬼子，鬼子不知道他呼号什么，觉得危险，就开枪了。

金送子知道，和鬼子永远没道理可讲，许仙就这么平白无故死了，她连冤都没地方给他喊，唯一能做的，就是把他背回家，和白娘子合葬。

许仙两口子在葛家做了一辈子长工，兢兢业业，给过她无尽的温暖，尽管土匪要的一千大洋还不知道该上哪儿凑，她还是给许仙办了一个风风光光的葬礼，像安葬自己的父亲一样安葬他。

好人的一辈子，应该有一个体面的收梢，这样才配得起他体面的灵魂。

第二十四章

金送子给许仙办葬礼的时候，葛晋颂被带上了峡山湖湖心岛，关在柴房的一个硕大木笼子里。

木笼子是历任土匪关押人质的地方，已许久没用。

麻脸土匪往笼子里塞葛晋颂的时候骂了一句，说上岛这几年，他们从不图财害命也从不绑人质勒索钱财，都是葛晋颂逼得他们坏了规矩！

葛晋颂以为魏世瑶会见他，不管是痛斥也好快意恩仇也罢，只要能见上面，他就好好解释一下，县警备队围剿峡山湖，和他没半毛钱的关系，魏世瑶却没有来，倒是陆续来了几帮土匪打他。

县警备队围剿湖心岛时打死了两个土匪，他们的好兄弟们把葛晋颂拖出来，劈头盖脸地打了一顿。几个受伤的土匪，因为岛上没药，痛得难受，也来打葛晋颂出气。

葛晋颂被打得奄奄一息，要见魏世瑶。魏世瑶不见，说他们之间，没什么好见也没什么好说的，只要葛家把钱拿来，他二话不说就放葛晋颂走，如果拿不来钱，对不起，说好半个月，他不会等到第十六天就喂他吃枪子。

葛家虽然开酱铺，但却是典型的农耕世家，一百多亩地，要养活一家老少，农忙时十几个雇工也要开销，一年下来剩不了几个钱，都在炕洞里藏着，攒了这么多年，不超过两百大洋。魏世瑶要一千大洋，除非卖地卖铺子，一想到祖宗攒了几辈子才攒下的家业就要因为赎他而灰飞烟灭，葛晋颂就不想活了，土匪再来打，也不躲闪，甚至把头和胸口往土匪拳脚底下凑，说："你们打死我算了。"

土匪不傻，得给他把命留着，苦主送来赎金，活人交出去，这是江湖规矩，到谁那儿都不能塌边，不然贻笑大方。所以，他们每次打差不多了，就把葛晋颂塞回木笼子一锁，扬长而去。

有一次，土匪打完走了，他躺在笼子里迷糊，听见有人捏着嗓子喊葛掌柜，声音熟悉。他以为自己死了，魂回了酱铺，就没睁眼，想着金送子和孩子，泪落了下来，泪水流过被打得皮开肉绽的脸，好像往肉里撒了一把梅花针，疼得钻心。那个熟悉的声音，带着胆怯，一直在耳边回旋，葛晋颂想死了不会疼，大概还活着，就使劲睁开被血水粘连在一起的眼，看见了六子。

他几乎不相信自己的眼睛，挣扎着坐起来，怔怔地望着眼前的六子。

六子土匪打扮，比以前壮实了点儿。葛晋颂闹不明白这是怎么回事。六子有点儿不好意思，说当年他从葛家辞工以后，去潍坊当了一阵伙计，后来，遇上国民党部队招人，就去了，打了几场仗，一个团的建制打没了，就编到另一个团，编来编去就编到魏世瑶团里了。

在土匪窝遇到昔日旧人，葛晋颂莫名就生出了一丝求生希望，也踏实了好多，问魏世瑶放着国民党正规军不干当起了土匪来，这到底怎么回事。

六子说魏世瑶所在的师吃了败仗，师长要投降汪伪部队，魏世瑶不干，和师长吵了一架，差点儿拔枪互射，在兄弟们的劝说下，趁夜黑风高带着一个团的人马跑了。魏世瑶本想回高密投奔县长曹梦九,为保卫家乡出点儿力,结果人还没到高密,曹梦九弃高密城跑了,魏世瑶和县城里的日本人打了一仗,寡不敌众,就撤到峡山湖湖心岛做了土匪,但他们从来不绑票,没吃的了就在铁路沿线扒火车,抢鬼子的运送物资,偶尔也抢鬼子据点。这两年高密大旱,鬼子的火车押运比以前严了,据点也不好偷,岛上没吃的了,魏世瑶实在没辙,就打上了葛家的主意,画了进出起风镇的路线图和葛家位置,让二当家带着弟兄们去借粮食,说白了,就是抢,可没想到葛家事后报官让警备队来围剿。为了狙击警备队,他们打光了所有子弹,还死伤了人,魏世瑶恼羞成怒,决定开斋,绑了葛晋颂的票。

六子说:“掌柜的,听说大当家要一千大洋呢,拿得出来吗?”

葛晋颂说:“谁知道呢。”

六子说:“要不我偷偷把您放了吧。”

葛晋颂苦笑:“你放了我,我出得了岛吗?”

六子哑然。湖心岛离湖边二十几里,明镜似的,毫无遮掩,人一出岛就会被放哨的土匪发现,根本没得逃。

六子要替葛晋颂求魏世瑶,就算不减少赎金,至少也别让土匪们折腾葛晋颂了。葛晋颂说:“算了,土匪大都生性多疑,别饶没求成,把你也搭进来。”

六子只好作罢,事后编了个理由,跟二当家要了个差事,专门看守葛晋颂,如果远远看见土匪有要来打葛晋颂的架势,就给葛晋颂递个暗号,让他躺在笼底装死,为了赎金,土匪也不想打死葛晋颂,就算了。

湖心岛上的葛晋颂勉强过上了不挨打的日子,金送子一边给许仙办丧事一边张罗卖地,家虽然是葛晋颂撑着,家业却是祖上留下来的,也有葛佑安的份,想卖,就得跟葛佑安商量。葛佑安打量着一家老小,说:“卖了地,吃啥?”

葛佑安说的也是实情,就算卖了地还有酱菜铺,可酱菜铺卖的,都是自家地里产的，没有地了，原料就要从市面上采买，成本高，利薄，一年忙到头怕是也挣不了几个钱。

葛晋颂被绑以后，余天恩几乎天天来，叮嘱葛家上下，即便知道葛晋颂是魏世瑶绑的，也不能张扬，土匪也是人，忌讳兜老底，主要是怕牵累亲朋好友，怕张扬出去，事情失控，激怒魏世瑶，对葛晋颂下狠手。

葛家可以三缄其口，但葛晋颂怎么赎，到底怎么跟葛佑安开口卖地，让金送子进退维谷，千言万语堵在喉咙里。

余天恩看出来了，说："葛掌柜家的，人命关天，有些话，你该说就说吧，憋在肚子里，事过不了自己的槛。"

金送子就狠下了心，吃完晚饭，葛佑安两口子要上楼，金送子说："叔，我有话要跟您和婶商量。"

葛佑安看看何桂枝。何桂枝很警惕，说："啥事非要晚上商量？这不成心让人睡不着觉吗？"

金送子心里一寒，说："婶，晋颂在土匪窝里等钱赎呢。"

何桂枝说："我和你叔，在这个家，有口饱饭吃就行，可没攒下钱。"

金送子说："我知道，婶，您也知道，魏世瑶要一千大洋，我一个妇道人家，杀破天也弄不出一千现大洋。可晋颂是我孩子的爹，我也不能因为这就眼睁睁看着他让魏世瑶撕了票。"说着，泪就忍不住了，滚滚地往下流。

其实，自从葛晋颂让魏世瑶绑了去，葛佑安和何桂枝的心也没安生过。没钱赎葛晋颂，主动让金送子卖家业？就算把葛晋颂赎回来了，家业没了，日子得有多凄惨？看看天天扛着锄头蹲工夫市等主顾的人吧！饭都吃不上了，他葛佑安还有脸泡茶馆混铺子扯大天？何桂枝哪儿还有钱买零食串门子？所以，纵然他们也想把葛晋颂赎回来，可一想代价，就怯得万鼓齐擂。

金送子虽也怨他们薄情，但也能体谅，哪儿有心甘情愿倾家荡产的人呀？事虽然因葛锦绣而起，葛锦绣是葛佑安的女儿，可毕竟土匪就认准葛晋颂了，这是谁都没办法的事，她擦干泪，说：“叔，婶，咱分家吧。”

葛佑安两口子原以为她要商量的是卖地赎葛晋颂，没想到竟是分家。葛佑安吃不准她葫芦里卖的什么药，说：“日子风调雨顺的时候没分家，大难临头了，我和你分家算哪一出呢？”

金送子说：“叔，分吧，我要赎晋颂，不能连您那份家业也卖了。”

葛佑安仿佛被将了军，脸涨得通红，拍了楼梯栏杆一把：“侄媳妇！你说这话，分明是要把我置于不仁不义之地！”说着，他又拍着自己的瘦脸，“还让不让我葛佑安要这张老脸了！”

金送子一下子就给葛佑安两口子跪倒在地：“叔，婶，我不能为了赎晋颂连累得二老倾家荡产。”

葛佑安定定看着金送子：“非得要卖地？”

金送子点头，起身抱出葛晋颂统下的账本，让葛佑安自己看，账上葛家有多少钱，炕洞里就藏了两百，其中一百是葛佑安这边的，葛晋颂怕二老手松，攒不住钱，就一直放炕洞里替他们攒着。

葛佑安草草看了一遍，前几年挣的钱都买了地，后来又翻盖了后面这栋二层小楼，基本没剩下钱，外面还有些零零碎碎的欠账没收回来，也就二十几大洋，相比魏世瑶要的一千大洋，也是杯水车薪。

葛佑安合上账本，叹了口气，说：“侄媳妇，这家，我不能分。”

金送子一听就急了，说：“叔，您不分，我没法卖地。”

葛佑安说：“我葛佑安活了大半辈子，不能这时候让人戳脊梁骨，卖吧！都卖了吧！分了家，就这年景，五十亩地，你也卖不了四百大洋。”

金送子扶着楼梯栏杆，给葛佑安两口子鞠了个躬：“我替孩子谢谢二老了。”

人,最难的,就是利益关己时的取舍,一旦决心已定,也就那样了,现在的葛佑安就是豪情万丈,他说:“侄媳妇,你就把心放在肚子里吧,只要能把晋颂赎出来,魏世瑶把我这条老命拿去都行,莫说卖田产,田产卖了不够,咱卖铺子！咱把身家性命都豁上了,老天怎么着也得给条活路吧！”

葛家卖地的风放出去两天了,连打听价的都没有。金送子心如油煎,去余天恩家问了几次,说不行就降价。余天恩说不是降价不降价的事,是没人问。金送子说:“要不我去挨家问问,看谁家想买地。”余天恩说,一下能拿出上百大洋的,起风镇找不出几家,能一下拿出五百大洋的,除了唐立成没旁人,可现在是灾年,地买回去种不了也是荒着,老话说,有钱不买半年闲,谁知道老天要旱到什么时候？见金送子愁得人都瘦了一圈,余天恩不忍,说他去唐立成家问问,让金送子回家等信。

晚上,余天恩来,说他去唐立成家了,唐立成也叫苦连天,说唐家是看上去家大业大,可人口也多,开销大,再就是这年景、这世道,谁还有心思置办田产？

金送子泪就下来了。

余天恩说考虑到赎葛晋颂要紧,他主动给降了价,从一千降到八百,唐立成还是没要买的意思。金送子说再降就凑不齐一千大洋了。余天恩站在院子里,打量着葛家的院子说:“人比家业要紧,人没了,要家业有什么用？”

金送子就明白了,余天恩这是让她连铺子带住宅一起卖,就看看葛佑安。

葛佑安打量着院子,说了句没脸见祖宗了,就上楼了。

余天恩说:“晋颂家的,你也知道,唐立成看好你家这铺子和家宅不是一天两天了。”

金送子说:“他说的？”

余天恩点头，说他去找唐立成的时候，唐立成虽叫了半天苦，但最后说，他对买地不感兴趣，如果带着葛家铺子一起卖，哪怕借钱他也要买。

金送子说："我们家铺子是连着家宅的，卖了铺子和家宅，一家老小住哪儿？"

余天恩看看后面的二层小楼，说："你叔这辈子最骄傲的事就是祖上留下了家和田产，这都人过半百了，突然又要成过眼云烟，也够难为他的。"

金送子含着泪点头，送走余天恩，她呆呆坐着，饭也没做，葛鸿雁和葛鸿飞也知道事关重大，饿了也不敢吭声，眼巴巴看着她。

虽然葛晋颂被绑架的起因是葛锦绣逃婚，可让金送子跟葛佑安说卖房产，她张不开口。傍晚，葛佑安从外面回来，何桂枝就把余天恩的话告诉他了。葛佑安气得山羊胡子发抖，一扬手，把烟袋锅子撇进了鱼缸，跳着脚骂唐立成："我×你姥姥！"骂他乘人之危，骂他欺人太甚，啥难听骂什么，全然是撒了泼的何桂枝，而不是乡镇秀才葛佑安。

要不是何桂枝把他拖上楼，大有要骂个天长地久的架势。

金送子愁肠百结，坐在黑洞洞的铺子里抹眼泪。半夜，葛佑安过来，说了俩字："卖吧。"

金送子说："叔，苦了您和婶婶了。"

葛佑安叹口气，摆摆手："一家人，别说见外话。"说完，欲言又止地站在门口，好像还有千万句话，不知从何说起。是啊，葛晋颂被土匪绑了，说到家，祸根还是在自家闺女身上。"早知如此，葛锦绣一出生我就该给按尿罐里淹死。"葛佑安恨恨地说。

第二天一早，金送子去找余天恩，托他给唐立成捎话，葛家酱铺和地一起卖，八百大洋，一分也不能少了。

家宅和地的买卖文书，葛佑安去签字画押。按下指印的瞬间，葛佑安老泪纵横。唐立成见状，说不想落个乘人之危的说辞，不买了。

金送子就急了，说："怎么会呢？您这是救我们葛家于水深火热。"

唐立成搓搓手，看看葛佑安。葛佑安忙拿袖子抹掉眼泪，说："唐镇长，我家晋颂能不能活命，就靠您了。"

唐立成这才冲余天恩和几个中间人打拱说："今天的事，大家做个见证，葛家的家宅和田产，虽是卖给了我，但三年之内，葛家若能翻身，可原价赎回田产和家宅，我唐某人没半句怨言。"

众人七嘴八舌地赞唐立成仁义，唐立成这才签字画押，把八百大洋交给了葛佑安。

金送子救葛晋颂心切，顾不上给唐立成腾房子，请余天恩陪她一起去峡山湖赎人。

山高路远，怕有歹人见财起意，余天恩让金送子围条被子坐在车上，看上去像是生了病，要外出求医，赶到峡山湖是中午了，余天恩去湖边村庄找人租了条小船，和金送子划着往湖心岛去。

离岸才两里路，湖心岛放哨的土匪就看见了，划着一叶小舟飞一样地过来，老远就有人两手抄成喇叭，大声问他们是干什么的。余天恩抱拳，让土匪回去禀报大当家，说起风镇葛家来赎人了。土匪让他们原地等着，划着小舟飞一样回去，没一会儿，两条稍微大点儿的船从湖心岛划过来，船上十几个土匪，个个膀大腰圆，麻脸土匪也在，他看了看金送子，又看看余天恩，问他是什么人。金送子说是郎中，是葛家的世交，陪她来赎葛晋颂。

麻脸土匪接过装大洋的口袋，晃了晃，又打开看几眼，一摆头，一土匪就把抓钩搭到金送子他们的船沿上，拖着往湖心岛去。

四面环水，岛上湿气重，到处湿漉漉的，好像攥一把空气都能拧出水来似的。

上岸后，土匪分成两帮，麻脸土匪和几个土匪带金送子他们去见魏世瑶，剩下的，留在岸边放哨。

除了湿气重，岛上和外面没什么不同，连房子也是，盖得歪七扭八,像临时想到哪儿盖到哪儿,没章法,也没有想象中土匪窝的霸气和富丽堂皇。

魏世瑶的房子在这些盖得横七竖八的房子中间，东头一铺炕，炕上铺着狗皮褥子,一道齐腰高的矮墙把炕和外面隔开,外面是三间没有山墙隔断的房子,摆着七八条长板凳和一张木板条胡乱拼起来的桌子。桌面没抛光,也没上漆,屋子里的陈设简陋而又粗糙,唯独魏世瑶坐的红木太师椅做工考究,显得格格不入,应该是从外面抢来的。

魏世瑶正在卷纸烟,听见人进来,动也没动,继续卷烟,对进来的人视若无物。

金送子往前走了几步,刚要说话,被余天恩从后面拽了一下,金送子回头看的时候,余天恩向前迈了一步,抱拳说:“大当家,久仰。”

魏世瑶斜眼瞥了他们一眼,说:“还久仰,挺会说话啊,你谁呀?”

余天恩说:“葛家世交,起风镇郎中余天恩。”

金送子说:“我们是来赎人的。”

魏世瑶说:“知道,干别的,你也上不了岛。”说着,又瞥了金送子一眼。

五六年过去了,魏世瑶留起了浓密的络腮胡子,眼神犀利,像随时准备俯冲下来抓鸡的老鹰。金送子心想:怪不得江湖人称老鹞子呢,大概就是因为他这凶神恶煞的眼神吧。魏世瑶见金送子盯着自己看,不自在起来,大概碍于金送子是女流,他压制了火气,冷冷地说:“坐吧。”

金送子说:“不了,我想见我们当家的,接上就走。”

魏世瑶卷好纸烟,点上,眯起眼睛,穿过他吐出来的烟雾望着金送子:“行啊,你们葛家可以,一千大洋,轻轻松松就拿出来了。”

金送子说:“不轻松,我为了让孩子有个爹,卖了房子卖了地。”

魏世瑶不为所动,依然冷酷地“嗯”了一声,斜着眼,挑衅地看着她:“怪我?”

金送子说:“我家男人呢?我要见他。”

魏世瑶还是冷冷地笑,说:“放心,我魏世瑶是个说话算话的人。”麻脸土匪看了余天恩一眼,说:“大当家,这现成的郎中,是不是可以用用?”

魏世瑶恍然想起来一样,坐端正了,冲余天恩抱了个拳:“余先生,岛上有几个受伤的弟兄,可否劳烦先生瞅两眼?开个药方,我也好派弟兄出岛去买药。”

和余天恩说话的魏世瑶跟和金送子说话的魏世瑶判若两人。跟金送子说话,是标准土匪嘴脸;和余天恩,是知书达理的乡绅。

余天恩说行。

魏世瑶起身,带余天恩往受伤土匪那儿去。

土匪们住的平房,大多五六间一排,大概十几排的样子,团团围着魏世瑶住的屋。每栋之间,隔个四五十米,都是简陋的土坯房,房顶用破席子和树枝层层叠叠地搭起来,很不像样。余天恩心里感慨,土匪也有穷的有富的,魏世瑶应该是穷土匪,土匪的日子过得紧巴,不外是不为非作歹,不抢东西,才把日子过寒酸了,对魏世瑶的恶感,就少了很多,特意把话题往葛家身上扯,说葛家已经让他给绑败了,希望他抬抬手,以后别为难葛晋颂了。

魏世瑶很不高兴,说这一趟绑架,原本就是葛晋颂自己找的!他的打算本来就是抢一次粮食就完了,可葛家不知好歹,报官让警备队围剿峡山湖,害得他损兵折将,如果不把葛晋颂绑来,他没法服众。

余天恩说葛家被抢以后,他去过,就报官的事,还问过葛晋颂,他说不报,信不过日本人。魏世瑶说:“狗屁!警备队围剿峡山湖的时候,整天擎着大喇叭在湖边喊,说是苦主报官了,作为维持一方治安的县警备队,他们已经接到上司命令,不惜一切代价,把湖心岛的土匪窝端了,所以,如果我们识相,就赶紧出来投降,县警备队还给我们留有一席之地,否则,等着被剿灭了扔到峡山湖里喂王八。”

见魏世瑶愤愤的,恨不能手刃葛晋颂才解气,余天恩怕惹恼他,再生变故,就不再说了,去看了受伤的土匪,开了药方,问魏世瑶是不是这就放他们出岛。葛家房产田产都没了,一家老小,惶恐着呢,葛晋颂早点儿回去,也好早做打算。

魏世瑶说成,给了余天恩一块大洋出诊费。余天恩不要,魏世瑶跟他急,他只好收下。

魏世瑶让土匪把他们送到码头,上船等着,他让人把葛晋颂送到船上。

金送子在船上等得心如焦土,半天,两个土匪才把一团破棉絮似的葛晋颂扔到船上,见他浑身上下给打得没一点儿好地方,金送子抱着就哭。余天恩号了号葛晋颂的脉,说不碍事,都是皮肉伤。

葛晋颂回家的当晚,唐立成拎着点心来了,嘘寒问暖,打听峡山湖里土匪的底细。葛晋颂虽然被打得死去活来了多少次,但敬魏世瑶是宁肯落草为寇也不愿向汪精卫的皇协军投降,是条汉子,在回来的路上就已嘱咐过余天恩和金送子,关于峡山湖里的土匪的底细,不管谁问,都说不知道。

之后几天,唐立成天天来,葛晋颂不是野鹊,做不到天天装昏迷不醒,逢唐立成问岛上的事,就说上岛就被蒙着眼,关在木头笼子里,对笼子以外的事,一无所知。说起被绑架的缘由,葛晋颂就看着唐立成,一脸纳闷地问:“唐镇长,您说,到底谁报的官?”

唐立成张着嘴,短促地“啊”了一声,说:“这个嘛……怕是有人看你家被打劫了,气不过,就去报官了吧?”

葛晋颂依然盯着唐立成不放:“能是谁呢?”

唐立成到底老奸巨猾,心平气和地摇了摇头:“这还真不好猜,乱世嘛,人人自危,可以理解,苦了葛少掌柜了。”

第二十五章

葛晋颂从没像现在这样，自觉活得羞辱，失去了土地，失去了酱铺，丧家犬一样住在老浦的房子里。何桂枝嫌一天三顿饭吃得像猪食，怪金送子是扫把星，自从她进了门，葛家就没过几天安生日子。一开始，金送子忍着，可越忍，何桂枝就抱怨得越是来劲，就忍不住和她吵了一架。葛佑安看着鸡飞狗跳的家，叹气，说："完了，葛家这是要败了。"说完，背着手走了。

葛佑安一出门就是几天，也没见着人回来，金送子四处打听，起风镇上的人有说看见了，有说没看见，看见了的说看见葛佑安往镇外走时问过他，问他去哪儿。他都笑嘻嘻的，说找钱去。

金送子每天出去打听葛佑安，见过他的人越来越少了。有人劝她，说这年头，能走动的都出去逃荒了，谁在家里等着饿死。金送子想想也是，就回家了，不再出去找。何桂枝一会儿哭葛佑安肯定让人当猪杀着吃了，一会儿又骂葛佑安没良心，嫌她小脚走不动，出去逃荒也不带她。一开始金送子还好言劝慰，何桂枝说她假惺惺，说她巴不得自己和葛佑安都出去逃荒要饭给家里省口粮。她何桂枝偏不！她宁肯在家饿死也不出去丢人现眼，让金送子死了这条心。

金送子知道她是饿魔怔了,遂不和她一般见识。

有天在街上遇见德生,德生还是老样子。

有段时间,一个日本女人带着一个五六岁的小男孩在街上玩儿,有人说是据点里日本军官的老婆,但金送子知道是德生的老婆吉野直子,因为小男孩和少年德生一模一样。她在一边远远看着,还冲吉野直子笑了一下,把吉野直子笑蒙了。在中国街上,她一定是见惯了别人惊惧或是憎恶,从来没人像金送子这样友善地冲她笑,所以,她蒙了片刻,然后变得紧张兮兮,拉着儿子快步走了。

德生说金送子家的事他听说了。金送子说:“我见过你老婆了,长得挺好看,你儿子和你年轻那会儿一模一样。”德生就笑,说吉野直子非要到他驻点的地方看看,就来了。

两人站在街上,再也找不到别的话。金送子不想再引起别人误会,就说:“走了啊。”

德生说:“今年是荒年啊。”金送子说:“是啊。”德生说:“晚上你去掏掏家里阳沟。”

阳沟是院墙上的一个洞,方便院子里的雨水流到街上,很小,猫和奶狗能爬进爬出。

金送子明白,德生有东西给她,不好当面给。大约关于金送子是他这个汉奸的亲戚的流言,他也听说过,所以,在街上见着金送子都是绕着走,绕不过去就装没看见,绝不打招呼。

金送子想说“别”,可还没说出口,德生就已大步流星走远了。

晚上,全家都睡下了,金送子到阳沟那儿伸手一摸,果然摸到了一包点心和一个罐头。点心香穿透草纸,直抵脑门,她忙捂在怀里,心紧张得怦怦跳,满脑子都是怎么喂到葛鸿飞和葛鸿雁嘴里。

住回老浦原来的房子后,葛佑安和何桂枝住东间,她和葛晋颂带着俩孩子住西间。如果把点心和罐头拿进屋给孩子们吃,葛晋颂肯定要问哪儿来的。这可是连地瓜蔓做的窝窝头都吃不饱的灾荒年间,除了德生,她找不到第二个出处。葛晋颂如果知道是德生给的,肯定得让她扔出去,因为德生而起的葛家是汉奸亲戚的风言风语,让他常常有黄泥掉到裤裆里,不是屎也是屎的恼火。

金送子踟蹰半天,进屋,问葛鸿飞有没有尿。因为饿,葛鸿飞喝了一肚子水,说尿。金送子说尿罐破了,让他穿衣服下去尿,尿完她关门睡觉,说着,把葛鸿雁也拎了起来。

葛晋颂睡得迷迷糊糊地说:"大冬天的,你把他们提溜出去别冻感冒了。"金送子说知道,把俩孩子领到猪圈,掏出点心就往他俩嘴里塞。她告诉他们,吃了谁都不许说,要不然明天晚上就没的吃了。

点心又香又甜,好吃得葛鸿飞都要哭了,拼命点头,让金送子放心,打死他他也不会告诉别人。

金送子把罐头用一团草包起来,找地方藏好,告诉他们明天晚上吃罐头。

可第二天就被何桂枝发现了。葛鸿飞小,心里不藏事,从第二天早晨睁开眼就惦记着吃罐头,趁金送子去当铺当银头面,偷偷把罐头掏出来了。可罐头是马口铁的,他不会开,就拿菜刀搁在石头上砍。正好何桂枝去茅房路过猪圈,闻到一阵奇异的香,寻味找过去,就看见了大快朵颐的葛鸿飞。看着罐头,何桂枝眼珠子都红了,问葛鸿飞吃的啥,葛鸿飞说罐头,何桂枝问啥叫罐头,葛鸿飞说肉装在铁盒子里不会臭,就是罐头。何桂枝的眼泪唰唰往下滚,问这不会臭的肉是打哪儿来的,葛鸿飞不会撒谎,就说娘藏的。

何桂枝也挖了一块肉抿到嘴里,香得眼泪就掉下来了,就这样,她和葛鸿飞你一口我一口把罐头吃完,跟葛鸿飞说:"把空盒子给我。"

空马口铁盒子又不好吃,葛鸿飞没跟她争,塞给她就撒丫子跑出去玩儿了。过了一会儿,金送子回来了,年景好的时候,当个头面的钱能买两口袋玉米面,可现在,当一个头面只买回十斤玉米面。

何桂枝站在她和葛佑安睡房的门口,看金送子小心翼翼地把玉米面倒在面瓮里,才说:“鸿飞娘,你过来下。”

金送子当她有事,就过去了。

何桂枝把空罐头盒子放在炕正中间,虎视眈眈盯着金送子。

金送子以为她发现了罐头,自己吃了,眼泪一下子掉了下来,说:“婶,您怎么能这样?”

何桂枝说:“我哪样了?”说着,就哭,说怪不得葛佑安在这家待不下去,老了,不能了,谁都欺负,侄媳妇到底是侄媳妇,有好吃的藏着掖着不给吃。

金送子唯恐葛晋颂知道德生给罐头的事,忙把门关上,说:“婶,您听我解释。”

何桂枝说:“你解释啥?把罐头藏在猪圈里的不是你?”

金送子低声下气地认错,说:“是我是我。”她把德生前天晚上给点心和罐头的事说了,说,“婶,只要您不声张,别让晋颂知道,以后他再送吃的,您和孩子一起吃。”

何桂枝不相信:“真的?”

金送子说:“真的,可千万别让晋颂知道,要不然谁都没的吃。”

何桂枝知道葛晋颂讨厌日本人,说:“行,只要你不藏着不给我吃,我就不声张。”

金送子说既然这样,让鸿雁和鸿飞姐弟俩过来睡,等德生再送来吃的,她直接拿过来,这样,葛鸿雁姐弟俩就不用大冬天半夜跑猪圈里偷着吃东西了。金送子说得诚恳,何桂枝就不再折腾了。

从何桂枝屋出来,葛晋颂问:“婶婶又折腾什么?”

金送子顿了顿,说:“咱叔不见好几天了,嫌咱不管不问。”

葛晋颂说明天他出去找。葛晋颂终于愿意出屋见人,金送子很开心,说:“行,你带上干粮出去多找几天,要不然,咱叔不见了,你这当侄的不作为,街坊邻居该说闲话了。”

没等葛晋颂出去找，葛佑安回来了，还美滋滋地背回了半口袋黄豆。

葛晋颂奇怪，问他这几天都去哪儿了。葛佑安兴冲冲地说办了件大事，说着，瞭望了一眼葛家的铺面，说：“我就不信，咱祖上的家业，能就这么轻而易举地让人给掠了去！”

葛佑安确实干了件大事。

灾荒年间，在“大东亚共荣圈”里的高密匪患四起，伪政府唯日本人马首是瞻，日本人不仅想要这里的地皮物产，也想要人心。想要人心，地方管理和治安就得抓上去，上次县警备队峡山湖剿匪七天，损兵折将，一事无成，日本人很恼火，痛斥唐华山的警备队是群废物，弄得唐华山很没面子，一心痛雪前耻，又苦于峡山湖易守难攻，想不出办法只能望湖兴叹。

葛家世代攒下的家业被魏世瑶一票绑没了，从体面人家落魄到饥寒交迫，葛佑安咽不下这口气，自恃知道魏世瑶底细，装成逃荒的，直奔魏家庄，找到魏世瑶家。

时隔多年，魏世瑶他娘已不认识葛佑安了，当他是要饭的，给了他半个玉米面饼子。在吃糠咽菜都填不饱肚子的灾年，出手就是半个玉米饼子，让葛佑安怀疑，一定是魏世瑶在偷偷接济她。

如果是这样，说明魏世瑶是个孝顺儿子。

他在魏家庄又待了几天，拿出赶集扯古的劲头跟人扯天，打听魏世瑶家的事。果然，有街坊邻居说奇了怪了，遇上荒年，整个高密都饿得像只张嘴兽，就魏世瑶他娘过得滋润，有吃有喝，还有人在她倒出来的炉灰里发现了鸡蛋皮。饿急了眼的人半夜翻墙去她家偷粮食，过不了几天就被人半夜摁在炕上打断了腿，有一个算一个，没一个漏网的，久了，就没人敢去偷魏世瑶他娘这个孤寡老太太了。

葛佑安越发笃定，就去县警备队，找唐华山，问他想不想一雪峡山湖剿匪失利之耻。唐华山当然想。

葛佑安说："我有一个办法，保证让你们不费一枪一弹让土匪头子自己划船上岸找你们投降。"

唐华山知道葛佑安是出了名的耍嘴的，只是好茶好水招待着，并没当真。葛佑安虽是个连高密地界都没出过的乡镇秀才，但走南闯北地赶集，小热闹总是瞧过一些，也看出了唐华山的不信任，话里就有了些阴阳怪气，说唐华山是不是感念着土匪帮他爹拿下了葛家的祖产，所以不舍得收拾他们。

唐华山被他激得没法，也撂了狠话，说："葛叔，你说说看，你的法子如果能让土匪上岸投降，我给你五块大洋。"

葛佑安说："那不行，你是县警备队队长，剿匪是你的本分，我来给你出谋划策，不单是图你这五块大洋。"

唐华山问葛佑安想干啥。

葛佑安说："土匪不是抢了我们家粮食，还勒索了一千大洋吗？你要剿得成匪，就给我还回来。"

唐华山把摸出来的大洋在手里掂了掂："葛叔，我得把丑话给你撂前边，匪我会去剿，但你们葛家的钱财想全须全尾地弄回来，我保证不了。"

葛佑安说："那也比都便宜了土匪强。"

唐华山说："你说吧。"

"我知道峡山湖的土匪是谁，知道他家在哪里，知道他家里还有个老娘，也知道他是个孝子，你觉得呢？"

唐华山觉得有点儿意思，给葛佑安放在桌上两块大洋，让他继续说。葛佑安瞥了一眼大洋，继续说："如果你拿了他娘，去峡山湖边喊话，让他出来投降，要不然就枪毙他娘，你觉得土匪会不会上岸投降？"

唐华山又放下两块大洋，把最后一块大洋捏在手里，问土匪姓甚名谁，家在哪里。

葛佑安把那块大洋也拿过来，一起装进口袋，说："土匪姓魏，叫魏世瑶，家住魏家庄，家里还有个老娘。"

然后葛佑安就走了，去当铺买了件绝档大褂，又去澡堂子舒舒服服洗了个澡，吃了两大碗烩火烧，才打着饱嗝把剩下的四块大洋买成了黄豆背着往家走，进门就把黄豆放在地上，那气势，隆重得就像他给葛家扛回了江山。

葛晋颂打开袋子看了看，问葛佑安黄豆从哪儿弄来的。

葛佑安气定神闲，说买的。葛晋颂想问他哪儿来的钱，又觉得葛佑安身为长辈，这么问很失礼，就问他这些天去哪里了，害得家里到处找。葛佑安说："我又不是三岁孩子，还能跑丢了？"

何桂枝见他红光满面，不像在外面忍饥挨饿，想想自己被抛在家里，吃掺地瓜叶的窝窝头，就气得不行，骂葛佑安没点儿男人样，大难临头不管老婆死活。

葛佑安让她骂急了，才拍着黄豆袋子吼了一嗓子："我给咱老葛家出气去了！你以为天上会掉大洋？我要是你说的那种混账货，我有钱也不往家买豆子，吃了喝了把自己打发舒服了再说！"

葛晋颂知道葛佑安酸腐，一脑子乡镇秀才的想当然，唯恐他想当然上脑，惹出他收拾不了的饥荒，就问他干什么给葛家出气的事了。

葛佑安拿出说书先生卖关子的劲头，让葛晋颂耐心等着，最好现在就去跟余天恩打个招呼，过几天，得借他家骡子和马车。

葛晋颂让他绕得一头雾水，说："无缘无故的，借马车干啥？"

葛佑安胸有成竹："我让你借你就借，哪儿有那么多干啥不干啥？"说完，捻起黄豆粒儿问金送子，"知道叔为啥要买黄豆吗？"

金送子说不知道。

葛佑安得意地说饥荒年间，人吃糠咽菜容易得浮肿病，不等饿死就肿死了，但往糠菜里兑上点儿黄豆，人就不会肿了。葛佑安把黄豆扔回袋子里，背着手，在屋里转了两圈，转到门口，望着葛家老宅，说："不过，这吃糠咽菜的日子，也过不了几天了。"

葛佑安神神道道胸有成竹的样子，把一家人弄得云里雾里的，因着对苦日子的怕，何桂枝已信以为真，追在他屁股后面，让他许个确凿日子。

葛佑安问她："要日子干吗？打算把自己再发送一遍？"

何桂枝哭着说，吃够了糠咽够了菜了，让葛佑安给个日子，她掐算掐算，要是不吃也能挺到那天，她就不吃了。

葛佑安在心里盘算了一会儿，说："一集吧。"

一集是五天，何桂枝觉得她挺不了那么长时间，还得吃，但好歹算有盼头了，就心悦诚服地把葛佑安奉承了一顿。

葛佑安生平最喜奉承，给两句好话，就会觉得自己连上天的本事都有了，他捻着山羊胡子，瞄着葛家的老宅说："唐华山说过的话，有一句我记得真真儿的，三年之内，葛家随时可以原价把家产从他手里赎回来。"说着扭头看葛晋颂，"等我把家产赎回来，也算对得起列祖列宗了，没白生养我葛佑安一场！"

夜里，金送子问葛晋颂："咱叔拿什么往回赎家产？"葛晋颂说："你真信？"金送子说："可咱叔说得一本正经啊？"葛晋颂把被子给她掖了掖，说："我小时候见过咱叔在茶馆里跟人谈天说地，比现在还一本正经。"意思是他不信，让金送子别听他哄自己个儿高兴的那一套。

葛佑安跟何桂枝说再有五天就能过上好日子了，可连五天还不到，葛晋颂又被土匪绑走了！

还是麻脸土匪领人来绑的，半夜从后窗进来，扬手就打，几个土匪把葛晋颂捆粽子似的捆起来，拖麻袋包似的往外拖，金送子追到街上，问土匪要什么，她这就去找！

麻脸土匪说："要葛晋颂的命！"

说完,一行人扬长而去。

金送子像掉了魂似的站在街上,拼命想这是怎么了。葛佑安抄着手,探头探脑地到了街上,张望着土匪打马跑过的龙须河底说:“真是抓不净的虱子拿不净的贼,这是哪一帮?”

金送子说:“还是原来那帮。”

葛佑安大惊失色,说:“不能吧。”

金送子说:“我看真真儿的,还是前两回那麻脸领人来绑的。”

葛佑安愣愣站着,往领子里缩了缩脖子,自言自语道:“按说不能。”金送子慌得要命,家也没回,就往余天恩家跑。

听她上气不接下气地说完,余天恩也诧异,说:“我看魏世瑶也是条汉子,咋能说话不算话,没完没了呢?”

金送子说:“可千真万确他又把葛晋颂绑走了。”

余天恩问要多少赎金。金送子泪就下来了,说魏世瑶是做土匪的,要立威,肯定说到做到,这次,莫说葛家拿不出钱来了,就算能拿得出来,他要的也不是钱,是葛晋颂的命!余天恩说土匪绑人要命不要钱,里面一定有蹊跷,要再走一趟峡山湖,其一是他给魏世瑶手下的土匪看过伤开过药,也算是有点儿交情,看看能不能给葛晋颂说情;其二,就算魏世瑶不给他面子,至少也得弄明白魏世瑶为什么要出尔反尔跟葛家没完没了。

第二十六章

天还不亮，葛佑安就从家里走了，到县警备队，已快中午了，推开唐华山的门。

唐华山正在打电话，听见门响，扭头一看是他，很漠然，指了指一把离他办公桌挺远的椅子，示意他坐，就继续打电话。

葛佑安知道不好，过去坐下，耐心等唐华山打完电话，问事情办得怎么样。唐华山说："别提了，白瞎我五块现大洋。"

原来，唐华山抓了魏世瑶的娘，带到峡山湖边，划小船划到距离湖心岛一半路程的时候，用喇叭给魏世瑶喊话，让他率部出来投降，以前偷袭皇军据点和仓库的事可以既往不咎，但如果不投降，就把他娘给按到峡山湖里去喂鱼虾，攻上湖心岛把他的人杀光。魏世瑶气得要死，但亲娘在县警备队手上，也不敢造次，急得团团转，就是不投降。冬天的峡山湖开始结薄冰了，小船停在冰水里，县警备队的人冻得受不了，警告魏世瑶，再不投降，就真把他娘按到湖里喂鱼虾了。魏世瑶没说投降也没说不投降，就大声问他娘，警备队的人打她了没有，为难她了没有。魏世瑶娘跟警备队的人要喇叭，说要劝魏世瑶投降。警备队的人信以为真，把喇叭给她了。结果魏世瑶娘拿到喇叭，先是说县警备队的人好吃好喝招待着她，没打她也没难为她，又说有魏世瑶这个儿子她这辈子知足了，让魏世瑶千万别投降，要不然她死了都没脸见祖宗。说完这句话，一头扎进了峡山湖，警备队的人七手八脚去捞，捞上来就没气了，就又给丢回了湖里。魏世瑶有望远镜，在湖心岛上看得清清楚楚，破口大骂，说早晚有一天他要杀出湖心岛，挖县警备队每一个人的祖坟！

葛佑安说："你们就回来了？"

唐华山说："不回来怎么办？在湖边打枪没用，想打炮警备队又没有，划船往湖心岛冲？以前又不是没冲过，湖面上一览无余，没掩体，冲不上去。"

葛佑安突然仰起头，问唐华山："魏世瑶知不知道你是怎么找到他娘的？"

唐华山有点儿尴尬，愣了一会儿，说："魏世瑶狡猾，一开始说大部队好久没出岛，船都坏了，等手下修好船就投降，然后问怎么知道是他占了岛，又是怎么找到他娘的。我琢磨着他投降以后要收编在县警备队的，在我手下，反不了他，就告诉他，再不投降就天怒人怨了，连曾经觉得亏欠他的前岳父都出来揭发他了。"

葛佑安点点头，说："怪不得。"

唐华山也觉得把葛佑安卖了有点儿不好意思，说："中午了，葛叔，我请你吃顿饭。"

葛佑安没接茬，眯着眼，定定看着他，突然啐了一口，说："唐华山，你果然是小老婆养的！"说着，捣着手杖走了。要不是正好有人进来，唐华山都想追出去把葛佑安踹死。

从县警备队出来，葛佑安心如死灰，孤魂野鬼似的在城里走走逛逛，晃了一天，傍晚，把刚穿了三天的大褂脱下来又去当了，找了家小店，要了壶烧酒、一盘猪头肉。吃完了，到旁边澡堂子里睡到天亮，开始往峡山湖走。

葛佑安老了，高密城离峡山湖五十多里地，一路走走歇歇，走了三天，到了峡山湖边，一家一家敲门，不得不拿出身上仅有的一个值钱物件，翡翠烟嘴烟袋，从一户人家手里租了一条独木船，硬着头皮上船。可不管他怎么划，船都在原地打转，折腾了好一阵，船终于往前走了，走到一半水路的时候，就听岛上土匪喊话，问他是干啥的。

葛佑安想了想，说："你去告诉你们大当家，说他老岳父葛佑安，打算找他聊聊。"

土匪骂了他一顿，说谁不知道大当家没老婆，让他掉转船头回去，要不然开枪打死他。葛佑安说："你们开枪吧，今天我就是死也要见我那女婿，我得跟他好好唠唠。"说着，拼命往前划，土匪见喊不听，就朝他开了一枪，子弹落在湖面上，打穿刚凝结的薄冰，哗的一声，拖着长长的尾巴往湖底钻。葛佑安吓得直愣神，小船在湖面上晃悠着往前走，土匪瞄不准，索性也不浪费子弹了，继续喊话让他回去，葛佑安也不争辩，奋力划船，一路嘎嘣嘎嘣地撞碎薄冰，往湖心岛去。

回去报信的另一个土匪跑回来，冲他喊："大当家的说了，他要是你，早就臊得一头扎到湖底喂王八算了。"

葛佑安把着探到水里的树枝，哆哆嗦嗦爬上岸，张着两条胳膊让放哨的土匪搜身，说他啥害人的武器都没带。土匪就笑："就他妈你这瘟鸡样，给你门大炮扛着老子都不怕你！"

葛佑安说："我要见你们大当家的。"

土匪又骂，说："你当我们大当家的是你爹啊，你想见就见。"

葛佑安说："我拼了这条老命上岛，就是为了给他赔个礼认个错的，求你们了。"说着，就往地上蹲，好像要下跪的样子，其实不是，他只是冷，冷得站不住想蹲下来，抱着自己的膝盖缩成一团取暖。

土匪看他确实可怜，就一摆下巴，让另一个土匪带他过去。

魏世瑶正就着花生米喝酒，听说葛佑安硬闯上岛了，气不打一处来，说让他进来。

魏世瑶房里生着火，葛佑安在湖面上冻了一两个时辰，冷得骨头缝里都结冰了，一进来热浪扑面，暖得身子都要化掉了，一种无边无际的幸福感涌上心头，莫名就想哭，看着坐在大红酸枝太师椅上的魏世瑶，打了一下拱，说："贤婿。"

魏世瑶瞄了他一眼，冷冷地说："换个称呼！再他妈说贤婿小心我扒了你的皮！"

葛佑安点点头，说："大当家说得对，我没脸叫你贤婿。"说着，扑通跪在地上，"大当家的，我是来给你赔礼道歉的。"

魏世瑶继续喝酒，一副理都懒得理他的样子。

葛佑安给他磕了一个头："大当家的，我葛佑安这辈子，虽是个肩不能担手不能提的假秀才，可除了父母祖上神灵，我没为钱财没给权贵下过跪，今天这是头一回，我求你别和我一般见识，咱两家的渊源，千错万错都是我的错，你别为难晋颂，让他代我受过，我死了都没脸去见先人。"

魏世瑶拖长了腔调说："你哪儿错了？"

葛佑安说："你说我哪儿错了我就是哪儿错了。"

魏世瑶扬起酒杯摔到葛佑安脸上："放你娘的狗臭屁！我说哪儿错了你就哪儿错了？你他娘的当我是地痞无赖啊？我告诉你葛佑安！你欠我两条人命，咱两家这血海深仇算是结下了！"

葛佑安说："仇都是我种下的，就该我来受，大当家的，你把我关起来，放了晋颂，算我求你了。"说着，葛佑安又给魏世瑶磕头。

"把你关在这儿，把葛晋颂放回去？"

"是，你要嫌把我关在这儿浪费粮食，你就给条绳，我把自己个儿勒死，不麻烦你们。"

魏世瑶就哈哈大笑，说："葛佑安，你他娘想得挺美啊，活得哼哼不动了，打着还我魏家人命债的幌子跑来寻短见，让我魏世瑶落个专杀妇孺老弱的恶名，我呸！我告诉你吧，要好，你赶紧划着你的破船滚回去，要不然，惹火了我，我他娘把葛晋颂一刀一刀卸了！”

葛佑安老泪纵横：“大当家的，你这是何苦？”

魏世瑶说：“你们葛家欠下了我家两条人命，此仇不报，我魏世瑶枉为人子！”

葛佑安大惊失色：“晋颂呢？你把晋颂怎么着了？”

魏世瑶不耐烦地说：“砍头祭我爹娘的在天之灵了！”

其实，葛晋颂还在木头笼子里关着，但魏世瑶懒得和葛佑安絮叨，想早点儿打发他滚蛋，索性说葛晋颂死了，让他少在他跟前磨嘴皮子烦人。

葛佑安愣愣地看着魏世瑶：“当真？”

魏世瑶捏着花生，一颗一颗往嘴里送，嘎嘣嘎嘣地嚼，满屋子炒花生的香味，香得格外狰狞。

葛佑安一把鼻涕一把泪，兀自哭着说：“晋颂啊，叔来晚了，是叔的自作聪明害了你。”唏唏嘘嘘地哭了一会儿，问葛晋颂的尸首在哪儿。魏世瑶说扔湖里喂鱼虾了。

葛佑安就站起来，魔怔了似的，直挺挺地往外走。门口放哨的小土匪问魏世瑶：“大当家的？”

意思是要不要把葛佑安关起来。

魏世瑶“哼”了一声，说：“老棺材瓤子，反不了他！”

没一会儿，他听见外面沉闷地嘭了一声，放哨的小土匪提着枪跑出去，片刻跑回来，说葛佑安撞死在大门外的拴马石上了。

魏世瑶骂道：“王八蛋！他是非把这赃栽到我身上不可！”小土匪问咋办。魏世瑶说等天亮挖个坑埋了就行。

第二十七章

余天恩是在葛佑安之前去峡山湖的，他赶着马车，走得快，连来带去，一共两天。上岛的时候，也是船到一半水路，放哨土匪问他干啥的，他说郎中，之前给岛上受伤的兄弟们看过病。放哨土匪让他证明自己，余天恩就把当时几个土匪的伤情说了。放哨土匪见对得上号，就问了名字，去报魏世瑶。

魏世瑶晓得他是为葛晋颂来，但装傻不提，吩咐几个人去湖边钓鱼捉鳖，自己去码头接了余天恩，一见面，就说余天恩是及时雨，他要好鱼好酒好好招待。

余天恩也看出了魏世瑶是在打太极，就说自己又不是宋江，算哪门子及时雨。魏世瑶说湖心岛这个地方好是好，但湿气太重，好几个兄弟长了毛病，正愁着咋出岛看病呢，余天恩就来了，不是及时雨是什么。余天恩就笑，说这是他和岛上兄弟有缘分，也是老天恩赐，给他机会治病救人、积德行善，让魏世瑶领他去看几个兄弟。

饭菜还在灶上准备着，魏世瑶带他去土匪们的营房。走在路上，余天恩扫了柴房一眼，看见有个土匪背着枪在站岗，就知道葛晋颂没事，还在柴房关着。

得病的土匪躺在大通铺上扯天，听说大夫来了，跟见了救星似的，两眼放光。余天恩挨个号脉，查看病灶，都是湿气太重引发的毛病，逐一给开了药，叮嘱了注意事项就出来了。

魏世瑶对湖心岛这个易守难攻的小王国很满意，带余天恩围着岛子转了一圈，问怎么样。余天恩说不错，是个世外桃源。魏世瑶动员余天恩留下。余天恩说不行啊，老婆孩子都在起风镇，再说了，万一他当土匪的事传出去，老婆孩子会受牵连。

魏世瑶就说他们不是土匪，是国民党军。

余天恩说他就觉得魏世瑶的属下不像打家劫舍的土匪，问怎么回事。魏世瑶就把当初他怎么反对师长投靠汪伪起了内讧，率部跑回高密投奔曹梦九不成才上岛做土匪的过程说了一遍。

余天恩不由心生敬意，把话题往葛晋颂身上扯，说葛晋颂虽然没拉队伍抗日，但也是个有骨气的人。

余天恩一路说，魏世瑶不动声色地听，走到院子门口，才开口说："余大夫，我知道你来这趟的目的。"

余天恩就抱了抱拳，说："国难当头，都是自己人，就别难为自己人了。"

魏世瑶说他和葛家的恩怨，跟国难扯不上关系，是家仇。因为葛家，他搭上了父母两条人命，如果他还当自己是个男人，这口恶气就非出不行。

余天恩理解魏世瑶的心情，也敬佩他的孝心和血性，可冤有头债有主，这事真不能硬按到葛晋颂的头上，事情的源头在葛锦绣那儿。

魏世瑶说："错！虽然事情的源头在葛锦绣那儿，但是葛家自古以来就是长房长子长孙当家做主，发生这一切，都是因为葛晋颂没当好这个家，抓他一点儿也不冤！"

余天恩说不动魏世瑶，就问他打算怎么处理葛晋颂。

魏世瑶说："不知道，先关着。"

余天恩问："关到什么时候？"

魏世瑶说："关到我看着他就够了那天，拖出去砍了！"

余天恩吓得不成，说："后来的祸是葛佑安闯的，你砍葛晋颂的脑袋，这是张仇李报啊。"

魏世瑶一脸浑不懔的土匪气，说："余大夫，你跟我摆大道理不是？"

余天恩辩解道："我就觉得，不管什么事情，都要一码归一码。"

魏世瑶冷笑，说："一码归一码？迎亲没迎来老婆是我没能耐，我爹上啥吊？警备队要抓的是我，拿我娘逼我算怎么回事？"

魏世瑶一脸恼怒之气，余天恩就不再说什么，等吃完饭，说想见葛晋颂一面，魏世瑶虽不情愿，但还是让一土匪带他去了。

柴房四面透风，葛晋颂只穿了一层棉衣，冻得脸色发乌，一见着余天恩，泪就掉了下来。余天恩看着心酸，但也不知该如何安慰，只让他放心，家里，他会帮着照应，让他再忍耐些日子。

这次被抓上岛的原因，葛晋颂已从六子那儿知道了，自觉生路渺茫，让余天恩不必在救他出岛上费心思，兵荒马乱又是饥荒年间，能帮他照拂一下家人就已感恩不尽。因为冷，他说话时，牙齿总打架，话哆嗦不成句，余天恩看着心酸，脱下棉袍，从木笼子缝里塞进去，让他披上，多少也能挡点儿风寒。

脱下棉袍的余天恩里面就剩了件薄棉袄，也冻得一个激灵。葛晋颂不要，从木笼缝往外塞，余天恩生气了，说："我和你不一样，再冷，也就一天半天的事，也冻不出人命，你要在这儿熬着，你得有命熬到魏世瑶放你走的那天！"

葛晋颂知道他是真心实意，就没再坚持，把棉袍披在身上，马上就感到了被春天拥抱的温暖。

余天恩问葛晋颂有没有口信往家捎。葛晋颂让他告诉金送子，让她放心，在岛上有六子偷偷照应，他不遭罪，如果年除夕他还没回家，就别等了，带孩子去逃荒，等日后有机会，送孩子们去读书，不能当睁眼瞎。

葛晋颂说话的时候，表情平静而黯然，像自知将死交代后事。身为郎中，类似场景余天恩见多了，不由得辛酸，让他放心，话他一定捎到，但让他要有信心，他出得去，家也能回，只是魏世瑶还在气头上。

葛晋颂也这么希望，虽然人活在世有很多不易，但他还是想活着，把为人夫、为人父的责任承担到底。

余天恩说会的。

魏世瑶派人送余天恩出岛，余天恩不死心，又试探魏世瑶，可不可以让葛家出赎金，放葛晋颂一马。魏世瑶拒绝得斩钉截铁，问余天恩："父母的命，是可以拿钱买卖的吗？"

余天恩知道不能再说了。

两天以后，葛佑安就划着一条破船上岛了，在与魏世瑶沟通未果后一头撞死在魏世瑶门前的拴马石上了。

葛佑安撞死的第二天上午，六子看见几个土匪拖着一具尸体往树林深处走，以为某个患病的土匪死了，跑过去看，却发现是葛佑安，问怎么回事。一土匪说这老糊涂，划条破船跑到岛上，要拿自己的老命换葛晋颂的性命，让大当家骂了一顿，就一头撞死了。

想想往日里那个喜欢扮秀才的葛佑安，总做连个西瓜都抱不起的文弱样，竟也能跑到岛上找土匪换侄子的命，换不成一头撞死，是何等的悲壮！六子心下大恸，跑去告诉葛晋颂。葛晋颂对葛佑安曾有的怨恨，像崩溃的雪山，稀里哗啦坍塌下来，大哭一场，托六子夜深人静的时候给葛佑安烧点儿纸钱。

葛佑安像只羞愤的老兔子撞死在魏世瑶门前的那天晚上，魏世瑶坐在门槛上，看着他因为死去而变得更加单薄的尸体，开始怀疑自己，到底算个好人，还是杀人不眨眼的乡间匪徒。

也正是这份自我怀疑，让他对葛晋颂下不了手。好几次，他站在柴房门口，一声不响地掏出手枪，瞄准葛晋颂的太阳穴。

阳光照在葛晋颂破碎的脸上，有种分外的温柔，葛晋颂定定地看着他，看着黑洞洞的枪口，也笑笑，无声的，没有半点儿怨怼情绪。魏世瑶的扳机就扣不下去了。

他一次次地来，一次次地拔枪，一次次地和葛晋颂对视之后，收枪而去。

很久很久的后来，当魏世瑶像温良的妹夫一样，把葛晋颂请到家里，泡上茶，说起往事，葛晋颂问："当时你为什么不杀我？"他眯着眼睛，望着穿窗而过的阳光，说："杀一个体面从容的人，比杀一个鬼哭狼嚎的人难多了。"

余天恩回来，先去了金送子家。他单衣薄衫地站在瑟瑟的寒风里，说："鸿飞娘，我没本事。"其实，一看见他，金送子就知道余天恩这趟白去了，因为他的棉袍不见了，一定是留在岛上给葛晋颂御寒了，如果魏世瑶会松口放葛晋颂，他就不会如此。

金送子的绝望犹如万马奔腾，化作泪从眼里跳出来，坠落在被冻僵的土地上。

余天恩不忍雪上加霜，岛上的事，尽拣好的说，说六子把葛晋颂照顾得不错，现在是饥荒年间，葛晋颂在岛上的伙食比在家好多了，至少一天三顿能吃上窝窝头，没事的时候还有烟卷抽。金送子不信，说魏世瑶总不至于把葛晋颂抓到岛上当祖宗伺候着吧。

余天恩说魏世瑶是因为他娘投湖死了，心里有口恶气没发泄出来。

金送子生气，说又不是晋颂给按到湖里去淹死的！

余天恩这才想起来，魏世瑶再一次抓走葛晋颂，金送子至今不知为什么，踟蹰了一会儿，话到嘴边，又咽了回去，怕说了会加重金送子的绝望。因为这是杀母之仇，这份仇的轻重，是人就能掂量出来，心思围着魏世瑶母亲的死转了个圈，余天恩说不管怎么说，魏世瑶毕竟是土匪，是土匪就有常人难以理喻的地方。

金送子虽没读过书，可也是冰雪聪明的人，问："魏世瑶的娘为什么要投湖自尽？难不成是儿子当了土匪，让他娘在人前抬不起头？"

余天恩还是不敢说实情，就说大概是吧。

何桂枝在一边听了，就骂，说葛锦绣当年逃魏世瑶的婚逃对了，就魏世瑶这么一个不分青红皂白的人，嫁给他没好！他娘死了，该葛家什么事？他竟把一腔邪火撒到葛晋颂头上！骂完魏世瑶又骂葛佑安，说现在家里就剩他这么一个能拿主意的男人了，他却不知死到哪儿去了！金送子说，兵荒马乱的，人只要能平平安安地喘口气就已不易了，让何桂枝别咒他。

金送子把葛佑安背回来的半口袋黄豆磨成豆面，掺在地瓜蔓粉里做窝窝头，眼瞅着就要见底了，虽然德生偶尔会往阳沟里塞点儿罐头和压缩饼干，但不经常，也不能指望。有一天余天恩出诊，路过门口，进来坐了一会儿，葛鸿飞是男孩子，顽皮，消耗快也饿得快，家里又没得吃，就没精打采地躺在炕上看窗棂。余天恩怕饿出人命，就把葛晋颂托他捎的话跟金送子说了。

何桂枝就哭了，说："晋颂这是啥意思？觉得自己没指望了？"

金送子心如刀割，却没哭，怕眼泪一流下来就成了诅咒。她不信葛晋颂就这么没了，也不想让葛晋颂就这么没了，辗转思量一夜，决定去莱阳找葛晋天。

既然没人能说服魏世瑶，那么她就找人打服他！

她坚信，只要能找到葛晋天，依着他的火暴脾气，是绝不会让葛晋颂在峡山湖等死的！那天早晨，她蒸了一锅像驴粪蛋一样的窝窝头，晾好了装进口袋，背起袋子，说："鸿雁鸿飞你们在家好好听奶奶的话，我去莱阳找你们晋天叔。"

葛鸿飞问找晋天叔干啥。金送子说："找到你晋天叔你爹就有救了。"又跟何桂枝说，"婶，孩子就拜托您了，要是我过了小年还没回来，您就带着孩子逃荒吧。"说完，跪下给何桂枝磕了个头。何桂枝抱着她放声大哭，说："侄媳妇啊，你婶没那么大能耐，还得你回来，我和孩子哪怕吃土也在家等你。"

第二十八章

金送子一路打听一路往莱阳走，折腾了二十多天也没找到葛晋天，被好心人劝回来了，回到起风镇的时候，她变得又黑又瘦。德生迎面遇上她，要不是她眼泪唰地滚下来，德生都差点儿没认出她。

德生说：“送子，你怎么了？你怎么变成这样了？”

金送子就哭着把魏世瑶把葛晋颂绑到峡山湖，她去莱阳找葛晋天帮忙的过程说了一遍，说：“德生，我不想让我的孩子从小没有爹。”

德生说：“我知道，你别急，慢慢想办法。”

金送子说：“能想的办法我都想了，魏世瑶不要钱，就要他的命，我还能怎么办？”

德生沉吟了一会儿，说：“我帮你想办法。”

内心的悲愤无助让金送子顾不得街上人多眼杂，拉着德生的手哭，说：“德生，求你了，你一定要帮我，除了求你，我实在想不出别的办法了。”

路过的人诧异地看着德生和金送子，德生觉得尴尬，生怕再起闲话给金送子添麻烦，就悄悄抽出手，让金送子少安勿躁，先回家，他想想办法。

回到炮楼，德生辗转反侧了一夜，深知凭一己之力救不了葛晋颂，得借势。第二天一早，德生起身去县城找吉野好夫，说得到情报，盘踞在峡山湖上的土匪计划抢县大队的武器装备。吉野好夫不以为意，觉得土匪嘛，也就打家劫舍有本事，未必敢动到县大队头上。德生告诉吉野好夫，这拨土匪不是普通的土匪，他们已经在峡山湖盘踞好几年了，是专门和日本人过不去的国民党残部。因为他们，周围据点不得安生，仓库被抢，运送物资的火车过境被扒。县警备队曾两度出动，想剿灭这股抗日力量，但装备不行，攻不上岛。如今，土匪的弹药消耗差不多了，计划抢县大队的枪械库也不奇怪。

吉野好夫将信将疑，把唐华山叫来，问峡山湖上的土匪是怎么回事。

唐华山率县警备队剿了两次匪都铩羽而归，生怕吉野好夫责怪自己无能，就添油加醋把事情说了。他告诉吉野好夫那些盘踞在峡山湖心岛上的人，不是土匪，是国民党的抗日队伍。他们装备精良，骁勇善战，经常袭击据点、抢劫过路火车，不仅打日本人，连亲日分子也不放过，如不剿灭，早晚得成心头大患，说着，还望了德生一眼，说因为德生给日本人干翻译，他家亲戚被这帮土匪弄的倾家荡产，人也被绑到岛上，生死未卜。

吉野好夫"哦"了一声，问德生是不是有这么回事？

德生救葛晋颂心切，就顺杆爬了，说是他表妹夫被绑了。

吉野好夫说既然这帮土匪专门和皇军对着干，就必须马上就地歼灭，以绝后患。德生怕日本人把葛晋颂也当土匪剿了，要一起去，吉野好夫答应了。

金送子回家后，想她在街上和德生说的话，她求德生帮忙，德生怎么帮？魏世瑶宁肯落草为寇都不肯投降皇协军难道会听一个鬼子翻译的？依着魏世瑶对鬼子的恼怒，就算德生有手枪，只身进岛，怕是没活路回来，她这不是害人吗？

金送子越想越不安，生怕自己慌乱中的求救害了德生。第二天，她特意去据点附近转悠，希望遇见德生，跟他说声，别把她的话放在心上，她不能为救自己的男人让他搭上性命。

可一连几天也没见德生出来，见她整天在这儿晃悠，据点里的鬼子都起疑了，眼梢总往她这边瞄。第五天，她特意蒸了一锅驴粪蛋窝窝头码在篮子里，在进出据点的必经路口摆摊，卖到中午没剩几个了，正想是不是再等一会儿，就听葛鸿雁呼哧呼哧跑过来，说："娘！娘，我爹回来了。"

金送子心头一喜，手脚都软了，傻了似的一遍遍问葛鸿雁："真假？"

葛鸿雁说："真的，我爹让我来叫你。"

金送子掐了自己腿一下，生生地痛，晓得不是做梦，挎起篮子，拉着葛鸿雁就往家跑。

葛晋颂真回来了，虽然破衣烂衫，但身上没多少伤，金送子顾不得孩子和何桂枝在身边，拉过他的手一遍遍问他是怎么回来的。

"说来话长。"葛晋颂简短说了四个字，就催她赶紧收拾东西，带着孩子和何桂枝走。金送子问："去哪儿？"葛晋颂说："去青岛，都说那边火车站和码头上有活路，不能窝在家里等着饿死，再就是魏世瑶也有可能卷土重来，所以一刻也不能耽误，必须收拾收拾马上走。"

何桂枝坐在炕沿上哭，说："咱走了，你叔回来上哪儿找咱去？"

葛晋颂心里轰地涌上一阵滚烫的难过，说："婶，别等我叔了，他回不来了。"

金送子奇怪："你见着咱叔了？"

葛晋颂说："没见着，但知道。"听说有葛佑安的消息，何桂枝以为他是找到享福的地方不回来了，骂葛佑安是个不着调的，他不喜欢东集赶了西集赶嘛！有本事他死了也别进葛家祖坟，东游西荡做他的活神仙去！

眼泪不停地从葛晋颂脸上往下滑，金送子知他心里有事，但也顾不上问，手脚并用地收拾东西，仿佛稍一耽误，魏世瑶就会杀个回马枪，再度掠走葛晋颂。

何桂枝不依不饶，问葛佑安到底在哪儿享清福呢。家里最难的时候出去躲清闲，看她不骂他个狗血喷头！

何桂枝气势汹汹，葛晋颂知道不说过不去，就说："我叔在峡山湖。"何桂枝大吃一惊："他去把你换出来的？"葛晋颂说："不是，我叔上岛，是有这意思，魏世瑶不答应，我叔……我叔就在岛上寻了短见。"六子跟葛晋颂说过葛佑安撞死在拴马石上的惨状，脑浆都出来了，溅得到处都是，麻脸土匪提了七八桶水才刷干净。他怕何桂枝受不了，隐去了葛佑安死状的惨烈。何桂枝坐在炕沿上，喃喃地说："我一天到晚咒他死，果然把他咒死了。"然后问葛晋颂，"你说我这嘴咋就这么灵呢？"说着，扇了自己几嘴巴。葛晋颂抓住她手腕，说："婶，别这样，我叔在天之灵看见了会难受的。"

何桂枝一边哭一边骂自己不是东西，一口气把自己男人咒死了。

金送子虽不知道葛晋颂是怎么从岛上出来的，但知道魏世瑶随时可能回来把他绑走，就手脚飞快，把吃的、用的、穿的分别打了几个包袱，绑到板车上，葛晋颂把哭起来没完的何桂枝也抱上去，拉起来就走。

天黑下来，路上只有辚辚的车轮声，离开了高密地界，葛晋颂心里松弛了不少，金送子问他是怎么从峡山湖逃出来的。

葛晋颂五味杂陈，不知该从何说起。

第二十九章

如果有可能，这一辈子葛晋颂都不愿跟人提起他是怎么从峡山湖逃出来的。

是因为鬼子。

有天晚上，鬼子突然袭击了峡山湖湖心岛。当时，葛晋颂蜷在棉袍里睡着了，突然，一枚炮弹落在外面，震得柴房晃了几晃，火光冲天而起，周围的树木被点燃了，发出“噼噼啪啪”的燃烧声，浓烟四溢，呛得他喘不上气，岛上的土匪也被炮弹炸醒了，吆吆喝喝地跑出来，抱着枪往码头跑，稀里哗啦的拉枪栓声此起彼伏。

混乱中，他听有人喊：“是鬼子，鬼子的炮！”

枪声大作中，越来越多的地方开始燃烧，整个岛都烧红了，熊熊的火光中，人影穿梭、跳跃，有的人跑着跑着一跟头栽倒在地，再也没爬起来。

柴房顶烧了起来，噼噼啪啪的，檩条烧成一条火龙掉下来，搭在笼子上，炙烤着他的皮肤，他再也不冷了，燥热得满头大汗，他拿脚拼命地踹木笼子，脚都踹痛了麻木了，笼子还是纹丝不动，他绝望了，以为自己必死无疑，想到家里的老婆孩子，求生本能迫使他一边大喊救命一边继续踹笼子。

土匪们自顾不暇,没人管他这阶下囚。

他看见柴房外的土匪边打枪边喊都往北码头撤退了,正当葛晋颂觉得自己死定了时,六子拿着一把斧子冲进来,他躲闪着房顶上掉下来的火跳到笼子前,让葛晋颂别怕,挥斧就砍木笼子。

葛晋颂说,他这辈子,从没觉得时间这么慢过,也从没像那一刻一样全心全意地依赖信任过一个人。

六子砍开木笼子上的两根木头,葛晋颂身上已经开始着火,六子把他拖出来,拖到门外,抱着他就地打了几个滚,压灭了身上的火,又拉起他往外跑,跑出去不到十步,柴房就塌了。葛晋颂说看着燃烧得红彤彤的坍塌下去的柴房,腿都软了,耳朵什么也听不见,仿佛整个世界都是无边无际的树林在燃烧和拉着他奔跑的六子。当他们跑到北码头,魏世瑶他们撤离的船只已划出去好远,荷枪实弹的鬼子正在陆续登岸。葛晋颂既绝望又愧疚,愧疚六子为了救他失去了逃跑的机会,正当他捶胸顿足地懊悔不已时,六子折了两根芦苇,把两头折去,自己叼一根,给他一根,拉着他跳进了湖里。

魏世瑶他们驾船逃走的时候,把湖里的薄冰撞开了,北风荡漾着湖水,冰块在水里发出轻微的咔嚓声。湖心岛码头,其实是几棵倒在水面上的柳树,六子拽着葛晋颂潜到横在湖面的树干底下,把芦苇管伸到湖面,收声屏息地挨着。

天渐渐亮了,一百多号鬼子端着枪,把十几亩大的湖心岛梳了一遍,受伤没来得及逃走的土匪,被发现后都补了刺刀。

整个上午,岛上惨叫声此起彼伏,虽浸在水里,可冷加上惊恐,葛晋颂的头皮都是麻的,能感觉到头发一根根站着,坚硬如铁,犹如刺猬。隔着水,他看见六子一次次把脸露出水面,张大了嘴巴,发出无声的悲吼,冰冷的湖水温柔地荡漾着,涌进他的嘴里,又被悲伤推出来,泪也不停地往外涌,无声无息,汇入峡山湖。怕六子忍不住冲出水面，葛晋颂攥住他的手，像要把六子的手骨攥碎一样地攥了又攥，唯恐他冲出水面送死。

搜完岛的鬼子在码头集合。一个看上去像长官的鬼子，清点完人数，突然环顾左右，用生硬的中国话喊道："德生君！德生君！"

葛晋颂一愣，从树底下悄悄探出头看。

鬼子长官跟几个鬼子兵叽里呱啦说了几句话，鬼子兵"嗨"一声转身往岛上跑。

葛晋颂想应该是德生也来了，鬼子这是要集合撤离，却发现缺了德生。

几个鬼子用中国话喊德生君的口音和他们的长官一样生硬，端着上了刺刀的枪，挑开被炮火轰得东倒西歪的灌木，东张西望，其他鬼子开始列队登船。六子见葛晋颂忍不住浮出水面，怕被登船的鬼子发现，忙在水底下往下扯他。

登船的鬼子划船离开，无数根船桨搅在水里，搅起了水底的淤泥，码头上的水混浊了起来，葛晋颂眼前像隔了一层混浊的浓雾，看不清岸上的情况，听桨声渐远，两人壮着胆子把脸浮出水面，大队鬼子已离开了一段距离，码头上还有艘小船，岸上依然有生硬的德生君的呼喊声，葛晋颂猜小船是给去找德生的几个鬼子留的，就探出头，仔细观察了一下，从水底潜游过去，想爬出水面解小船的缆绳，被六子从背后一把拖住了。

"你干什么？"六子从水里钻出来，满脸水，一说话嘴里就往外喷白汽。

葛晋颂恨恨地说："王八蛋！有本事他们游回去！"

"你疯了？让王八蛋们赶紧滚，我还得上岛看看有没有幸存的兄弟。"

正说着，突然听几个人吵吵嚷嚷走过来，是几个鬼子和德生。

德生在岛上找了一圈也没找到葛晋颂，担心他被日本人打死了,就一具具尸体翻看,确认没有葛晋颂后心里才略微踏实了些。几个鬼子见大部队的船走了,不高兴地冲德生嘟囔了几句什么。其中一个鬼子发现了小船,挥了一下手,自己先跑起来,跳上去,解开缆绳,招呼另外几个鬼子上来。德生没找到葛晋颂,心里没底,临上船了,还一眼又一眼地往岛上瞄。

六子见葛晋颂盯着德生看得眼珠都不转,就小声问怎么了。等德生和几个鬼子划着船走远了,葛晋颂才从水里冒出半个身子,说:“那是个中国人,我认识。”

六子说:“汉奸啊。”

葛晋颂“嗯”了一声,说:“娶了个日本老婆,给鬼子当翻译,准料汉奸。”

两人从湖里爬上来,水顺着衣服哗啦啦往下流,风一吹,六子冻得跳过来跳过去地骂娘。葛晋颂找了一棵倒下去却还在燃烧的大树,招呼六子过来烤衣服。

六子站在熊熊燃烧的大树旁,被烤得全身冒着白烟似的水蒸气,渐渐暖和过来了,搓着手让葛晋颂讲讲汉奸德生的故事。葛晋颂没说德生和金送子的那段感情,只把他是送子娘家的地界邻居,后来去了青岛,在日本店里做学徒,娶了日本老婆,又被老婆逼着当了鬼子翻译的事大体说了一遍。六子啐了一口,说:“说啥老婆逼的?!就他娘的没骨头,日后别落老子手里,要不然老子要他好看。”

他们偎着树干把衣服烤干,围着岛转了好几遍,找幸存的土匪,每找到一个,六子都扑上去,又拍又晃又吆喝,好像只要他使足了力气,就能把死去的土匪从阎王殿喊回来。葛晋颂看得难受,去拉他。六子不停地哭,哭得鼻涕老长,哭着历数他和死去的土匪的交集。

是啊,想想这些土匪,在这与世隔绝的小岛上,相依为命、苦乐与共里,这份交情不见得比同胞兄弟浅,葛晋颂陪着呜呜痛哭的六子找到了一具又一具残破不堪的尸体,又一具具抬到一起,一共五十七具尸体，六子跪在那儿哭得像个孩子。虽然吃尽了土匪的苦头，可看他们死状如此惨烈，葛晋颂心里还是很难受，就默默去找了把铁锨，默不作声地挖坑。

六子哭够了，也找了把铁锨，和他一起挖。

挖到天黑，才把五十七个人的坑挖好，又一具具抬进去，掩埋好时已是下半夜。

葛晋颂和六子围着岛转了一圈，找了些烧残的木板和树干，剥了些树皮当绳子，扎成个木筏，拿两块破木板当桨划出湖心岛，再回头去看，岛上火虽熄了，但依然狼烟阵阵，像只巨大的露天火盆。

葛晋颂唏嘘，原以为要死在岛上无疑了，阴错阳差，竟被鬼子救了出来。

六子要去找魏世瑶，依着魏世瑶的脾气，兄弟们五十七条性命的血海深仇他不可能不报，他去也算添把手。

葛晋颂跟金送子讲这段时，已经走到胶州境内了，何桂枝听得惊恐，问葛晋颂知不知道葛佑安被埋在什么地方。葛晋颂说知道，六子告诉他了。何桂枝说："等天下太平了，去把你叔的骨殖移到祖坟里去，不能让他在外面当孤魂野鬼。"

葛晋颂说："肯定。"

金送子一直没说话，葛晋颂当她吓着了，问她想什么呢，金送子恍惚说："在想人这辈子。"葛晋颂问："人这辈子的啥？"金送子说："人只有大难临头的时候才颠沛流离，富足的安稳日子过着时谁挪窝儿？"

葛晋颂也"嗯"了一声，继续拉着车往前走。

其实金送子在想：德生去峡山湖干什么？鬼子为什么会突然去打峡山湖？难道是因为她求德生帮忙救葛晋颂，德生就说服鬼子去峡山湖剿匪了？

金送子越想越害怕，不管德生用什么理由说服鬼子去峡山湖剿匪，目的肯定是为了救葛晋颂。以葛晋颂的脾气，虽然他恨土匪，可因为土匪抗日，就不再是一般的土匪，是有血性的热血男儿。如果他知道鬼子去峡山湖剿匪，是因他而起，他一定宁肯自己死在湖心岛，也不愿意那五十七个抗日土匪因此而殒命。

金送子心里忐忑，又不敢跟葛晋颂说，只能一声不吭地帮着推车。

沿铁路线走了十几天，走到大港，何桂枝说闻到鲜鱼味了，说完，站在街边的风里，使劲儿喘气，好像刚出锅的鲜鱼会随着呼吸进到她嘴里。

葛晋颂找户人家敲门借碗热水喝，顺道问路，知道再走就到栈桥、到海里了，怎么办？

青岛的冬天和高密的冬天不一样，高密是干冷干冷的，寒风吹到脸上，像撒了一把冰冻的梅花针。青岛的冷，潮乎乎的，无边无际，冷雾浸润，一点点往骨头里渗，何桂枝和孩子们受不了，瑟缩在板车上的被窝里不敢露头。葛晋颂决定就地安家，没房子，就在大港火车站的桥洞子里凑合了几晚上。

逃荒要饭的太多了，桥洞子里天天晚上打得头破血流，就为了抢一溜儿能躺下去的地方。葛晋颂扶老携幼，桥洞子不是省心地方，就把板车拖到劈柴院卖了，在小鲍岛租了两间厢房，又上街捡了几块木板和方砖，就地支起来当吃饭桌，算是安下家了。

初来乍到，一家五口大眼瞪小眼，寅吃卯粮，卯粮还不知道在什么地方。日子恓惶，金送子像热锅上的蚂蚁，每一粒米、每一撮面都要精打细算着吃，葛晋颂要出去找事干。金送子愁，说："人生地不熟的，你能找啥差事？"

葛晋颂说："我识字，会算账，青岛满大街的店铺，就算当不了掌柜的，当个伙计也好。"

葛晋颂花了四五天的时间，从辽宁路走到中山路，铺子走了不下五十家，倒是有要打杂的，可工钱少得刚够一家五口人喝粥的，一天两天行，如果天天喝粥，长此以往，人就虚脱了，到时候，怕是连煮碗粥的钱也挣不来了，他只好打个转身出来，兜兜转转地就走到了临清路。

临清路的门面比中山路和辽宁路上的门面气派，铺子招牌上的字半生不熟的，葛晋颂一边纳闷这是哪国语言一边进了卖瓷器的铺子，问要不要伙计。

老板穿着宽大的衣裳，像戏文里的人，抬眼看了葛晋颂一眼，阴着脸咕噜了一句。葛晋颂虽然听不懂，但起风镇上住着鬼子，他听出来是日本话，心里一咯噔，转身走了，回家问邻居："临清路上的铺子咋是日本人开的？"

邻居说临清路和聊城路上的铺子都是日本人开的，除了给日本人做事的汉奸，中国人平时都不去。

葛晋颂说："怪不得呢。"邻居问："怎么了？"葛晋颂说去临清路上找事做了。邻居大吃一惊，问日本人凶没凶他。葛晋颂回想了一下，虽然日本老板的话他听不懂，但从他沉着的脸上看，肯定不是好话，就说应该是凶了吧。

邻居说被拿嘴凶一顿算他运气好，街上拉脚送货的，都不愿往这俩地方去，因为不知啥时候运气不好，碰上横的，挣不到钱不说，搞不好还得挨打，找警察，理不一定找回来，说不准还得再挨顿骂，警察见了日本人就跟见了祖宗似的，根本不给咱中国人撑腰。葛晋颂就想起了唐华山，气得不行，说："这不没中国人的活路了？"邻居让他别愁，青岛是港口城市，运出运进的货，都堆在码头和火车站上，搬搬扛扛的都需要人力，让他去码头和火车站看看，只要身子骨壮实，肯下力，保准有饭吃。

葛晋颂从没想过自己会沦落到靠出苦力吃饭，可一家人都指望着他，也只能如此，第二天跟邻居去了码头，工头见他壮实，二话没说就留下了。

码头上的活儿，清一水的是扛大包，葛晋颂没觉得多难，葛家没败落的时候，一年收两茬，一茬麦子一茬豆子，都是他领着雇工一麻袋一麻袋扛上车拉回家的。可等他在码头干上活儿时，才知道这和在陆地上扛麻袋不是一回事，在陆地扛麻袋，每一脚都是踩在地上，踏实，有数，在码头上扛大包，不能使傻力气，因为船会晃，廊桥也会摇，比在陆地上扛大包，要多使两份的力气，一天大包扛下来，人累得就傻掉了，觉得自己都不是人了，像牲口。回家往炕上一躺，像散了捆的柴火。金送子看着心疼，让他别干了。葛晋颂说："不干吃什么？"

金送子闲不住，见有人端着针线笸箩在路边给人缝穷，觉得也是条路，就糊了个针线笸箩，买了各色的线和布头端到街边坐着，一天竟也能挣几毛。

所谓缝穷，都是穷人的衣服，破得不能再破了，才抽点儿空闲，找个缝穷婆当街坐下来，衣服都不必脱，穿在身上让人给缝补好，所以，山东有个风俗，衣服破了、扣子掉了，要缝补，一定要脱下来，倒不是怕穿着缝真的会缝穷，是图个吉利，因为只有穷得没衣服替换才穿在身上缝补。

但凡来缝穷的人，都奔在穷忙的路上，金送子勤快，从不拖活儿也不磨洋工，不耽误来缝穷的人干活儿，再就是手艺好，针脚细密，不糊弄人，金送子在辽宁路上缝了一年穷，就缝出名气来了。别的缝穷婆那儿没活儿干，她的摊前却有人排队，金送子得意得很，跟葛晋颂炫耀。

葛晋颂就笑，说："你再有名有啥用？就是贩夫走卒嘴里的名声，还能把你捧上天？"

金送子想想也是，却并不泄气，说再干一阵，攒点儿钱，租个楼梯间，有门面了，外人看着也体面，要不然只能蹲在马路牙子上挣穷人的小钱。

葛晋颂说:“志向不小,还开铺子呢,母鸡要打鸣啊?”

金送子说“那是”。葛晋颂没再吭声。金送子就在被窝里絮叨,说有钱人家的衣服也缝补,尤其是好料子衣服,剐了、蹭了、磨破,都缝补,手工费高,但不会找蹲马路牙子的缝穷婆,其一他们瞧不上缝穷婆专门缝补穷汉衣服的粗枝大叶手艺,其二也觉得不体面,都送铺子里缝。

第三十章

金送子记得德生说他大舅哥的布店在聊城路上，缝穷的时候跟人打听，知道聊城路都是日本人开的店，中国人在那儿不受待见。可金送子还是不死心，有天收摊早，特意绕过去看，发现聊城路真的和别的街道不一样，门面干净整齐，不管是走在街上的男女还是门面，都透着日本味。走在街上的男人昂首阔步的，像刚刚打过鸣的公鸡，女人迈着小碎步，颔首垂面，像戏文里的青衣走台。金送子东张西望，不小心差点儿迎面撞到一个日本女人怀里，日本女人闪了一下，金送子也闪了一下，道歉说对不起，和日本女人一起的男人粗声大气地说了句“八格牙路！”

金送子打小胆大，虽不懂八格牙路是什么意思，可看日本男人脸上的表情，知不是句好话，在心里回骂了一句，匆忙走了。

聊城路上一共三家布店，有家专门卖东洋丝绸的，金送子进去看了一眼，就出来了。因为德生说过，老板是去进土布的路上救的他，那么，他舅子哥的店，肯定也卖中国土布。还有一家专门卖杭州丝绸。第三家卖各种各样的棉布，有东洋棉布、中国土布，老板虽会说中国话，但语调怪怪的，说中国话的时候，总有在努力拐弯拐不过来的感觉，估计就是这家了。后来，她又打着买布头的名义进去逛了几趟，店面挺大，格局跟葛家酱铺差不多。前面是店，有后门，后门出去是院子，院子再往里是住家。在店里能听见后院里有孩子玩耍和大人说话的声音，叽里呱啦的，都是日本话。有一次，金送子还看见德生的老婆孩子了，他儿子背了个小书包，他老婆领着儿子，送他上学的样子。晚上回家和葛晋颂说，葛晋颂问："你跟他们说话了？"金送子说："没有，说了他们也听不懂。"

葛晋颂很不高兴，说："能听懂也不许说！"

金送子知道他因为在峡山湖看见德生了，把德生当成了日本人的帮凶，更加硌硬他，她就一边给他捶背一边小声说："不说不说，看把你气的。"

葛晋颂又道："以后不许去聊城路！"

金送子不想惹他动气，连忙答应，让他放心，以后她保准不再踏上聊城路半步。

这年秋天，金送子想开间缝补铺子的钱，终于攒够了，铺面是早就看好的，很小，是门洞里的楼梯间，只能放下一张缝补的案台和一把杌子，但从此不用再风吹日晒了，还能接价格高的精细活儿，金送子心满意足。

有一天，她正架着撑子织补真丝旗袍，听外面噼里啪啦的，好多人在跑，像发生了啥了不得的大事，也忙放下撑子跑出去看。

大街上，男女老少从四面八方的胡同里、店铺里跑出来，像听到号令一齐出洞的老鼠，往大庙山跑。

金送子让他们跑得莫名其妙，拽住一个人问："这是要干啥呢？"那人边跑边说大庙山上的日本神社拆了，让金送子赶紧锁门去，看有没有家里能用得上的。

金送子愣了，大庙山上的神社怎么会拆？日本人宝贝得要命，还派人守着，跟过去有钱人家请人守祖坟似的，神社门口的大台阶中国人都不能靠前，现在居然拆了！

金送子锁了门，跟着人群往大庙山跑。

人还没到，就见大庙山上尘土飞扬，伴随着轰隆轰隆的倒塌声，还有人拿着斧头在砍路边的樱花树，说是砍回家烧火。

金送子瞠目结舌，拼命想：大家是不是吃熊心豹子胆了？大庙山以前不叫大庙山，日本人在山上盖神社供奉他们的战神祖宗。在中国老百姓眼里，神社就是庙，又很大，就把这山叫大庙山了，意思是山上有座庙。神社门前是用长石条铺了108级大台阶，台阶下面是条长约半里路的宽阔马路，路的两边栽着樱花树，春天一来，就开成了一树一树粉色的轻盈的云，金送子觉得好看。可葛晋颂却不这么认为，说樱花再好看也是日本人抹在中国人脸上的灰，就像一个姑娘让人糟蹋了，怀孕生下的孩子，再聪明漂亮他也只能象征着耻辱。

葛晋颂曾说过，大庙山上的神社就是日本人的祖坟，现在竟给拆了，树也给砍了！金送子觉得这世道要变，问旁边一个拉黄包车的，这到底是咋回事。拉黄包车的兴高采烈地说："日本人投降了。"

金送子就想起了德生，不知他会不会跟着老婆去日本，有天去送活儿，路过聊城路，她顺脚拐过去看了一眼，如果有可能的话，想打听打听德生的消息，因为她一直有个不能与人道的心结：到底是不是因为她求他，他才带鬼子去围剿峡山湖的？

聊城路上的店铺都关着门，有的橱窗被砸破了，牌匾也被拽下来了，在风中一荡一荡的，流露出末路的凄凉。德生大舅哥的布店，门被刨开一个破洞。金送子趴在洞口往里看，昔日琳琅满目的柜台已空了，因为经常拖拽布料，木头柜台的棱角，已在天长日久的摩擦中包浆了，在幽暗中散发着木器的微光。

铺面后面的院子，也安静如深山之谷，风刮开了店铺的后门，能看见店铺后的院子落了一地活蹦乱跳的麻雀，叽叽喳喳地跳来跳去。金送子趴在洞口上看了一会儿，晚上，跟葛晋颂说起德生，问：

“你说德生会不会也去日本？”

葛晋颂仿佛懒得提这个名字，装了一袋烟，才说：“他爱去不去。”

金送子又问：“他娶了个日本老婆，算不算日本人？”

葛晋颂吧嗒了一口烟，悠悠地说：“算汉奸。”

金送子喃喃地说：“汉奸啊……”眼神虚虚的，几乎不敢看葛晋颂，说，“汉奸的话，如果不去日本能怎么着他？”

葛晋颂“哼”了两声，说：“吃里爬外的东西，肯定得枪毙。”

金送子吓得半天合不拢嘴：“他又没杀人放火，咋就得枪毙了？”

葛晋颂“哼”了一声，说：“单他带着鬼子围剿峡山湖，就够他死五十七次！”

金送子的心跳得像要从胸膛里蹦出来，结结巴巴地说：“要不是鬼子围剿峡山湖，你这会儿还能不能活在世上都不好说。”

葛晋颂拿烟袋把痰盂敲得咚咚响，大声说：“我宁肯死在峡山湖！”

金送子吓得就不敢说话了。

果然，那年冬天，全国开始清理汉奸，根据罪行大小，有的被送去坐牢了，有的被枪毙了。大沽河滩上，没人收的尸体都是汉奸，家里人怕受牵连，不敢去收尸，也不敢埋进祖坟，怕祖宗脸上无光。

那段时间，金送子听到的，全是谁家谁谁谁，前几年投靠了日本人风光无限，现在去坐牢了，再要么谁谁谁被枪毙在大沽河滩上喂野狗了。每每听到这些，金送子都会双手合十，祈祷德生已跟老婆去了日本。有时候，葛晋颂见她神神道道地在那儿烧香，就问她又拜哪一路神仙呢，她都胡乱支吾，绝不敢提德生半个字，唯恐一不小心说漏了嘴，让葛晋颂知道了他是被日本鬼子救出来的。

转年清明，葛晋颂回高密，去峡山湖起葛佑安的尸骨，遇到六子，他穿一身国民党军装，正在给死在峡山湖上的五十七个土匪烧纸，听见脚步，飞快拔枪回头瞄准。葛晋颂说：“六子，是我。”

六子收起枪，凝重地看着他，叫了声“葛掌柜”。

葛晋颂走过去，从地上捡了根树枝，和六子一起烧纸。三年过去，湖心岛的树又长起来了，郁郁葱葱地冒出了新芽，被烧塌的房子残垣断壁地横着，新芽密布，破败中透着生机盎然。两人谁也没说话，只有火苗跳跃着，像温存的老狗，舔着他们的手和脸。

一阵风从湖面上跑过来，扬起刚刚熄灭的纸灰，黑蝴蝶一样漫天飞舞。

六子和葛晋颂情不自禁仰天去看，看它们摇摇晃晃地飞起又摇摇晃晃地坠落。葛晋颂问：“你找到魏世瑶了？”

六子说找到了，说完，掏出一盒烟，递给葛晋颂一支，点上。两人默默地抽了一会儿烟，六子变了，不像以前那么活络了，仔细看，眼里竟有了些暮气，葛晋颂想：是打仗打的吧？在战场上见过太多鲜活的生命惨烈地戛然而止，难免苍凉，问他这几年过得怎么样。

六子说：“当兵的，还能怎么样？还不就是打来打去？原以为和日本人打完了就可以过太平日子了，谁知道又跟共产党干上了。”

葛晋颂说：“是啊，有啥意思。”问他当年是怎么找到魏世瑶的。

六子说从峡山湖逃出去后，魏世瑶就剩了八十多人，走到寒亭那儿，遇上国民党 73 军李天霞的队伍，被李天霞收编了，以前打日本，现在跟共产党打。

葛晋颂说：“真打啊？”

六子说：“真打，你死我活的。”

葛晋颂问他觉得谁胜算大。六子摇摇头，说过一天是一天吧，又问葛晋颂在青岛干什么。

葛晋颂说在码头扛大包。

六子吃惊得不行，抓过他的手打量，果然粗糙，手掌上的茧子有半个铜钱那么大。葛晋颂让他看得不好意思，抽回来，说：“兵荒马乱的，没当汉奸也能吃上饭，就是体面活法了。”

六子说“也是”。两人又默默地坐了一会儿，六子说魏世瑶的队伍有可能往青岛开拔。葛晋颂说好啊，到时候去家里坐坐，说完，跟六子说了住的地方。六子说魏世瑶领他去过青岛，太大了，路都上坡下坡，横七竖八，不好记。葛晋颂说：“你要记不住，就去码头找我。”六子说“成”。

见天色已不早，葛晋颂起身，说还要起葛佑安的尸骨，再不干怕是天黑前出不了岛了。六子要帮忙，葛晋颂说又不是多好的活儿，晦气，还是算了吧。六子说，在葛家当了十多年伙计，和葛佑安也算朝夕相处，情分还是有的，哪儿有什么晦不晦气。说着，抄起三年前和葛晋颂挖坑的铁铲，找到埋葛佑安尸身的地方，没挖两锹，铁锹把就断了。

葛晋颂说：“你看，这是我叔不好意思劳动你呢。”

六子说：“啥不好意思劳动我，是铁锹把风吹日晒了三年朽掉了。”说着，把旁边一棵小树踹断，从腰里掏出匕首，削掉树枝，按在铁锹头上继续挖。

六子做这一切的时候，利落而决断，仿佛变了个人，不再是过去那个六子了。

六子感觉到了葛晋颂的目光，抬头，看着他笑，问他怎么了。

葛晋颂笑笑说：“你和以前不一样了。”

六子用鼻子笑了几声，说：“让你隔三岔五地端着枪朝活蹦乱跳的人打，你也会变。”

葛晋颂点点头，问六子一共杀过多少个人。六子说不记得了。说这句话的时候，他一直低着头。

葛晋颂想：大约，他心里也是不好受的吧？毕竟无冤无仇的，就因为阵营不同，就要了对方的性命。

两人把葛佑安的尸骨起出来，装上船，六子突然说魏世瑶的部队还跟葛晋天的游击队打过一仗。金送子说过葛晋天在莱阳当共产党，为了救他，她还去莱阳找过。他没当真，觉得金送子是救夫心切，才听风就是雨的。现在，六子又说，葛晋颂就忙问在哪儿打的。六子说莱阳。

竟然是真的！

葛晋颂又惊又喜，可六子和葛晋天是冤家对头，接下来的话，就不知该怎么讲了。六子看出他的尴尬，打哈哈说没事没事，各论各的。

可葛晋颂还是伤感，所谓国共两党，说白了，都是中国人，如果不是葛锦绣逃了婚，葛晋天和魏世瑶就是舅子哥和姐夫动了刀子，他这做堂哥的，真不知道该拉哪个劝哪个，就问那一仗谁打赢了。

六子说："半斤八两，谁也没输谁也没赢。魏世瑶听说对方是葛晋天，当年抗日的锄奸队队长，就说这仗打得没意思，撤了。"

葛晋颂心下欣慰，回去把葛佑安葬了，又回镇上看望了余天恩。余天恩说唐立成的儿子唐华山因为干过县警备队队长，是汉奸，日本人一走，就被抓起来了，被判死刑枪毙了。唐立成是伪镇长，也是汉奸，但罪比较轻，被判三年徒刑，现在在大牢里，剩下的两个儿子和三个老婆，为了争家产打成了一锅粥。

葛晋颂又去看了看葛家老宅，现在改成了凤祥酒楼。唐立成在大牢里蹲着，酒楼没人管，关门了，迎街面的窗户都换成了彩玻璃窗，色彩艳丽，在起风镇灰蒙蒙的街上，像灰烬里开出的花朵，分外扎眼，其中两扇窗的玻璃已经被砸破了。葛晋颂趴在破洞上往里张望，桌子上蒙着厚厚的灰尘，椅子东倒西歪了一地，不由得心疼这座宅子，好好的就成了弃儿。

回青岛，葛晋颂和金送子说起风镇上的种种。金送子唏嘘，说人活在这世界上，还是要凭良心，要不然老天早晚给他好看。葛晋颂说对，拿不准要不要把葛晋天的事告诉何桂枝。金送子认为应该告诉，她是当娘的，肯定牵挂葛晋天。

第二天一早，金送子打发葛鸿雁姐弟俩上学，家里就剩三个大人，葛晋颂故作闲聊似的说起葛晋天，说夜里梦见他了。何桂枝没好气，说她上辈子一定是欠了葛晋天和葛锦绣的，这辈子他们来讨债，让她含辛茹苦拉扯大就一翅膀飞没了影！金送子说怎么会没影了，现在是兵荒马乱他们不方便找回来，等太平了就好了。

何桂枝说："太平？"自从她十几岁皇帝被轰下龙椅，这天下就没太平过。说完就哭，说什么时候才是个头啊。

葛晋颂安慰她说"快了快了"。何桂枝抽抽搭搭地说："好像你说了算似的。"说完，抹了泪，继续吃饭。葛晋颂说："真的，等国共两党打出个胜负来，差不多就太平了。"

何桂枝说："太平了他们就能回来？"

葛晋颂说："葛锦绣不好说，但葛晋天肯定回来。"

何桂枝抱着稀饭碗怔怔地看着他，眼睛一眨巴一眨巴的，这也是葛晋颂第一次发觉何桂枝老了。曾经的何桂枝虽好吃懒做，但眼神明亮有力，好像随时能把人瞅个扒皮抽筋，就连葛晋天这个浑不懔，跟何桂枝较起劲儿来，都是娘儿俩互瞪一会儿，葛晋天就摆出一副不和乡下妇女一般见识的姿态梗着脖子走了，其实，葛晋颂知道男人的那点儿小伎俩，在女人面前的那些不屑，大部分是来自自知不敌。现在的何桂枝，虽然保持了当年一样咄咄逼人的看人姿态，但两眼已暗淡无神，她努力瞪大眼睛的样子，像虚弱到皮包骨头的老虎，靠奓起一身毛来威慑敌人。葛晋颂心里不是滋味，放缓语气说有人见过葛晋天。

何桂枝还是一动不动看着他，好像要看穿他究竟是不是在诓她。葛晋颂就又重复了一遍，说"真的"。何桂枝的嘴瘪瘪的，就歪了，要哭的样子，稀饭顺着碗沿溜出来，洒到饭桌上，金送子忙给她扶正了，叫了声"婶"，说："真的，晋颂跟我说过了。"何桂枝推开她的手，把稀饭碗放到桌上，起身问："在哪儿？"好像抬脚出门就能找到。

葛晋颂说："在莱阳，听说都干上团长了。"

何桂枝怅然地倚在门上，说："莱阳啊，很远是不是？"

葛晋颂"嗯"了一声，说："两百多里路呢。"

何桂枝瞭望着门外的天，揉了揉眼，好像总算熬出头了，说："这混账东西，当官了咋就连自己的老娘都不记得了？"

葛晋颂说："他当的是共产党的官，不方便。"

何桂枝吓得一下子倚在门框，小步挪着往里屋躲，好像院子里有妖魔鬼怪，只要她声音动作稍微大点儿，就会一嘴把她叼了去。她说："晋颂，你两口子是不是嫌我吃饭多？"

葛晋颂不知道她为什么问这么句话，问："婶，您咋冒出这么句话？"

何桂枝说她听街上老太太说了，举报共产党的家属有奖赏，葛晋天都当官了，她这个共产党军官的娘是不是更值钱？葛晋颂笑得不行，说："婶，您想到哪里去了，我是那种人吗？"

何桂枝这才坐回到饭桌前，说："人过穷了，卖儿卖女的都有，卖个婶子才到哪儿。"

葛晋颂一番好心赚了个没趣，就不再说了。

从那以后，何桂枝好长一段时间不敢在街上露面，说是怕别人看出来她是共产党军官的娘。金送子就笑，说："共产党军官的娘脸上又没记号，咋能看出来？"

何桂枝说："你不懂，听说抽大烟的人上街，一眼就能看出来哪个人也抽大烟，家里有人干共产党的，肯定也能看出来。"

金送子问咋看出来的。何桂枝说不上所以然，说抽大烟的，脸上也没记号，可其他抽大烟的在街上见着了，一眼就能认出来，准准的，跟谁说理去？

后来，天气渐热，葛晋颂租的厢房是东西向，没有南北窗，青岛的夏天又潮又闷,她在家待不住,又不敢满大街跑,就去找金送子,坐在铺子门口看光景。

有一天,金送子正忙着修补衣服,何桂枝匆匆来了,站在门口,扶着门板大喘着气,一眼又一眼地看她,仿佛满腹心事又不知该从何说起。金送子问她怎么了,何桂枝说她遇上一个人。

金送子说:“您在青岛人生地不熟,能遇上谁?”

何桂枝说:“我遇到锦绣了。”说完怔怔地望着她,像陷入了迷茫,不知如何是好。

金送子也让她说愣了,问在哪儿。

何桂枝答非所问,说:“可她说她不姓葛也不叫锦绣,叫白丽丽,可我怎么看她都是锦绣。”

金送子放下针线,让她把来龙去脉好好说一遍。

何桂枝说来铺子的路上, 她看见一个女人站在粮店门口翻钱包,越看越觉得像葛锦绣,想上前问,女人进粮店了,她跟进去,站在身后,看女人买玉米面,等伙计算好账,她付了钱,把玉米面抱在手里,何桂枝才走上前说锦绣啊,娘可找到你了。

女人让她叫愣了,瞪着眼看她,看了半天,才说她认错人了,她叫白丽丽。粮店的伙计也说何桂枝魔怔了,说白丽丽是粮店常客,不叫葛锦绣。

金送子脑子轰地乱成一团,想起缝穷的时候,好多人跟她说过白丽丽。

白丽丽是里院一枝花,里院是青岛的“八大胡同”,在黄岛路上,一个院挨着一个院,四四方方,围成院子的不是墙,是木质的二层小楼。每层楼朝着院里都是一圈木走廊,窑子里的姑娘们站在走廊迎着进来的男人打情骂俏,男人相中了姑娘就跟她回房。白丽丽长得秀气,皮肤白皙细腻,在炕上风情万种,深得嫖客们喜欢。有个开油条铺子的男人,外号“油条王”,特别痴迷她,把攒了多少年的家底拿出来给她赎身，白丽丽看不上他，让老鸨子把价开得高高的，油条王赎不起，就一趟趟来嫖她，如果来的时候白丽丽正在接客，他都会号啕大哭。后来窑姐儿间争风吃醋打架，白丽丽的脸被毁了。不管白丽丽炕上的活儿多好，身子多白，可嫖客花了钱，还是不愿嫖个满脸疤瘌的窑姐儿，渐渐地，白丽丽就没了生意，只能干点儿洗洗浆浆打扫卫生的活儿。白丽丽得势的时候嘴上不饶人，失势以后，窑姐儿们自然不会放过她，说打就打说骂就骂，日子过得猪狗不如。油条王听说后，又去窑子里赎，被老鸨子狠狠敲了一笔，把他亲娘都气死了，可他不为所动，给亲娘办完丧事，马上就把白丽丽娶回了家。婚后，白丽丽跟着油条王在台东摆摊儿卖油条，台东靠近仲家洼，仲家洼地痞多，听说油条王娶了著名的白丽丽，就经常打着买油条的幌子摸她手或是轻薄她，油条王就骂。因为白丽丽，油条王没少跟人打架，直到有天晚上收摊儿回家，走到半路，油条王被人从后面拿麻袋蒙头挑断了手筋。断了手筋的油条王不能炸油条了，和白丽丽就没了生计。大家都以为白丽丽肯定会抛弃油条王，本来嘛，婊子无情，本来她就看不上油条王，要不是被毁了容，她就算老死在窑子里都轮不到油条王赎身。可时间一天天过去，人们以为会发生的事情没发生，最令人大跌眼镜的是，白丽丽重操旧业，卖身养着油条王。

这就是金送子听到的关于白丽丽的传说，一个很仁义的卑贱窑姐儿，住邱县路，重操旧业后夜晚游荡在码头附近，招揽浑身汗臭味的码头工人。

金送子问："婶，她是不是脸被毁了？"

何桂枝怔了一下："你咋知道？"

"我听说过她。"金送子犹豫怎么跟她说白丽丽是个窑姐儿这事。

何桂枝满脑子都是葛锦绣，根本就没想金送子为什么会听说过白丽丽，嘟嘟哝哝地哭个没完，说："就算脸毁了我也认得她！她手上有个疤，五岁的时候，被她舅舅抽烟时不小心烫的。"

“您看见她手上的疤了？”

何桂枝说：“看见了。她接玉米面的时候我看得真真儿的。”

金送子知道，肯定是了，当娘的和孩子之间有根无形的线，认不错。如果白丽丽真是葛锦绣，她不认何桂枝，可能是出于对身份的羞愧。

何桂枝说葛锦绣穿着绸子棉袍，看样子日子过得挺舒坦。

金送子说：“她不脸被毁了吗？”

何桂枝一愣，明白了她的意思，有点儿不高兴了：“脸毁了就不能过好日子了？”

金送子晓得她误会自己意思了，就笑笑，没说什么。

何桂枝又“哼”了一声，说：“钟无艳丑得能吓死一群人，还不照样当皇后。”

金送子说：“典故是典故，咱说的是锦绣。”

何桂枝说：“钟无艳是爹娘养的，锦绣也是，钟无艳有皇后命，我锦绣也有大富大贵命。”

金送子心想：还大富大贵呢，你要知道锦绣是个夜里站街卖身的，还不得羞得没脸见先人啊。但她又怕说出来太打何桂枝的脸，就说：“婶，穿绸缎袍子的，不见得都大富大贵。”

何桂枝听出她话里有话，瞪着一双能甩出匕首的眼，说：“你啥意思？”

再说，就到节骨眼儿上了，千言万语金送子都咽了回去，说：“唱戏的还穿龙袍戴霞帔呢。”

何桂枝就“呸”了一声，站起来，说：“你咋就不巴望她点儿好啊，锦绣咋得罪你了？”说完，跺得地噔噔的，走了。

金送子想起顾客说白丽丽在码头附近揽客，葛晋颂说不准听说过，晚上吃过饭，洗漱完毕上炕，金送子问他有没有听说过一个叫白丽丽的女人。葛晋颂警觉一愣，看着金送子，说：“你打听这个干什么？”

金送子知道他领会错了，以为她像多疑的妻子一样，怀疑自家男人和窑姐儿有一腿，在这儿敲山震虎呢，就笑，说："顺口问问，听说她很有名。"

葛晋颂端详她，见她眉眼温柔，不像怀疑男人在外面有女人的样子，就放松了下来，说："是有名，不过不是什么好名。"

金送子往葛晋颂身边蹭蹭，抱着他胳膊问："她都怎么个有名法？"

葛晋颂上炕躺下说："放着好好的觉不睡，问这些乱七八糟的干什么？"说完躺下了，一副我很累，你别拿这些无聊的话烦我的样子。

"我好奇。"金送子趴在他胸口上。

在码头上干活儿，都是出苦力的粗人，从早到晚扛着大包跳上跳下，累得像三伏天的老狗，只剩大喘气的份，歇工的时候卷支烟，什么脏话臭话都往外端，白丽丽就是最解乏的话题，不少人爱炫耀白丽丽是怎么勾引、怎么伺候自己，以及白丽丽在炕上怎么叫。总之，码头上的男人都感谢那个把白丽丽毁了容的窑姐儿，也感谢那个挑断了油条王手筋的混混。如果不是他们，他们这辈子休想睡到白丽丽。在嫖白丽丽这件事上，他们毫无廉耻。

不管他们说得多声情并茂，葛晋颂都不吭声，其一，他没嫖过白丽丽；其二，也不想嫖，觉得脏。所以，当白丽丽像一块鲜美的肉，在工友们嘴里滚来滚去的时候，他总是倚着墙，默默地抽烟，从不发表言论。

工友们就有自己花钱买肉被葛晋颂喝了肉汤的吃亏感，怂恿葛晋颂去试试白丽丽。葛晋颂问为啥要试。除了金送子，他这辈子不想睡别的女人，就兀自在嘴角挂起一抹笑，不说话。工友们起哄，说葛晋颂一定是偷偷睡过了，因为装惯了正经，在他们跟前不说。葛晋颂说没有。工友就指着他嘴角的笑，说："那你笑什么笑？"

葛晋颂说："我想了想，觉得日子挺好。"

工友就呸，说扛着大包在陆地和船上跳来跳去地卖命，好个屁！他一定是偷嫖过白丽丽，要不然，就不会嘴角流露出一抹偷吃得逞的窃笑。

葛晋颂让他们逼得没辙，索性承认自己偷了，工友们这才起哄，说就是嘛，一起流臭汗的弟兄，装啥正经。

可现在，金送子也来问白丽丽的事，他不敢详说，怕她听了瞧不起男人，觉得男人是牲口，就粗略说了两句，没敢往深里说。饶是这样，金送子还是挺震惊，说："都扛了一天大包了，咋还有力气干这事？"话音未落，金送子脸红了，说，"有家有口的，还这样，真不要脸。"葛晋颂忙解释说："他们好多是老婆在老家的。"

金送子还是气得不行，把白丽丽的茬给忘了。葛晋颂生怕被她误会，就给她解释，说邱县路和宝山路一带暗娼多，是因为靠着码头，靠码头的远洋船在海上漂了好几个月，就是艘流动的牢房，所以船一靠岸，水手们就纷纷上岸醉死梦生。暗娼白丽丽们主要是招揽这些水手，他们一上岸就是人傻钱多，出手阔绰，不到万不得已，白丽丽她们不会揽码头工人，因为码头工人拼着血汗挣小钱，一分钱看得比磨盘大，又爱逞能，折腾起比自己更卑贱的窑姐儿来，鬼花样多，招人烦。

金送子跟听天书似的。

葛晋颂问她怎么会突然问起这么个人。金送子不敢说白丽丽就是葛锦绣，支支吾吾说听主顾说的，她好奇。

葛晋颂问主顾是男的还是女的。

金送子说女的。

葛晋颂"哦"了一声，他把金送子揽在怀里，说："聊点儿什么不好，聊这些肮脏的。别让这些脏人脏事弄脏了你的耳朵。"

金送子说"好"。在黑暗中，金送子眼瞪得圆溜溜的，她想，如果葛晋颂知道白丽丽就是葛锦绣，那还不得暴跳如雷？

第三十一章

只要金送子在家,何桂枝恨不能一天絮叨十遍:“鸿飞娘,锦绣在家那会儿,和你最要好,你咋就这么狠心?”葛晋颂奇怪何桂枝怎么会没完没了地说葛锦绣。金送子说咱婶非说白丽丽就是葛锦绣。

葛晋颂恍然大悟:“你跟我打听白丽丽就是因为这?”

金送子点点头。

何桂枝就哭了起来,说怪不得自古以来小姑就和嫂子合不来,看看金送子就知道了,有了葛锦绣的信这么大的事,她愣是没跟葛晋颂说!

一听白丽丽就是葛锦绣,葛晋颂的脸就变成了黑铁板,他看看金送子又看看装腔作势哭着逼他表态的何桂枝,转身就往外走。何桂枝追在身后呜呜哭,说:“晋颂啊,我知道锦绣害你害得不轻,可不管咋说,她也是你妹,人这辈子,谁还没个做错了的时候?”

葛晋颂不想把自家事说到院子里去,在门口站住了,回头看着何桂枝,说:“婶子,她千错万错我都能原谅,可就一条,我原谅不了。”

何桂枝以为葛晋颂不想找葛锦绣是怕添吃饭的嘴害他受累,忙说:“我看锦绣穿着绸缎棉袍,不像过穷了的样子。”

葛晋颂脑子乱哄哄的,想起工友们扎堆交流嫖白丽丽时的满脸淫邪,想起他们因为共同嫖过白丽丽而彼此戏称是连襟,到时候还不得没脸没皮地按着他叫公共舅子头?这么一想,心头的怒火犹如放在风口上的火盆,把一张脸烧得火热通红,转身回来,拿了个马扎坐下,一声不响地抽烟。

何桂枝拖了个小板凳,小心翼翼地凑过来,一脸讨好地道:“锦绣要是个有良心的,知道咱家因为她败落了,咱也到青岛了,能不帮衬帮衬咱?”

葛晋颂说:“我饿死也用不着她帮衬。”

“你还生她气啊?”何桂枝坐在小板凳上,腿脚收拢,两手抱在膝盖上,眼巴巴地看着葛晋颂的样子,像饿极了的小孩看着手里有馒头的长辈,卑微极了,可怜极了。葛晋颂不好把话说得太狠,叹气说:“她都把咱家祸害成啥样了,我能不生气吗?”

何桂枝说:“不想找?”

葛晋颂看了金送子一眼,问:“咱婶不知道?”

金送子知道他是问白丽丽的事,就摇头,说:“不知道。”

葛晋颂起身,说:“婶,您早点儿睡吧,找还是不找,等我想想再告诉您。”

何桂枝说“好”,却不动身,眼巴巴看了他和金送子一会儿,才又说:“想想你叔,你要不把她找回来,你叔在九泉之下也闭不了眼。”

葛晋颂抬脚回屋,金送子让何桂枝回屋睡觉。

第二天一早,葛晋颂去码头干活儿了,何桂枝又来问金送子,葛晋颂是咋打算的。金送子说别指望他了,他啥也没说,等她托人打听打听。

之后的几天,何桂枝天天问有信了没,金送子搪塞,何桂枝看出葛晋颂两口子不愿找白丽丽,自己跑出去打听,逢人就问知不知道白丽丽。有一天,金送子收工回来,看见何桂枝坐在门口,像尊木雕一样,两眼发直,就叫她:“婶,门口一片大太阳地,您不嫌热啊?”

何桂枝目光呆滞地看着她,说:“鸿飞娘,你啥都知道是不是?”

金送子不知她说的是什么,问:“知道啥?”

何桂枝说:“白丽丽是窑姐儿。”

金送子一愣,到底她还是打听出来了,就短短地“啊”了一声,表示知道。何桂枝说:“你就是因为这才不去找她的是不是?”

金送子说:“您说呢?婶子,就白丽丽的名声,您觉得合适往家找吗?”

何桂枝就上上下下地摸索着门框哭,哭葛佑安,说他命不好,儿女双全,可临死之前却没一个在眼前的,他死了,丢下她一个妇人家,谁都没放在眼里……哭够了,呜呜咽咽地回屋睡了,晚饭怎么叫也不起来吃。

何桂枝满世界找白丽丽,人生地不熟,她又不识字,金送子怕她万一出事,就想打消她找白丽丽的念头,说:“婶,您知道锦绣的日子过得怎么样吗?”

何桂枝说:“在起风镇,就唐立成家的女人才穿绸缎衣裳。”

金送子说:“青岛和起风镇不一样。”

何桂枝回头看她:“咋不一样?不还女人是女人,男人是男人。”

金送子说:“白丽丽干的那营生,不穿体面点儿没生意做。”

何桂枝瞪着她,没说话。

“我听人说白丽丽日子过得不宽裕,男人是个残废,就靠她卖皮肉养着呢。”金送子小心翼翼地说。

何桂枝抬脚出了屋子,一双小脚捣着地,噔噔往街上去了,好像金送子是在信口雌黄,打听到白丽丽住在小港一带,要去挨家挨户拍门,说她就锦绣这么一个亲人了,这辈子必须找到她不可。

金送子问葛晋颂,如果何桂枝真找到葛锦绣了,咋办。葛晋颂让她放心,找不到。金送子问他咋这么笃定。葛晋颂说他和葛锦绣虽多年不见,但他了解葛锦绣,肯定不会认何桂枝。金送子问为什么。葛晋颂说葛锦绣打小脾气犟,但要脸,不为别的,仅仅是因为羞愧她也不会认何桂枝。

金送子觉得也是,如果葛锦绣想认她,在粮店那会儿就认了。

何桂枝从秋天找到冬天,有天该吃晚饭了,何桂枝还没回来,天阴沉沉的,乌云压顶,金送子担心会下雪,说:“咱婶也不知跑哪儿去了,就她那小脚,这要下了雪,可够她挪腾的。”

葛晋颂叫葛鸿雁和葛鸿飞出去找,金送子在家做好饭,等了半天,人没等回来,雪来了,扶扶摇摇的,鹅毛一样满天飞,凉了的饭热了又热,爷儿仨才披一身雪回来。

看着爷儿三个身上抖下的雪落了一地,金送子的不安就更汹涌了。

葛晋颂扒拉两口饭就放下碗,说不行,还得找。金送子不放心,安顿俩孩子睡下后和他一起出门。大雪裹在风里,一坨一坨的,像硕大而冰冷的拳头,劈头盖脸地往人身上砸。金送子说就这风雪,年轻人都寸步难行,老眼昏花又小脚的何桂枝恐怕站都站不住,但愿她是被好心人家收留了。

两人找到栈桥,找到中山路,把沿路的门洞桥洞找了个遍,天蒙蒙亮,雪停了,整座城市被捂在白皑皑的雪里,安静地泛着蓝光,他们拖着沉甸甸的腿往家走,希望何桂枝早已回来,正睡在热炕头上。

何桂英没有回来。

炕上只有葛鸿雁和葛鸿飞姐弟俩。

金送子问葛晋颂怎么办,葛晋颂说继续找。

上午,两人把院子里的雪铲出去,继续出门找何桂枝,找到冠县路大桥洞子时,听有人说邱县路死了个老太太,挺可怜的,蜷在人家的门洞里。

葛晋颂拉着金送子就跑，老远看见一个门口围了一圈人，四周的雪被踩得黑乎乎的，金送子扒拉着钻进人群，泪就下来了，果然，是何桂枝。

何桂枝两手抄在袖管里，蜷腿蹲坐在大门口的墙角里，嘴角微微上翘地笑着，好像不是冻死了，而是晒着暖洋洋的太阳睡着了。

金送子摸了摸何桂枝的脸，像铺天盖地的雪一样凉。葛晋颂凑过来叫了声“婶”。围观的人说别叫了，早晨发现的时候就没气了。

大家正七嘴八舌地说着，何桂枝身后的门开了，一个男人打着哈欠出来，见门口围了这么多人，吓了一个趔趄，骂骂咧咧说了句：“干啥呢？”口气凶巴巴的，表情却怕怕的，一副随时拔腿要跑的样子。葛晋颂闻声扭头，叫了声“二驴”。

男人一愣，见是葛晋颂，像找到了救星，忙站到他身边，说：“葛秀才，是你啊，吓了老子一跳。”言罢，又环视周围的人，问道，“这是干啥呢？”

葛晋颂黯然说：“我婶没了。”

二驴这才注意到蜷缩在大门洞角落里的何桂枝，把一张骂骂咧咧的嘴扯端正了说：“她是你婶？”

葛晋颂说是。

二驴说：“这老太婆，也够犟的。”

葛晋颂没心思跟二驴讨论何桂枝犟不犟，只想知道这是怎么回事，望了大门一眼：“你家？”二驴挠了挠头，一副不知如何作答的样子。葛晋颂问：“你昨晚就知道她在你家门口？”

二驴觉出了葛晋颂口中的怨气，知道他误会了，怪他昨晚明知道有个老人在门口避风雪却没发善心让到家里收留一晚，忙辩解说：“我怎么能住这儿。”说完，又嘿嘿笑，一副说不出口的样子。葛晋颂就听后边围观的人说：“他是来嫖窑姐儿的。”

葛晋颂一愣，往门里看了一眼，猜到了八九分，猜想是何桂枝找到了葛锦绣,可已是白丽丽的葛锦绣不仅死活不认,还把她关在了门外,让她冻死在漫天风雪里,就一股怒气从心中升腾而起,一把抓住二驴的胳膊,问到底怎么回事。

见葛晋颂把怒火撒到自己身上,二驴觉得冤得慌,忙开脱自己说:“葛秀才,这事你不能往我头上怪。”说着,回身指指院子,“又不是我家,是这老太太自己个儿魔怔了,一路追着白丽丽要认人家当闺女,白丽丽不干,她就缠着不放,把白丽丽缠烦了,就把她关门外了,谁会想到她能在这儿坐一夜。”

葛晋颂朝大门一脚踹过去,大门哐当一声朝里掉在院子里,少顷,有人嚷嚷着干啥呢跑出来,是油条王,他脸膛儿黧黑,晃着两只如同摆设的残手,瞪着葛晋颂。

葛晋颂二话没说,抱起何桂枝就要走,油条王却跳过来,拦住葛晋颂的去路,让他说道说道,好好的,为啥要踹掉他家大门。

葛晋颂从牙缝里挤出一句话:“和我说道,你也配吗?”说完,从他身边绕过去就走,油条王追在身后嚷嚷,让葛晋颂说句人话。二驴踹了他一脚,说:“就你?!还想听人话,配吗?!”

说完,一路踩着厚厚的积雪去追葛晋颂:“葛秀才,这地离你家可不近,你一个人行吗?”

葛晋颂头也不回地往家走,一路上,泪水唰唰往下掉,觉得自己虚伪,是个浑蛋,就因为白丽丽是臭名昭著的娼妇,他为了面子不认她,结果何桂枝就搭上了性命。一路上,金送子一溜儿小跑追着他,见他满脸泪,知他懊悔,懊悔就是和自己怄气,伤身子,劝他别太自责,何桂枝的死,固然有他拒绝和白丽丽认亲的原因,但如果何桂枝没高估母女之情在白丽丽心里的分量,就不会在风雪之夜蹲在白丽丽家门外试图打动她,结果送了命。

葛晋颂了解何桂枝,一个在有限的生活条件下都那么懂得享受生活的老太太,断然想不到自己会被冻死。

事后，二驴问葛晋颂，何桂枝为什么非要认白丽丽做闺女，葛晋颂淡淡地说：“我婶年轻时走失过一个女儿，老糊涂以后见着年龄和她女儿相仿的女人就当人家是她闺女。”

二驴信，很多人老了以后不记得自己是谁，也不认识自己的孩子，随便塞只狗跟他说那是他孩子都会信。

送何桂枝回老家安葬的那天早晨，金送子看见白丽丽穿了一身缟素，站在脏乎乎的街上，目送葛晋颂赶着灵车沿铁路线一路向西，就确凿地知道了，白丽丽就是葛锦绣。

葛晋颂也看见了，他赶着车从白丽丽身边经过时，表情肃穆，目不斜视，好像整条街上空无一人。

灵车轮子碾起的泥水，无力地跳起来又坠落，湿漉漉的街道让整座城市看上去脏乎乎的。白丽丽远远地跟着灵车走了一会儿，突然跪倒在街道中间，身子缩成一团，好像这世界冷极了，冷得她无法遏制身体的颤抖。

腊八那天，金送子刚开门，白丽丽就进来了，拿了件獭兔皮坎肩，问金送子能不能补。金送子看了看，很简单，开缝了，依她对葛锦绣针线活儿的了解，她完全可以自己缝得天衣无缝，可见，缝补坎肩不过是个幌子。

金送子把杌子放在门口，说：“坐吧。”

白丽丽说“谢谢”，像怕金送子嫌弃，把杌子往外拖了拖，杌子腿擦着地，发出粗重的拖拉声。她偷眼看金送子，生怕这响声会惹金送子不高兴。

金送子抬头，打量她。

白丽丽穿一身黑，脚上的布棉鞋，鞋面拿白布裱过了，这是传统的重孝。金送子盯着她棉鞋看了一会儿，知道她心里不好受，就浅浅地笑了一下，低头缝补坎肩。

白丽丽说：“前阵……前阵……”

她不停地说着这俩字，声音哽咽，后面的话，像座悲伤的大山，压在心头，她根本就没有力气往外说。

既然葛晋颂这辈子都不想和白丽丽认亲，金送子就不想让她袒露身份和心迹，以免彼此尴尬，就淡淡截断了她的话，说："你是想说我婶子的事吧？"

白丽丽一愣，看着她，半天才"嗯"了一声，说："你婶子的事，是我不好，我以为关上门她就走了。"说完，弓着身子泣不成声。

金送子叹气，说："她呀，老糊涂了，从今年夏天在粮店里见着你，就非说你是她闺女，要找你，说找着你就不回家了，我和我男人怎么也拦不住。"

白丽丽哭得更凶，说："我这样的人，怎么配有娘？"

金送子擎着针，平心静气地端详她，鼻子上有两道疤，左边脸上也两道，猛一打眼，脸上好像趴了四条暗红色的蜈蚣，挺骇人，就想起刚和葛晋颂成亲那会儿，葛锦绣切菜切破了手，何桂枝骂她，嫌她干活儿不上心，说："就你那身皮子，不知道吗？蚊子咬一口都得留个疤！这幸亏没切到脸上！"没想到，一语成谶，多少年以后，伤疤终是上了脸。金送子心里酸，见她把眼搓红了，从怀里抽出手绢，递过去，说："走在这世上的人，哪个不是当娘的带来的。"

白丽丽接过手绢，擦完泪，想把手绢还给金送子，递到一半，手又缩了回去，说："我给用脏了，改天还你条新的吧。"

金送子接过来，说："都是人，脏什么脏。"

白丽丽怔怔看着她，泪飞快地流，也觉出了金送子对她没恶意，说："你真好。"

金送子怕把她看尴尬了，飞针走线地忙着，说："好啥好，兵荒马乱的，能活着都不容易。"

白丽丽说："干我们这行的，良家妇女都不拿正眼看，不往脸上吐唾沫就是宽宏大量了。"

金送子说:“那是怕你勾引她们男人。”

白丽丽说:“我没主动勾引过男人。”过了一会儿,又问,“听口音你不是青岛人。”金送子说不是。白丽丽就怯怯问:“老家不好吗?”金送子抬头,定定看着她:“想听实话?”

白丽丽“嗯”了一声。

金送子就把魏世瑶当土匪后把葛家整没落了的事说了一遍。白丽丽又哭了。

金送子淡淡说:“我和我男人说了,谁也别怪,这都是命。”又看着白丽丽,说,“我看你眉眼挺端庄的,怎么就当了窑姐儿?”

白丽丽眼泪稀里哗啦往下掉,哽咽得话都说不成句。金送子倒了碗水递给她,白丽丽接过去,放在一边,说:“别脏了你碗。”金送子一阵心疼,想起了她初在起风镇做寡妇那阵,不也这样吗,小心翼翼,唯恐落人口实、赚人白眼,不由得就对她多了几分爱怜。

白丽丽理着胸口平复了一会儿,才说当年她听人说她要嫁的男人在外面学会了巫术,能把人囚禁在两尺见方的木头盒子里给他唱歌唱戏,怕得不行,就在男家来迎亲的头天晚上逃婚了,听人说青岛棉纺厂多,专门招女工,就到了青岛,本想到棉纺厂干几年挣了钱就回老家求父母的原谅,可没想到让人给拐卖到窑子里,她不从,跑了三次,都被抓回来,折磨得死去活来。最后那次跑,被抓回来后,老鸨子让大茶壶把她拎到屋里去拧大腿,她见老鸨子也有个木头盒子,里面有人咿咿呀呀地唱歌,就想起了她未婚的丈夫,别人说的,他也有这么一盒子,上面有几个按钮,他想让里面的人唱戏的时候,就扭一下按钮,不想听了,也扭一下按钮,里面的人就把嘴闭上了,难道老鸨子也会巫术?她怕了,怕被老鸨子摄到木头盒子里囚着,就不敢跑了。窑姐儿这行,干上了,也就那么回事。再后来,在窑子里熟了,和别的窑姐儿说起老鸨子的木头盒子,窑姐儿们笑得满炕打滚,说那是个收音机!听说上海和北平还有电视机呢,不光有声音,插上电,还有人,难不成是把各色的人摄到电视机里锁起来啊?白丽丽这才知道,她的未婚夫根本就不是会巫术,而是带了个收音机回家!乡下人没见识,觉得稀罕,问是不是里面锁着人,他说是,那纯是逗着乡巴佬玩儿!

白丽丽说,那天她哭得天昏地暗,哭自己的任性、倔强把自己毁了,她不敢奢望得到家人的宽恕和原谅,也没脸回去和家人相认,只希望老天保佑他们平安。

金送子说:"好好活着吧,人年轻的时候,谁不做几件糊涂事。"说完叹气,"我猜,当初如果你知道你走了会给家里带来这么多麻烦,你也不会走,是不是?"

白丽丽哽咽着"嗯"了好几声,说要知道自己走了会给家里招这么大祸,她死也不会走。

"他们要知道了,也不会怪你的。"金送子把补完的坎肩递给她。白丽丽要给钱,金送子不要,说:"今天你能来跟我说心里话,就是咱俩有缘分,你要有空,就过来坐。"

白丽丽不敢相信,说:"真的?"

金送子说:"啥真的假的?"

白丽丽说:"你不嫌弃我?"

金送子笑:"都是吃五谷杂粮的人,谁能嫌弃着谁?"

白丽丽笑着擦了满脸的泪,对金送子谢了又谢,抱着坎肩走了。

回想着自己和白丽丽彼此揣着明白却要装着糊涂说交心话,金送子不是滋味,觉得白丽丽苦。可一想到她人皆不齿的窑姐儿身份,确实不能往家领,也只有在心里叹气的份儿。

从那以后,白丽丽常来,拿条坏了的裤子、破了的上衣,放下也不走,坐那儿,陪金送子有一搭没一搭地说话。有时候金送子实在忙不过来,让她等会儿来拿。她不,说白天有的是时间,喜欢看她做针线活儿,觉得这才是女人应该过的日子,一针一线一草一木地过,虽然朴素，可心里安然，这曾是她想要的日子，这辈子怕是过不上了，看看别人也好。

在做针线的间隙里，金送子偶尔会扫一眼白丽丽。她坐在门口的马扎子上，倚着门，眼望着门外街道，与起风镇上的居家妇女并无二致，闲适里有种难以与人言表的哀怨、低眉顺眼的顺从，好像认了命，再也不会有丝毫的抗争。

完全向命运投了降的白丽丽，会让金送子想起风镇上的葛锦绣，伶牙俐齿，像狂风中的蝴蝶，努力扇动翅膀，只为不让风带走，而今的白丽丽却已成了风中的落叶，风往哪里带，她往哪里走。大约这就是被命运俘虏的样子吧。人啊，活在这世上，早晚是要放下挣扎，认命，睡回土里，可白丽丽认得太早了。就像现在，她们明明知道对方是谁，却要装成刚刚认识的样子，她佯装不知她就是葛锦绣，完全是出于保全颜面的自私，白丽丽佯装金送子不知道自己就是葛锦绣，是卑微的羞愧和知分寸。

为这，金送子常常觉得自己不是个好人，和这个世界联手欺负白丽丽这个苦人儿。回家和葛晋颂说，葛晋颂很生气，让把白丽丽的破衣服扔大街上。金送子就不再说衣服的事，说白丽丽坐在门口，揣着明白装糊涂跟她说话的样子，说她为什么要逃婚，说她逃婚后的遭遇，渐渐地，把白丽丽的衣服扔出去这样的话，葛晋颂就不说了。

白丽丽很想光明正大地喊葛晋颂一声“哥”，喊金送子一声“嫂子”，一个女人飘零在陌生城市，举目无亲的孤冷，得有多凄惨啊。金送子明白，所以，就试探葛晋颂，试探了不止一次，葛晋颂就一句话：“别得寸进尺啊。”意思是我不阻挠你俩交往就不错了，你别蹬鼻子上脸。

别把白丽丽领回家，是葛晋颂的底线。

第三十二章

日本人刚走那会儿，聊城路和临清路萧条得像两条空街，空旷、寂静，只有风轻轻晃动被人砸坏的窗户、门板以及牌匾的声音，吭吭哐哐的，空旷而又寂寥，像深山的枯木，被一夜的狂风摧毁。人走在街上，哪怕是白天，后背也凉飕飕的，莫名心慌。又过几个月，先是拾荒的要饭的从破门窗拱进去住一夜，住着住着就不走了，收拾破败的门窗，开始生火做饭，两条街上，渐有人气。后来，接手青岛的国民党军官觉得不对，日本人的房产都在好地段，房子考究，陈设考究，不能随随便便便宜了拾荒要饭的，就把鸠占鹊巢的人连同破烂铺盖给扔到街上，封了窗，上门锁。

可部队随时会开拔，占两条街的房子对他们来说没啥意思，有脑子活络的，便宜卖了，反正白得的，卖一个得一个。有人听到信，去买，也真买到手了。有个找金送子缝补衣裳的，坐在那儿等，闲聊的时候，听说他们一家还租房住，就劝她去看看，房子比市价便宜，如果钱凑到手，找合适的买下来，不吃亏，把金送子说得动了心。可买房子是大事，尤其是买日本人留下的房子，金送子不敢做主，回家跟葛晋颂商量。葛晋颂倒没反对，问她攒了多少钱。

金送子知道有门儿，跪在炕前去掏炕炉子，摸出一个鼓鼓囊囊的布袋子，往炕上一倒，各种面值的钞票散了一炕，把葛晋颂给看笑了，说她也不怕生炉子的时候忘了。

金送子把钱根据面值分门别类地归拢，说这么没脑子的事，只有有钱人家的少爷干得出来，像她似的，冬天生炉子之前，第一件事就是掏掏烟道，看里面有没有老鼠存下的粮食，就甭说钱了。

说着，她一张张地数，让葛晋颂记，末了一算，竟也不少。

一想可以买上两间属于自己的房子，金送子就两眼放光。葛晋颂把钱摞起来，扎在手绢里，说明天过去看看。金送子原本还以为房子是日本人的，葛晋颂会反感，就又提醒了一句："房子是日本人留下来的。"

葛晋颂把钱塞到炕席底下，在被垛上倚舒服了，说："就因为是日本人的房子，住着才解气，王八蛋！终于滚了！"好像住日本人的房子，有种特别的快意。

金送子也高兴，临睡前，又叮嘱葛晋颂，想买就快点儿下手，因为房子比市面上便宜，买的人不少，如果晚了，怕是就没了。

葛晋颂说天一亮就去。

第二天一早，葛晋颂去码头请完假，回家揣上钱去临清路。确实，不少房子已经住上了人，没住人的，锁着门，门上贴着卖房告示，却不说卖房人是谁，葛晋颂就跟已经买了房住进去的人打听，人家告诉他，卖房子的军官住在大辰妓院，得自己去打听。

大辰是日本人的高档妓院，窑姐儿都是东洋来的，都被遣送回去了。现在驻扎着国民党的守卫部队，可葛晋颂觉得还是别扭，去辽宁路找金送子，让她一起过去。

金送子笑他憨，打趣他，就算日本窑姐儿没被遣返，葛晋颂穿着一身青粗布衣服，去了，怕也得让门房撵出来，她还得赶活儿呢，让葛晋颂别添乱。

葛晋颂说买房子是大事，去帮着参谋一下也好。金送子想想也是,放下针线一起去了。

虽然成了国民党守卫部队的驻地,可大辰妓院的招牌还在,两边墙上也还是东洋风格的美女画。一个壮实的国民党兵拄着枪在门口站岗,眼神有一搭没一搭地瞅墙上的美女画,像饿汉时不时瞅两眼橱窗里的大包子。

金送子问找谁葛晋颂也不知道,说得现打听,说完,上前问站岗的。

国民党兵斜着眼瞅他,好像葛晋颂很欠打的样子。

葛晋颂听人说过，这些打过鬼子的国民党老兵都把自己当成救了中国的英雄,不好惹得很,就端着笑脸,小心翼翼地又问了一遍。

国民党兵好像被他问得不耐烦了,终于开口,粗声大气,让他滚,说这儿是部队驻地,不卖房子。

葛晋颂说知道是部队驻地，但听说聊城路和临清路上的房子归这儿的长官卖。

国民党兵拎起枪就给了他一枪托,张嘴就骂:“你妈了个×的！把我们当什么了？牲口贩子啊？”

葛晋颂冷不防被捣了一趔趄,蹲坐在地上,金送子忙来扶。葛晋颂有家有业的时候凭家业吃饭,没家没业了靠出大力流大汗吃饭,走的都是正路,腰挺得笔直,什么时候吃过这窝囊气？葛晋颂也火了,站起来,一把把金送子扒拉到身后,说:“以前日本人欺负我们,日本人走了你们又欺负,你们和日本人有啥两样吗?！”

有个国民党兵背着枪从院里出来,看样子是换岗的,听葛晋颂这么说,不由分说端着枪扑过来,枪托跟捣蒜似的往葛晋颂身上捣,边捣边骂:“老子把脑袋别在裤腰上打日本那会儿，你他娘的还在家老婆孩子热炕头呢。老子把日本人打跑了,没让你王八蛋好酒好肉地招待着,你他妈的连句好话都没有！我看你他妈的是漏网汉奸吧？”

金送子也常听人牢骚，说国民党兵浑起来，一点儿不比日本人差，怕葛晋颂吃亏，忙去拉他："当家的，咱不买了，回家。"

葛晋颂痛恨鬼子，视汉奸猪狗不如，如今被国民党兵骂了汉奸，就觉一股怒气，犹如憋不住的青烟，从心中直奔脑门儿而去，从地上爬起来，扑上来就去揪拿枪托捣他的国民党兵的领子，让他说说，他哪儿像汉奸了。

国民党兵理都懒得理他，扭头朝大辰院里招呼了一声："兄弟们！有汉奸！"

一群国民党兵像出笼的蛾子，呼啦啦冲出来，问汉奸在哪儿。

那国民党兵冲葛晋颂甩了一巴掌。

金送子觉得不好，拉起葛晋颂就跑。国民党兵噼里啪啦来追，还开了枪，子弹像一团燃烧的火球，擦着葛晋颂的耳朵飞过去，他心脏一个激灵，站住了，还没等醒过神，就被蜂拥而上的国民党兵按倒了。金送子听动静不对，回头一看，要跑回来拉他，被葛晋颂喝住了："走！你走！"

国民党兵们闻声抬头，看着十几步外进退不是、急得满眼是泪的金送子，问站岗的国民党兵："汉奸是男的还是女的？"站岗的说："男的！"

金送子说："老总你们弄错了，我们就是老百姓，哪儿是什么汉奸？"

国民党兵哼哼冷笑，说："抓的就是装成老百姓的狗汉奸。"

葛晋颂见金送子打算和国民党兵理论一番，知道劝不动，急了，张嘴就骂，说："我让你走！你他妈听见了没有？"

金送子让他骂愣了，泪一下子涌上来，说："当家的。"

葛晋颂说："滚！赶紧的！麻利地给我滚回家！别他妈在这儿给我找事。"

国民党兵看出了葛晋颂的用意，扑上来抄金送子的胳膊，扭着就要回大辰。一个看上去像是当官的国民党军官从院子里出来，问怎么回事。

站岗的国民党兵说抓了个汉奸。

国民党军官上下打量葛晋颂两口子。金送子说他们真不是汉奸，是来打听着找长官买聊城路上的房子的。国民党军官“噢”了一声，看看金送子，一摆头，说：“她一娘儿们，最多算汉奸家属，算了吧。”

扭着金送子的国民党兵就松了手。

金送子忙恳求国民党军官，说葛晋颂也不是汉奸，是在码头上扛大包的，他们是受人指点过来打听房子的。

国民党军官说：“扛大包就不能当汉奸了？说不准还是日本人发展起来的特务呢。”说着一摆头，说非常时期，让把葛晋颂押回去好好审审。

两个国民党兵扭着葛晋颂往大辰院子里去，金送子心乱如麻，亦步亦趋地跟着苦苦哀求。葛晋颂怕把国民党兵惹火了再连她一起抓起来，就又回头骂了一句，说：“耳朵让驴毛堵上了？我的话你咋就听不进去呢？”说完，不等金送子反应过来，又喝道，“滚！”

站岗的国民党兵见金送子不走，过来轰，说再不走，连她一起抓进去。为了葛晋颂，金送子忍气吞声地赔着笑脸求他，说：“这位军爷，我家男人脾气倔，不会说话，您大人不见小人怪，别和他一般见识。”

站岗的冷冷扫了她一眼，端起枪，瞄着她说：“我打死你都不用偿命你信不信？”

金送子嘴里说信，心里却在骂娘，转身走了，满脑子都是怎么把葛晋颂弄出来。

金送子回到铺子，心慌意乱，不知该从哪里着手，来青岛五年，他们来往的只有几个工友和街坊邻居，不是出大力的就是给人帮佣的，连个做小买卖的都没有。没钱的苦日子，就是站在坑底下，没啥见识，遇到难事，除了×妈×祖宗拿不出有见地的主意。

一个来送活儿的主顾说，国民党兵仗着抗战胜利了，都把自己当民族英雄，恨不能让老百姓把他们当祖宗供起来，看老百姓吃的穿的住的比自己好，就气不打一处来，恨不能一把抢过来，看谁不顺眼就当汉奸抓进去，其实他们也知道，哪儿有那么多汉奸？还不是为了敲竹杠，只要钱给到数，啥事没有，人就给放了，让金送子赶紧筹钱赎人，越早越好，怕时间一长，他们拿不到钱，恼羞成怒，真给登记造册到汉奸队伍里去，麻烦就大了。

金送子问："怎么个赎法？像土匪绑票似的？直接拿着钱赎就行了？"那主顾说那不行，国民党军队不是土匪窝，得找中间人，不能直接拿钱去赎，要不然他们脸往哪儿搁？

金送子说："我上哪儿去找中间人？"

主顾给不出方向，问她认不认识门路广的人，认识的话，多拐几道弯，总是能找到。

金送子就想到了白丽丽，她操的虽是皮肉生意，但红过，世面总是见过一些的，就上了铺子门板，去了。

白丽丽家院子很小，房子盖得端正，据说是油条王父母炸油条挣下的家业，院子里有棵梧桐，庞大的树冠把三间房子笼罩在里面，远远看上去像幅画。油条王正坐在树下，擎着一条垂着手的胳膊，逗鹩哥说话。金送子来，他听见门响，回头，马上就警惕了起来，把胳膊探到鸟笼口，鹩哥跳进了笼子。油条王站起来，说："你干啥？"

金送子说："我找白丽丽。"

油条王更警觉了，说："她是我老婆。"

金送子说："知道，你是油条王吧？"

金送子不温不火。油条王一时拿不准她是来干啥的，犹疑了一会儿，说："是。"又说，"白丽丽是有男人的人，你别瞎寻思。"金送子就明白了，白丽丽操皮肉生意，有的男人嫖完留下马脚，被老婆拷问，难免把她供出来，于是，经常有女人打上门来找白丽丽算账，来找的人多了，油条王就历练出来了，对气势汹汹找上门来的女人，总要先声明一下白丽丽是有男人的，暗示找上门来的女人把心放回肚子里：白丽丽有男人，是不会抢你们男人的。

金送子说："我找她商量点儿事。"

在油条王和白丽丽的婚姻生涯里，女人登门，不是找麻烦而是商量事，这大概是第一次，他有点儿不知所措，问金送子是谁。金送子说她朋友。油条王咧着大嘴笑，起身往屋里让。金送子哪儿有心思客套，问："白丽丽呢？我的事有点儿急。"

油条王说去买菜了，很快回来，让金送子坐下等。说完，甩着残手回屋，用脚挑着一只小杌子出来，摆在离金送子不远的地方，让她坐，又问金送子是干什么的、哪儿人。金送子说高密人，在辽宁路摆摊给人补衣服。油条王就恍然大悟地"啊"了一声，说听白丽丽说过，又问金送子饿不饿，饿的话自己去屋里拿零嘴。说着，擎起两只手，示意他手不方便。金送子心急如焚，说不饿。没一会儿，白丽丽回来了，拎着几斤水萝卜和玉米面，见金送子在，意外得不行。

金送子顾不上客气，把她和葛晋颂怎么去打听买房，怎么被国民党兵当汉奸给抓了的过程说了一遍，问白丽丽能不能帮忙找个中间人把葛晋颂捞出来。

白丽丽说他们太莽撞了，临清路和聊城路的房子是在卖，但原都是日本人的，遣返之前房契也没过户给谁，国民党军官抢过去，说是卖，其实就是收点儿钱，给把钥匙让你搬进去住，至于房子到最后算谁的，谁也不好说。金送子顾不上这些，问白丽丽，像葛晋颂这种情况，到底要怎么着才能捞出来。

白丽丽说她听别人说过，捞是能捞，可是得花钱。

金送子说知道得花钱。

白丽丽问她能拿出多少。

金送子就给问住了，愣愣看着白丽丽半天说不出话。白丽丽问怎么了。金送子哽咽着说:“我家钱都在你哥身上。”

白丽丽瞬间泪如雨下,哭得眼都睁不开,却扯了她的胳膊说:“嫂子你回家吧,我帮你想办法。”金送子就明白了,白丽丽哭,是因为她情急之下说了句“你哥”。也就是说,她承认知道她就是葛锦绣,下意识里说了“你哥”,说明她心里还是认她这个妹妹的,不由唏嘘,白丽丽内心里得有多渴望亲情,突然想抱抱她,又怕唐突,就忍住了,问白丽丽打算找谁。白丽丽说以前认识几个有能耐的, 让金送子回家等信。

金送子猜白丽丽是去找过去的恩客想办法,心有点儿悬,她和恩客纵然曾你浓我浓地好过,可鱼水的恩情断了,哪个恩客还肯看她那张毁了容的薄面? 这么想着,也没敢抱多大希望,回家又去找街坊邻居想办法,街坊说他们胆也太大了,国民党兵仗着打过鬼子,把自己当全国老百姓的恩人,没到家里抢就已是客气了,葛晋颂敢揣着全部家当去找他们买房,这不痨病找盐吃——自找咳嗽嘛!

听说得越多,金送子越害怕,辗转反侧了一夜,第二天一早去倒炉灰,老远见白丽丽站在路边张望,心里一热,觉得白丽丽有分寸,昨天她情急之下说葛晋颂都说“你哥”了,她也没有借坡下驴,找上门来认亲,还和以前一样,小心翼翼,生怕逾线招人嫌弃。

金送子丢下炉灰桶跑过去:“怎么这么早?”

白丽丽说有眉目了,她托人打听过了,昨天他们抓葛晋颂,也没真把他当汉奸,就是冲钱去的。

金送子松了口气,只要是冲钱来的,咋都好说,不是为了钱,倒难办了,但又气得慌,扯着破旧的衣襟说:“我们哪里像有钱的了?”

白丽丽说:“你们说去买房,他们就吃准了你们有钱,把人扣了,再编个汉奸罪名关着,等家里人花钱托人往外弄,钱到手了,他们分分,再把人给放出来。”

金送子说这不比土匪还坏嘛,土匪是明着绑明着抢,别人还知道躲着不往枪口上送。

白丽丽说国民党军队里还真有当过土匪的。

金送子就想起了魏世瑶:曾经的正牌国民党军官,不也落草为寇吗? 机会合适,再当回国民党军官,这乱世,最倒霉的只有老百姓。金送子问他们要多少钱,她去筹。白丽丽说对方说了,不要金圆券,怕不知哪天就成废纸了,要大洋四十块。

金送子明知道筹不起来, 还是硬着头皮问了哪天, 在什么地方给。白丽丽说三天后,在春和楼一号包间。

金送子说好,捡起炉灰桶,谢了白丽丽,让她跟中间人说,三天后,她肯定去,别让葛晋颂受委屈。

葛鸿雁半夜起来,见金送子屋里还亮着灯,人倚墙坐着,愁肠百结,就知道不对,问到底怎么了。金送子心焦,很不耐,呵斥了她两句,让她少管大人的闲事,早点儿睡觉。现在她又来问,金送子知道,撒谎也没用,葛鸿雁十五岁了,脾气像她,也有点儿犟,只好说了实话。

一听国民党兵要四十块大洋,葛鸿雁就哭了,说:“娘,要不你就把我卖了吧。”

金送子急了,推了她一把,说:“你胡说什么呢你?”

葛鸿雁哽咽着说:“要不然拿啥赎我爹?”

金送子说:“没钱赎也轮不到卖你! 你爹要知道他的命是拿卖你的钱赎回来的,就他的脾气,还不得一头撞死啊?”

葛鸿雁难过得抹眼泪,她和葛晋颂虽不是亲生父女,但葛晋颂对她视若己出,父女感情好得很。金送子摸摸她头发,让她别说傻话了,都这么大了,卖给谁家也不会要,除非卖给人家当媳妇,可但凡能拿出四十块大洋的,都是好人家,用不着花钱买牲口似的买媳妇,她让葛鸿雁去上学。

葛鸿雁说不了,从今往后她要和爹娘一起挣钱养家,不上学了。

金送子说:“你一个女娃娃家不上学能干啥?想跟你娘似的,当一辈子缝穷婆啊？”

葛鸿雁说她去当纺织女工，她有个同学的姐姐就是纺织女工，说：“厂里敞开要人，一个月十块大洋。”

金送子心里一动：赎葛晋颂的四十块大洋，这不四个月就能挣够了？但又不信：“当纺织女工咋能挣得比在码头扛大包还多？”葛鸿雁说：“真的，同学家里姊妹三个，爹娘身体不好，啥也干不了，全家人靠当纺织女工的姐姐养活呢。”

可金送子还是舍不得，她满心希望葛鸿雁好好念书，将来上个师范，毕业到学校当个女先生，日头晒不着，风吹不着，体体面面地挣钱养活自己多好啊。可眼下确实形势逼人，就像葛鸿雁说的，如果她去当纺织女工，借钱赎葛晋颂还能好借点儿，因为她当了纺织女工就意味着有偿还能力，实在借不到，就拿她工资做抵押，借高利贷。

中间人只给三天时间让金送子准备钱，她怕凑不起钱，葛晋颂真给编排到汉奸里去。于是让葛鸿雁这就去找同学的姐姐，这样，万一她凑不齐四十块大洋，就用葛鸿雁的工资做抵押借高利贷。

纺织厂虽然收下了葛鸿雁，但要十天以后才能上工，也就是说，在十天之内，葛鸿雁不是纺织女工，金送子没办法拿她的这个身份去借高利贷。

金送子傻眼了。

娘儿俩坐在炕沿上，大眼瞪小眼，末了，葛鸿雁突然哭了，说：“娘，实在不行，你就把我卖到里院吧。”

金送子抓起笤帚就往葛鸿雁身上抽，说：“葛鸿雁！我要再听你说一次这种混账话我就去栈桥跳海！你信不信？”

葛鸿雁让她抽得跳起来哭着往外跑，金送子气得气喘吁吁，又怕葛鸿雁为了赎葛晋颂跑出去干傻事，忙追出去，追出院门口，冷不丁和人撞了个满怀，金送子“哎呀”一声，差点儿摔倒，跑到前面的葛鸿雁听见了，忙收住脚。

金送子撞到别人怀里，心里一慌，脚崴了，趔趄了几步，扶着树才站稳了，不放心葛鸿雁，还想追，可一迈脚，疼得钻心，就只好站住了，冲街对面的葛鸿雁说：“鸿雁，你听我的，我知道你爹，他宁肯豁上自己也不会让你走那一步。”

葛鸿雁在街对面站住了，问：“娘，你没事吧？”

葛鸿雁不跑了，金送子也就放心了，坐在马路牙子上揉着脚腕子说：“你说呢？”

葛鸿雁跑过来，帮她揉了几下脚腕子，才扭头斥责道：“你这人真是的，走路就不会看着点儿？”

金送子这才想起来，还不知道自己撞了谁呢，明明是自己追葛鸿雁，急不择路撞了别人，应该跟人赔不是才对，忙说：“鸿雁，是我撞了人家，你瞎说啥呢？”说完抬头去看，竟是白丽丽，一愣，忙让葛鸿雁扶她站起来，问道：“你怎么来了？”

白丽丽和葛鸿雁一起把金送子扶起来，说：“过来看看。”

葛鸿雁不知所以地看着她们两个：“你们认识啊？”

金送子“嗯”了一声，让葛鸿雁叫白丽丽姑姑。

魏世瑶绑葛晋颂的时候，葛鸿雁已十岁，再加上这两年金送子在葛晋颂面前隐隐晦晦地说白丽丽葛锦绣如何如何，虽然说得不是很明白，可葛鸿雁聪明，大体也能听出差不多，就瞄了白丽丽一眼，往后退了一步，没吭声。

白丽丽早已适应了别人的嫌弃，这让她看上去有点儿没脸没皮很没自尊的样子，葛鸿雁的白眼就翻得更大了。

金送子知道白丽丽是怕进院会招来街坊邻居的非议，才站在院门外等，便拉她回家坐。白丽丽说不了，塞了只布袋到金送子手里，说：“这钱干净着呢。”

金送子打开布袋，银光闪耀，全是大洋！惊得合不上嘴，问白丽丽：“你哪儿来这么多钱？”白丽丽说：“我把油条王的房子典当了。”

第三十三章

四十块大洋沉甸甸的，金送子揣在怀里，还是觉得显眼，就找了几件旧衣服，包整齐了，抱在胸前，像往常给大主顾缝补好了衣服，要给人送去一样，把四十块大洋遮掩了，才踏实了点儿，往春和楼去。

春和楼是青岛有名的高档饭店之一，鲁菜风格，香酥鸡和葱烧蹄筋是春和楼的看家菜，都是何桂枝回家说的。何桂枝好吃，和街坊邻居聊天的内容也多是围绕着吃，她经常坐在小鲍岛的街上，回忆葛家风光时家里香喷喷的蟹黄瓜子仁随便吃，糅合了青红丝夹杂着咔嘣脆冰糖的高密大蜜枣，两个手掌那么大的托盘桃酥，还有香糯香糯、肥而不腻的高密猪头肉，紧实弹牙香的高密套肠……她总是说着说着就流下了怅然的泪水，说那样的好日子，再也回不去了。街坊邻居也因此知道，原来，葛家曾有过体面丰饶的日子，只是运气不济，被世道毁了。

进出春和楼的人，男的不是西装革履就是穿着体面整洁的大褂，女人穿旗袍烫大波浪头，一看就是有钱人，也有国民党兵和军官，喝得醉醺醺的，歪戴着帽子，打着酒嗝，再要么剔着牙花子。金送子心里乱糟糟的，突然听有人喊她名字，寻声望去，见是个国民党军官，站在春和楼门口一侧，看样子是刚来，还没喝酒。金送子微微一怔，看着他，慢慢地就笑了，竟然是六子！身后还有个小跟班模样的国民党兵。

六子看上去壮实了也帅了。金送子差点儿没认出来，惊喜交加地叫了声“六子”，把六子叫得一愣，旋即压低声音说：“我姓庞，叫庞报国，你叫我庞副官行了。”

金送子干干地张着嘴，想叫他庞副官，可怎么都叫不出口，六子对身后捂着嘴哧哧偷笑的小跟班挥挥手，说：“别跟着了，该干啥干啥去。”

小跟班一溜烟儿跑了。

六子才说：“让那帮王八蛋听见了，又得想三想四，体面人家，哪儿有什么五子六子的。”

金送子明白了，原来是怕手下人看轻他，就笑，说：“你们都是一土匪窝里摸爬滚打出来的，谁笑话谁啊？”

六子“咦”了一声，说话不能这么说，打了这么多年仗，峡山湖那帮土匪已经没剩几个了，要不然也轮不到他给魏世瑶当副官。

虽然时过经年，魏世瑶这个名字，还是像凭空扔下块石头，让金送子的心晃了两晃，稳住神，才说：“魏世瑶的官挺大了吧？”

六子说：“我们师座脾气不好，要不然官当得更大。”

金送子问师长管多大地界。六子说大半个青岛归他管。

金送子的眼泪唰地就滚了下来，把她和葛晋颂去买房子，国民党兵把他当汉奸抓了，她筹了钱来赎人的事说了一遍，问这事能不能找魏世瑶帮忙。

六子骂了声娘，又把金送子和葛晋颂数落了一顿，说日本人留下的房子，是从天上掉下来的一块肥肉，在当官的手里，当兵的没份，本就眼红，葛晋颂偏偏又跑去找当兵的打听，他们能不给下绊子吗？

金送子说："你们的套路我们老百姓咋知道？就听人说聊城路和临清路的房子便宜。"

六子说知道了，问答应帮着捞人的人约在什么地方。金送子说在一号包间，姓宋。六子让她回家等着。

金送子不相信事情这么简单就了结了，又问了一遍："我这就回家等着？"把大洋递给六子，被推了回来。

六子哼哼冷笑，说："要是我庞报国开了口，他们还敢收你的大洋，那真叫大了他们的狗胆了！"说着，把大洋推回去。

金送子还是不放心，说："人家已经开价了，如果不给，给葛晋颂亏吃咋办？"

六子让她尽管放心，青岛地界上的事，没他办不了的。

一个下午金送子都心神不宁，起来又坐下，坐下又起来地张望着院门。

傍晚，葛晋颂果然回来了，上衣被撕破了，一边脸也青了，后背被踹了好几个脚印子。

金送子问他见没见着六子。葛晋颂说是六子去领的他，虽然被放回家了，却并没劫后余生的庆幸，只坐在炕沿上生闷气，金送子烧了热水，让他擦个澡换上干净衣服。

葛晋颂脱下衣服，就去擦澡了。

金送子捡起衣服，挨个儿口袋都摸了一遍，没摸到钱，她和葛晋颂不舍得吃不舍得喝攒了四五年的血汗钱呀，她心疼得肝尖颤抖，又怕葛晋颂动气，尽管满心满肺都是惦记，也没敢问他钱都哪儿去了，帮葛晋颂擦洗完，把脏衣服搓洗干净了晾出去，天已经黑透了，等孩子们吃完饭睡下了，金送子才偎到葛晋颂身边，小声问："钱让他摸去了？"

葛晋颂像被提醒了一样，忽地坐起来，说："国民党比土匪还他妈的土匪！”

金送子就明白了，虽然心疼，但还是安慰他：“人平安就好，钱没了再去赚。”

葛晋颂坐在炕沿上抽烟，一袋接一袋的，把金送子呛得直咳嗽，索性也起来，点灯，问钱是怎么被抢走的。葛晋颂说国民党兵把他扭进大辰妓院，先是拳打脚踢，然后就搜身把钱搜走了。金送子问他告没告诉六子。

葛晋颂说他原本想说，可看六子跟那帮人称兄道弟的，就没开口，也怕他为难。

金送子咽不下这口气，说：“不行，得让六子把这钱要回来！”

葛晋颂说：“怎么要？”金送子说她跟六子说了，让他来家吃饭，到时候跟他好好说道说道。葛晋颂没吭声，金送子往他肩上偎了偎，问他：“想什么呢？”

葛晋颂恹恹地，说：“要回来的指望不大。”

“那也得要！我们又没作奸犯科，不能平白无故便宜了他们！”金送子气哼哼说。

第二天一早，金送子去白丽丽家还钱，说葛晋颂回来了，自己代他谢谢白丽丽。钱没花，人回来了，白丽丽有点儿丈二和尚摸不着头脑，问怎么回事。金送子就把在春和楼门口遇见六子的事说了，说六子现在给魏世瑶干副官。

白丽丽脸色惨白。金送子知她不是滋味，小声说：“魏世瑶也三十好几了，不知成家了没。”

白丽丽低着头不说话，金送子有点儿为她难过。

过了几天，葛晋颂不知从哪里听说金送子为赎他借了四十块大洋，问她跟谁借的，金送子不想瞒他，说是白丽丽。

葛晋颂一脚把小凳子踢翻了，大有不如死在里面算了的怒意。金送子把小凳子捡回来说：“你掰着指头数数，就咱认识的人怎么能借出来四十块大洋？”

“我就是死也不用她的脏钱。”

“你这是没死，在这儿说硬话呢，再说了，人家拿来的也不是脏钱，为了你，人家把油条王祖上留下来的房子都典当了，你还想怎么着？你以为她想走到今天吗？她也是没办法！”

“她不想走到今天当初她就别逃婚！”

“你如果知道去买房子就会被诬陷成汉奸抓进去，你还去买房子吗？”

葛晋颂一下子没了话。

金送子生气地说：“人要能预先知道下一步，就没人走岔路了！”

这是自打嫁给葛晋颂以后，金送子说得最重的一次话，因为这，两人好几天没说话，直到六子来了。

六子提着大包小包的礼物，身后还跟了两个小兵，他在屋里和葛晋颂喝酒，两个小兵站院子里站岗，把邻居们吓得气都不敢大口喘。葛晋颂觉得这排场摆得有点儿过了，说小鲍岛这块，又不是日本宪兵队，住的都是没胆上梁山的穷苦老百姓，大家苦扒苦做，就为吃顿饱饭，没人有闲心，也没人有胆算计国民党军官，让六子把小兵叫进来吃饭。六子手一挥，说：“不用，他们就是来站岗的。”

金送子说院子里没杂乱人，让俩当兵的杵在那儿，街坊邻居看着心慌，还是叫进来吧。六子得意地说：“就是要让他们害怕害怕，看以后谁还敢欺负你们。”金送子说：“没人欺负我们。”六子说：“那就给你们长长脸，让他们知道知道，有人罩着你们，让他们日后不敢造次。”

葛晋颂看不惯六子得势以后的耀武扬威，始终有话不投机半句多的别扭，就一味地倒酒吃菜。六子喝大了，开始天上地下地吹大牛，葛晋颂接不上话，也不想接话奉承六子，酒喝差不多了，才说，大辰妓院的国民党兵把他身上的钱翻走了，问六子能不能要回来。六子喝得脸红脖子粗，眯着眼厚颜无耻地笑，说："要回来？葛掌柜，你可真会说笑，你觉得他们把你钱翻了去，能留到今天？早吃喝嫖赌了！"

葛晋颂说："那是我和送子攒了四五年的血汗钱，他们凭什么拿去吃喝嫖赌？"

六子乜斜着醉眼说："葛掌柜，不服气是不是？不凭别的，就凭他们把日本人打跑了，就有这资格。"

葛晋颂虽然喝得不多，但酒也上脸了，要跟六子理论。六子摆摆手，说："葛掌柜，你生气归生气，可你跟我也理论不着，钱又不是我花的，对不对？"

金送子忙打圆场，说："就是，又不是六子花的，你冲六子使什么厉害？"

六子瞪着眼纠正金送子："是庞报国，庞副官。"

金送子知道他喝醉了，说："好，好，庞报国，庞副官，你葛掌柜就这么个犟脾气，你别和他一般见识。"六子说："葛掌柜的犟，其实就是强势，那是远近闻名的，要不然，你就是我老婆。"

金送子说："庞报国你喝多了，胡说什么呢。"再偷眼看葛晋颂。葛晋颂脸通红，把酒杯扔到了六子脸上，指着鼻子让他滚。

这几年给魏世瑶当副官，六子还没吃过这么大瘪，也恼了，跳起来抱着葛晋颂在炕前滚成一团。

六子虽忙于行军打仗，但仗着是军官，吃喝上没亏着身子。葛晋颂就不行了，天天扛大包，铁打的身子也掏空了，体力不支，几个来回就被六子压在身下。葛鸿飞和葛鸿雁听见动静跑过来，帮葛晋颂把六子给按住了。葛晋颂爬起来骑上去就要打，被金送子死死抱住了腰拖到炕上，金送子说："你疯了啊你？要不是六子，你干一辈子也还不上妹妹的钱！"

葛晋颂回头喝了一声："我没妹妹！"

金送子不想在这当口儿和他置气，就好声好气地说："好，你没妹妹。"把他推到炕上，拿手按着，让葛鸿飞和葛鸿雁把六子扶起来。

被葛晋颂和两个孩子按了个狗啃泥，六子自觉狼狈委屈，一下子回到了从前葛家伙计的模样，哭着鼻子说："葛掌柜，我就开句玩笑，你至于吗？"

葛晋颂梗着脖子不理他。

金送子见他满身满脸都是土，让葛鸿雁去打热水，拿毛巾过来，让六子洗干净脸，说外面还站了俩手下呢，六子是长官，不能让他们看笑话。

六子接过毛巾，把脸洗了。金送子让葛鸿雁帮他把衣服后背掸干净了，又数落葛晋颂给六子个台阶下："你看你，我知道你心里憋着委屈憋多少年了，可你再委屈也不能冲六子来，人家可是好心好意，一门心思帮咱们的，是吧，六子？"说着，打了葛鸿飞的肩一下，"还有你和你姐，真是俩祖宗，不问青红皂白，上来就帮你爹，你爹喝醉了，没看见？"

六子听出金送子是在给自己台阶下，忙接过来："不能都怪葛掌柜，是我不好，嘴上没把门的。"

金送子的手在背后拽拽葛晋颂。葛晋颂只好恨声恨气地说："我也不好。"

金送子笑："好了，都是酒闹的。"让葛鸿雁再去找俩酒杯，让两人继续喝。

六子说不喝了，回去还有事。金送子拽着葛晋颂起身去送。六子又说被当兵的抢去的钱，肯定早就被他们吃喝嫖赌完了，别指望要回来了，他们不是想买房吗，等他给找两间，不要钱。

金送子说："那可不行，房子不是把葱也不是头蒜，哪儿能随便要的。"

六子说："话是这么说，可这房本来就是天上掉下来的，又没花本钱,全当是替那群强盗兵赔他们房钱了。”

金送子回头看葛晋颂。葛晋颂黑着脸不吭声,等六子出了门,才咬牙切齿地说:“不要!我就是住大马路也不用他一个伙计施舍!”

又过了一段时间,六子找到铺子,放下一张纸条和一串钥匙,说算他替抢钱的国民党兵赔给葛晋颂的房子,在聊城路上,虽然在两栋小楼中间夹着,可是正南正北的正经房子。金送子了解葛晋颂,六子送座宫殿他也不会要,说葛晋颂犟了又不是一天了,她懒得拿回去招惹他,让六子拿回去卖。六子还想推让,见金送子神态坚决,也就算了,说他娘托人写信,在老家给他定了门亲事,让年前回去相看相看,合适的话,正月里就给他娶进门。

金送子说:“就是嘛,你现在是庞报国,不是当年的六子了,以你的条件,得多少黄花大闺女抢着嫁。”

六子歪着头瞄了她一眼,还是千言万语的样子。

金送子唯恐他话不对路,忙说:“等过年回去,捎几块好料子给姑娘。”

六子懒洋洋说:“行,到时候你去帮我掌掌眼。”

金送子说:“这还不好说?”

六子把被口水渍湿了的烟蒂扔到街上,说那天到家喝酒吵吵起来的时候,听她说葛晋颂的妹妹,问是不是葛锦绣。

金送子问他问这个干什么。六子说没什么,就是突然想起来。

金送子说:“是。”

六子很激动,问她在哪儿。

金送子不想说,老东家没落了,掌柜的在码头上扛大包,东家的小姐堕落成了窑姐儿,在六子这个已经飞黄腾达的下人看来,嘴上不说,心里也难免幸灾乐祸,就笑笑,说:“在青岛。”

六子说:“你不知道,葛掌柜的妹妹是我们大当家的一块心病。”

“都这么多年了,他还惦记着这事?”

“他是弄不明白当年大小姐为什么要逃婚,他到底哪里不好?”

金送子心里涌上一阵苍茫而哑然的心酸:“六子,要不是听她亲口告诉我,我都不信。”

“她逃婚的原因?”

金送子点点头,把葛锦绣当年误听传言以为魏世瑶会巫术吓得在结婚前夜跑了的事说了。

六子听得瞠目结舌,说在峡山湖那会儿,大当家的还拿当年自己怎么用收音机当有魔力的巫术盒子骗村里乡亲的事当笑话说,大伙儿乐得前仰后合,却万万没想到葛锦绣也把笑话当真,给吓跑了。

第三十四章

天一冷，青岛的天就变成铅灰色，不像秋天那么高，也不像夏天那么蓝了。冷，像绵软的针，顺着衣服的缝隙往骨头里钻，扛一上午大包出的汗，被钻进衣服的冷风夺了温度，像潮冷的软铁，紧挨着身子，把身子囚在里面，特别难受。吃完中午饭，葛晋颂在码头上转了一圈儿，找了个背风向阳的旮旯，刚偎妥实了，听见有人扯着嗓子喊他名字："葛秀才！葛秀才！"

码头上出大力的，很少喊别人正经名字，都喊诨号，葛晋颂念过书，识文断字，有见识，就被工友们喊"葛秀才"了。

葛晋颂站起来，没看清谁喊的，冲声音来的方向问："干啥呢？"另一个货堆南面有个声音说有人找。

"在哪儿？"葛晋颂东张西望了一下，并没发现有人。

"码头大门口。"声音又被风从货堆南面卷过来。

葛晋颂跺了跺蹲麻的脚，拍拍身后的灰土，边往码头大门口走，边琢磨谁能跑到码头上来找他。

码头门口停了一辆黄包车，葛晋颂张望了一会儿，没别的人，就问车夫："你找我？"车夫问："你是谁？"葛晋颂说："我是葛晋颂。"车夫咧着嘴笑，说：“你要是钱嘛我找你，你不是钱我就不找了。”葛晋颂自觉被人戏弄了，有点儿懊恼，转身回码头，刚走没两步，就听有人气喘吁吁地喊：“哥，哥！”

葛晋颂回头，泪水一下子把眼糊住了，怕看错，忙搓了搓眼睛：竟是真的，真是葛晋天！

葛晋颂奇怪他怎么知道自己在码头的。葛晋天指指嘴巴，说鼻子下面是大路，凡事只要有心，只要嘴勤，就没有打听不到的。

两人走到冠县路，在路边找了家羊肉汤馆。进去之前，葛晋天把礼帽往下压了压，小声跟葛晋颂说要个单间。

葛晋颂就笑，说：“羊肉汤馆就相当于在乡下赶大集的烩火烧摊子，能有张杌子让你坐着喝汤就不错了，怎么会有单间？”他让葛晋天别那么讲究，现在他已经不是葛掌柜的了，是码头上扛大包的。

葛晋天看着他身上一身灰扑扑的棉裤棉袄，说：“哥，没想到咱家能落到这步田地。”

葛晋颂说：“你听说了？”

葛晋天点头，说他回过几趟起风镇，听人说了。说完，把葛晋颂从羊肉汤馆拉出来，说：“哥，这些年辛苦你了，今天无论如何我也得请你吃得像样点儿。”说完走在前面，穿过铁路桥洞，直奔江宁路，挤进一家火锅店。

葛晋天熟门熟路地侍弄铜火锅，添木炭，加水，下肉，搅调料，一副吃家常便饭的样子，葛晋颂想想何桂枝想吃春和楼的香酥鸡他都没舍得买，不禁黯然。

葛晋天说为了配合青岛解放，组织派他到青岛潜伏。葛晋颂不明白什么叫潜伏，以为是潜水，就恍然大悟说：“咋潜？潜在我们码头下面？”

葛晋天差点儿把一嘴羊肉喷出来，忍了好半天，才说：“哥，你理解的潜伏就是趴在水底下？”

葛晋颂“啊”了一声。

葛晋天乐得不行，说：“我又不是青蛙。”

葛晋颂说：“就是就是，青蛙在水底下蹲一会儿还要浮上来喘口气呢。”

葛晋天笑够了，才擦了一把眼泪说：“我说的这个潜伏，是隐藏共产党的身份，潜藏在茫茫人海里。”

葛晋颂这才明白了，说：“这不就是特务吗？”葛晋天说：“你这么理解也行，我现在的身份是飞天照相馆的摄影师。”

然后，聊了会儿家里的事，葛晋天又说，码头上也是要安排人的，问葛晋颂有没有办法。葛晋颂问安排多少。葛晋天说二十来个吧。

葛晋颂吃了一惊，说：“怎么这么多？”葛晋天顿了一会儿，才说国民党怕是长不了了，要防着他们搞破坏。葛晋颂觉得葛晋天和他的组织杞人忧天了，码头都是大石条和水泥砌起来的，能怎么破坏？葛晋天问他记不记得当年蒋介石的焦土抗战政策。葛晋颂说知道，日本人打进来那会儿，国民党不敌，撤退前把能毁的全毁了能烧的全烧了，给日本人留下一片不毛之地，可那是对付日本鬼子，现在是和共产党打，好赖都是中国人，不至于这么狠吧？

葛晋天说无毒不丈夫，依着国民党曾经的焦土抗战作风，他们一旦战败，十有八九是要炸掉码头，给即将上台执政的共产党留片废墟。

葛晋颂说：“炸码头治共产党，可我们这些工人咋活？没了码头，喝西北风啊？”

葛晋天点头，说：“所以，于公于私，于子孙后代，我们都必须把码头保住了，我们的人去码头干活儿，就是为了巡逻，防止国民党战败炸码头。”

葛晋颂说这事包他身上，但人不能一下子来，因为葛晋天的人来自五湖四海，操不了一个地方的方言，一下子拥到码头上，太显眼了，容易引起别人注意。

葛晋天说成，他会陆续让这帮人去码头找他。

两人筹谋好了怎么把葛晋天的人引进到码头当工人，羊肉也吃差不多了，葛晋天定定看着他，端起酒杯碰了一下，说："哥，从今往后你也是我们的人了。"

葛晋颂抬头抿了酒，说："什么谁的人不谁的人，我一老百姓，就图吃碗安稳饭，谁想砸我饭碗我跟谁急眼。"葛晋天就笑，说："哥，你觉悟有待提高啊。"

葛晋颂笑笑，心里欣慰，在青岛这座不大也不小的城市里，第一次觉得不那么孤单了，又和葛晋天喝了一杯，叙了一会儿旧，想要不要把白丽丽的事告诉他，一转念，这么多年没见，还是别给他添堵了。回家后跟金送子说葛晋天来青岛了，金送子兴奋得不行，问怎么没来家吃饭。葛晋颂说他忙，等以后吧。怕金送子知道多了跟着担心，没敢往详细里说。

过了一阵，码头上陆续来了一些操天南海北口音的青壮年男人，葛晋颂引荐给工头。码头上的活儿是计件算工资，来干活儿的人越多，工头越开心，因为干活儿快，他也用不着多发工资，一开始工友有不高兴的，嫌葛晋颂介绍了人进来抢大伙儿饭碗，后来发现，这些后来的人，都是懒汉，一副没见过世面的样子，没事就在码头上溜达着看新鲜，凑在一起嘀嘀咕咕，有说不完的闲话，眼里完全没活儿，工友们也就不介意了。

葛晋颂知道他们来码头的目的，知道他们消息灵通，就特别注意他们的言行举止，见他们总是若有所思地这儿看看，那儿瞧瞧，就生出了山雨欲来的紧迫感，夜里和金送子说，不知道葛晋天的组织会不会和魏世瑶的国民党军队打起来。

第三十五章

金送子没想到魏世瑶会来找她。

快进腊月了,金送子把铺子打扫干净了,正想上门板去买布料给一家老小缝过年衣裳,突然铺子里一黑,以为有人来送活儿。

铺子门是楼梯间,只有一窄溜儿,没窗,白天也要点灯,魏世瑶站在门口,光线从他头顶上扑进来,金送子觉得面熟,却又想不起来哪儿见过,问:“您哪位?”

“魏世瑶。”魏世瑶声音很平静,说,“别怕,我找你就是问点儿事。”然后拖了把杌子坐下,说他是来打听葛锦绣的,让她有啥说啥,别瞒他,六子已和他说了。

金送子说:“葛锦绣欠你的账,她哥已经替她还了,你还找她干什么?”

魏世瑶说:“想见她。”

“她不想见你。”

“你问她了?”

“以前聊过。”

“那就麻烦你再问问她,我过两天来听回话。”说完,魏世瑶拿起手套走了,毫不客气,完全没有礼貌,明明是求着金送子,却像在下命令。

金送子一想到他把葛家折腾败了，差点儿要了葛晋颂的命,就气不打一处来。晚上,和葛晋颂说,葛晋颂愣了一会儿,说:“都多少年的老皇历了,见什么见?”

金送子说:“就怕他不轻易善罢甘休。”

葛晋颂说:“就说她后来搬家了,你也不知道搬哪儿去了。”

金送子说“好”。没几天,魏世瑶果然又来,金送子按葛晋颂教她的说,魏世瑶不信,不走,也不追问,坐在铺子门口望着满街的阳光抽烟。傍晚,还帮金送子上门板,说明天还来。他一连坐了两天,金送子受不了了,只好说:“都这么多年了,见与不见,还有啥意义?”

魏世瑶说:“只要我还想,就有意义。”

金送子说:“那我帮你问问吧。”

其实金送子没问。第二天,魏世瑶来,金送子就说问过了,葛锦绣不见。

魏世瑶点了支烟,眯着眼抽完了才问为什么。

“老皇历了,不愿意提。”

“我想提。”

“你见她干什么?要打还是杀?”

魏世瑶好像很意外金送子会这么想:“你咋会这么想?”

魏世瑶虽十几岁就离开高密,但高密口音依然浓郁。

“你差点儿要了她哥的命,我还能怎么想?”虽然魏世瑶让金送子心慌害怕,却并没让魏世瑶看出来,自始至终板着脸,想大不了带着孩子们远走高飞,不在青岛待了,也不能让魏世瑶捏一辈子的软柿子。

魏世瑶背对着她，低垂着头，完全没有了往日的飞扬跋扈:“我就是想和她说两句话。”说完,回头看着金送子,“我想着的都是她的好。"

金送子说:"那你三番五次地绑我男人干什么?"

魏世瑶说:"我承认抢你家粮食是我不对,可遇上灾年,岛上一百多号兄弟也得活,你让我怎么办?"

"那你就要抢我们家?"

"因为就你们家欠我魏世瑶一条人命。本来咱两家的恩怨,抢完那次粮食就了了,后来绑葛晋颂,都是你们逼的,你们为什么要让警备队去围剿峡山湖?为什么要把我娘交给警备队?"

金送子说:"你真错了,警备队去围剿峡山湖真跟我们家没关系。至于你家婶子,那也是我叔看你又把葛晋颂绑走了,一急之下犯的糊涂。"

魏世瑶不置可否地看着她,金送子本想赌咒发誓,又觉无益,想拿个证据出来,可唐华山都被枪毙了,唐立成还在大牢里,葛佑安死了,凭她一张嘴,怎么说得清楚?她看着魏世瑶,说:"葛锦绣欠你的,我叔也替她还了,你就放过她吧。"

"嫂子,你怕我吃了她吗?"魏世瑶一声"嫂子"把金送子叫愣了,她心软下来,想:如果他心有恶意,是不会喊她嫂子的。见她不语,魏世瑶又说:"嫂子,我至今没娶老婆。"

金送子啥都明白了:"你心里还有她?"

魏世瑶说:"我这辈子,就没想娶别人。"

金送子就难过起来,为葛锦绣和魏世瑶,突然不恨他了,说:"锦绣不是过去那个锦绣了。"

魏世瑶点头,说:"知道,这么多年了,她嫁人了吧?"

金送子说:"嫁了。"

"过得好吗?"

金送子想了想,说:"她脸毁了。"但她不想说是怎么毁的,便说,"她和你想象的不一样,不再是过去那个年轻俏丽的葛锦绣了。"

冬天的太阳从铺子门口扑进来，携带的那份温暖分外无力，迎着光，金送子看见魏世瑶抹了一把脸，也不知他是不是落泪了。

金送子说:“明天吧，你来听我信儿。”

等魏世瑶走远，金送子上好门板，往白丽丽家去，白丽丽见是她，挺高兴，说在炉子上烤着地瓜，刚刚好，让她进屋吃。

油条王坐在炉子旁，一张脸被炭火烤得红彤彤的，张罗着白丽丽泡茶。金送子越发不好意思，觉得自己这趟来，挺欺负油条王的，虽然现在是白丽丽卖身养活他，可他是白丽丽遇到的万千个男人中对她最好的一个了，白丽丽知道，也领情，所以日子过成这样也心甘情愿。

白丽丽从炉子里掏出一个烤得又软又香的地瓜，拿筷子剥好皮，才递给金送子，问她找过来是不是有事。金送子不想当着油条王的面说，就说去码头找葛晋颂，顺脚拐进来看看她。油条王很高兴，说家里就他和白丽丽两人，冷清，让她没事多过来坐。

金送子答应着，说该回家做饭了。白丽丽出来送，金送子才把魏世瑶找她的事说了。

白丽丽脸色惨白，老半天没说话。

金送子说:“我没说你干啥，就说你嫁人了。”

白丽丽说:“我自己说。”

“你打算见他?”

白丽丽点头，让金送子告诉魏世瑶，后天上午九点在大庙山下的大台阶那儿见，她会早去，如果魏世瑶觉得她还可以见，就见一面，觉得没必要，扭头走就行了。

金送子说她也去，远远看着，她要觉得不好，或魏世瑶要动粗，就大声喊，虽然现在是当兵的天下，可男人光天化日下欺负弱女子，说不过去。

白丽丽说行。

白丽丽约定和魏世瑶见面那天，金送子早早收拾好家，去了大庙山下。

大台阶两侧现在栽上了松树，才三年，都不高，冬天里也苍茫茫地绿着。金送子在大台阶的上面，找个隐蔽角落站定，往下张望。没多久，魏世瑶来了，他没穿军装，打扮得像个走南闯北的买卖人，在大台阶下面满腹心事地走来走去。

金送子怕被他看见，往冬青丛后站了站，一抬头，发现葛晋颂在斜对面的一棵松树下抽烟，一身短打扮，棉袄外面扎条宽棉布腰带，是码头工人的标准打扮，扎条宽腰带，扛大包的时候能使上劲儿，还不容易闪着腰。

金送子站在冬青后面望着葛晋颂笑，觉得他像个孩子，嘴上厌恶白丽丽厌恶得不行，要紧的时候，生怕她吃亏。

太阳两竿子高的时候，白丽丽来了，穿一件黑地儿小红花的长棉袍，一直罩到脚，没戴帽子也没戴围巾，敞着一脸的疤痕。

她认出了魏世瑶，魏世瑶也隔着一脸伤疤认出了她。

两人站在大台阶的两端，相互望着，谁也没说话，突然魏世瑶大步走过去，抓住她的肩，激动地说了句什么。白丽丽表情淡漠，把他手从肩上拿下来了，也说了句什么。魏世瑶受了打击，看了她一会儿，还是把她揽到了怀里。白丽丽没有配合他的拥抱，两只手，闲散而无聊地向外张着，完全没有回应魏世瑶拥抱的意思，她在魏世瑶耳边说："我已经不是葛锦绣了，我是暗娼白丽丽。"

铮铮铁汉魏世瑶捧着站街窑姐儿白丽丽的脸，看啊看啊，看得泪水滚滚。最后，他拉起她的手向前走去。

白丽丽边走边回头张望，金送子站出来追了几步，白丽丽跟她摆了摆手，意思是没事，让她别担心。魏世瑶见白丽丽频频回头，也回头，看见了金送子，遂站住，回头冲她抱拳的样子很和善，好像不曾为敌，而是多年和气的老亲戚。

金送子不好再跟，转身去了铺子。

第二天，金送子惦记着魏世瑶有没有对白丽丽怎么样，拿手绢兜了几个刚蒸出锅的豆包去白丽丽家。

魏世瑶竟然也在！

金送子诧异得不行，站也不是坐也不是。魏世瑶倒落落大方，招呼她坐，好像娶了白丽丽多少年，坐在一边沉默不语的油条王才是外人。

白丽丽眼睛红红的，刚刚哭过的样子，说："你来得正好，这位客人非说油条王是霸占了我逼我卖身，要给我赎身。"

金送子听得一头雾水，心想：白丽丽怎么会把魏世瑶说成是她的客人？就去看白丽丽，拿眼神问她这是怎么回事。白丽丽却直冲她丢眼色，大概是想让她在油条王跟前装不知情。金送子拿不准她这么作践自己和魏世瑶的关系是葫芦里卖的什么药，就尴尬地把豆包递过去，说刚出锅的，拿过来让白丽丽尝尝。白丽丽接过去，放在锅台上。油条王却像被欺负的人等来了援军，起身往金送子身边站了站，气呼呼地说："你跟他说说，我是她男人，不是大茶壶！"

魏世瑶倒没发火，看看金送子，也一副不认识她的样子，转脸跟油条王说："今天我不跟你争论这个，说吧，多少钱？"

油条王说："我不要钱，我要老婆。"

魏世瑶生气了，说："你要老婆，来！你先给我说说，哪个男人会让自己老婆出去拉客养活自己？亏他娘的你也有脸说！"说着，看着金送子，"你给评评理，就他这德行，配有老婆吗？"

金送子见白丽丽、魏世瑶两人不约而同装出一副互不相识的样子，就明白了，白丽丽故意跟油条王隐瞒了魏世瑶的身份，撇清了魏世瑶和她之间的关系，是怕油条王往她身上怀疑，以免拖她蹚了浑水说不清楚。金送子遂顺水推舟，装不认识魏世瑶，说："你们两个男人争来争去有啥意思？关键还要看丽丽的态度。"

魏世瑶和油条王的目光，就齐刷刷投到白丽丽身上。

显然，白丽丽的心在魏世瑶身上，可油条王也曾救她出水深火热，这份情，她也不能不念，就低着头抹泪，跟魏世瑶说："他手残了，离了我，他没法活。"

油条王一听就是白丽丽要跟魏世瑶走，就天崩地裂地，张着大嘴"嗷"的一声，低着头就往魏世瑶身上撞。

他一头撞过来，要和魏世瑶拼个你死我活。

魏世瑶行伍出身，身手矫捷，往后退了两步，就把油条王撞过来的劲儿消了，然后利落地从腰里掏出手枪，抵在油条王光溜溜的脑门上，一字一顿地说："信不信我给你打爆了？"

油条王并没被吓住，脖子一梗，把眉心抵在他的枪口上，说："让我死，让我死，你让我死！"

白丽丽怕魏世瑶一怒之下真扣动了扳机，扑上来夺枪，说："你疯了啊，你要打死他，我也不活了！"

魏世瑶也生气了，把白丽丽拉到一边，说："就他？死不足惜！有什么好护的？"

白丽丽哭着说要不是油条王，她早就在里院被人欺负死了，所以不为别的，就为这份恩情，她也不能不管他。

魏世瑶凶巴巴地瞄着油条王，把枪掖回腰里："我给钱，雇人伺候他！"

油条王擎着两条耷拉着手的胳膊，捂在脸上，呜呜地哭，说："你们欺负人，欺负我一个残废。"

魏世瑶从口袋摸出一张写了字的纸，念给白丽丽听，大意是她和油条王宣告离婚，从此一别两宽，各自欢喜。说他已经跟报馆主编打过招呼，钱也付了，但报馆主编说得本人签字画押才能登报。

油条王把手缩进袖子里，说："我手残了，画不了押。"

魏世瑶说："按手印会吧？"

油条王转身跑进屋，掩上门，拿身子顶着，生怕魏世瑶闯进去逼他，说他不按，魏世瑶抢活人妻会遭报应的！

魏世瑶拔出手枪，随着砰的一声，门被打漏了一个花生米大小的洞，一股木柴烧煳了的味道在屋里弥漫开来。白丽丽吓得缩成一团，扑过去推开门。

油条王毫发未损却给吓瘫在地上，呜呜地哭。

魏世瑶闯进去，摸出印泥，拿着油条王的手蘸印泥。金送子觉得就算油条王靠白丽丽卖身养着很不堪，魏世瑶也不能仗着身强力壮这么欺负人家，就忍不住打抱不平："你觉得这样合适吗？"

魏世瑶看她一眼，又看油条王，横里横气地问："你说合不合适？"

油条王低着头哭。

魏世瑶又问："你要说个'不'字，我这就把这张纸撕了！"

油条王除了哭，不再说任何话。魏世瑶就跟金送子说："看见了没？"金送子说："你拿枪顶着，谁敢说不？"

魏世瑶把枪揣回腰里："你要不愿意就摇头。"

油条王没摇头。魏世瑶就把他蘸足了印泥的手指按在了离婚声明上。按完，去看白丽丽，白丽丽默默蘸了印泥，也按在离婚声明上。

白丽丽去扶油条王，被油条王捣了一胳膊："装啥装？走吧！"白丽丽自觉愧疚，也哭了。

金送子不放心，第二天傍晚又过去看，知道魏世瑶给油条王送了一千块大洋，正忙活着到处租房子让白丽丽搬过去，金送子说："干吗要租？他又不缺钱，买一栋不就行了？"白丽丽说魏世瑶说要带她远走高飞，风风光光地办婚礼，把她娶进门，安安生生地过日子。

过了几天，报纸上刊登了白丽丽和油条王的离婚声明，两人婚姻正式解除。

魏世瑶租的房子离油条王家不远，说是为了方便白丽丽给油条王送饭。从这点看,魏世瑶还是很善良的,金送子这么和白丽丽说,让她别太担心,一个心里不管有多少恨意都不赶尽杀绝的人,坏不到哪里去。

金送子跟葛晋颂说白丽丽要跟魏世瑶去台湾。葛晋颂说也好,像魏世瑶这种国民党军官,如果不战死沙场,唯一的生路就是去台湾。作为码头搬运工人,他比任何人都能提前感觉到国民党大势已去的苗头。

码头上往台湾运家具细软的人越来越多,买不上客船票跟着货船走的人也越来越多,他们登船后,站在甲板上,望着越来越远的码头失声痛哭,特别像丧家犬,城里的穷人们还在拼命挣钱,钱也在拼命贬值,有钱人已在悄悄把钱换成金条撤往更安全的地方。

第三十六章

年关近了,街上的物价一天比一天疯狂,金圆券贬值贬得厉害,早晨还能买一口袋面粉的金圆券,傍晚就只能买个馒头了,越来越多的铺子开始拒收金圆券,只要大洋。

穷人手里哪儿有大洋?可没有大洋的穷人也要吃饭,没钱买,饿极了就打砸抢,街上乱得像强盗进村,饭都没钱吃了,自然也不会有人补衣服,金送子索性关了铺子,回家准备过年。

腊月二十四那天,金送子正在家糊窗纸,听见有人进家,一回头,是六子,他要回高密过年,他娘让他给未婚妻扯几身布料,让金送子帮着掌掌眼。金送子让他到院里等会儿,她换上衣服梳梳头就跟他去。

金送子收拾好,两人一起往中山路去,金送子问老家给他找了个什么样的姑娘,六子从怀里掏出小本子,翻出张两寸见方的照片递给金送子。

“姑娘眉清目秀的,看上去挺善良。”金送子把照片还给六子时说。六子也很满意,说他娘等不及他回高密相亲,特意拿钱让姑娘去县城照了相给他寄来的,他看着也中意,亲事就定下了,等他回去就娶亲。

金送子打心眼儿里替六子高兴，说这么好的姑娘，一定别委屈着人家，去瑞蚨祥吧。其一，好料子多，城里有头有脸的人家买布料，不是瑞蚨祥就是谦祥益；其二，瑞蚨祥听着喜庆，上好布料多，有得挑。

六子说："听你的。"

金送子领他到瑞蚨祥，说结婚给新娘子买布料，经理把他们领到一堆花红柳绿的绸缎跟前介绍了一番。

金送子问六子，是打算把新娘子接到青岛还是留在老家。六子挠头，说现如今局势不明朗，不好定夺，先在老家待一阵看看再说吧。

依六子的心意，要全买成真丝绸缎，可金送子说既然要在老家待一阵，料子就不能全用真丝绸缎，因为太娇贵，如果操持家务农活儿，就穿糟践了，再就是在一群穿粗布衣服的乡亲里，她一个人穿真丝绸缎，太扎眼了。六子觉得有道理，挑了几块结婚用的绸缎，其他的都买了上好的棉布。经理给开了票，六子去收银台交钱。

难得来这么个大主顾，经理很高兴，问金送子还想不想要别的了。金送子抬头看了一眼，六子在排队交钱，还得一会儿，就问有没有布头儿，有的话她买点儿缝补衣服用。经理有点儿失望，但还是把她领到碎布头那边，说都在这儿了，又找了个伙计帮她挑。

金送子挑好了布头，让伙计给捆起来，刚想去排队交钱，只见六子在前面站着，知道他一旦看见了，肯定会抢着帮她把钱付了。金送子不想欠他人情，就跟伙计说把布头给她放着，等会儿她再回来取。伙计怕她一搁下就不要了，说物美价廉，年底了，处理价，拿着不吃亏。金送子说知道，等会儿一定回来拿，说完，就站到一边。

六子交好钱，沉着脸走过来，拉起她就走。金送子以为他嫌布料贵了，心疼钱，就安慰他说钱挣回来就是花的，现在钱毛得这么快，有钱不花是傻蛋。

六子没吭声，抿着嘴把她拽到街上，布料往她怀里一塞，说："你在这儿等我会儿。"金送子莫名其妙，问六子这是要干什么。六子急匆匆说："有汉奸，我得赶紧回去找人。"

金送子说鬼子投降三年多了，该抓的汉奸早就抓得差不多了，咋又冒出汉奸来了。六子说没骗她，真真儿的，让金送子在原地等着，说完撒腿跑了。金送子好奇，想看看这个漏网汉奸啥模样，转身回瑞蚨祥。帮她挑布头的伙计见她回来，以为是回来买布头，忙开好了票送过来，说都包好了，交上钱过来拿就行。

金送子返回来的原意是看汉奸，让伙计这么一说，才想起来还挑了一堆布头，拿着小票张望了一圈儿，觉得哪个都不像汉奸。伙计见她犹疑，指点她排队的话往前走，金送子突然想起，选布料的时候，六子没异样，交完钱才说有汉奸的，这么说，汉奸有可能是账房先生，就跟着队伍往前排队。

前面有俩顾客想趁金圆券没变成废纸前花掉，可瑞蚨祥不收了。顾客不甘心，和账房先生戗戗起来了。唇枪舌剑的争吵里，金送子就听一个声音耳熟，熟得让她发愣，就转到队伍前去看。

收银台三面是用木头板钉起来的，前面就一个拱形洞口，供顾客和账房先生递钱和小票，不弯腰歪头，看不到人的脸。

金送子站在收银台外，听得真真儿的，那个熟悉的、让她内心发毛的声音，来自收银台里面，是个男声。她顾不上许多，扒拉开人群，趴在收银台的洞口往里看。

是德生！

金送子万万没想到德生竟然还在青岛，六子说的汉奸，一定是他！她想让德生快跑，可众目睽睽之下又没法说，一会儿工夫就急得鼻尖冒汗了。见她局促不安，经理以为她不舒服，问要不要给她搬把椅子坐下休息。金送子说不要，让他把账房先生叫出来，她有话跟他说。

经理以为她也要花金圆券，就说这事不能怪账房先生，是东家的意思，不收金圆券。

金送子知道一句两句话扯不清楚，担心六子这就领人回来，也顾不上许多了，就冲收银台喊了一嗓子：“德生！”

她喊得尖厉而又急促，所有人都回头看她，德生也从收银台后面探出头，见是她，就咧嘴，极有修养地笑了。

金送子顾不上许多，冲过去，说：“你出来，我有话跟你说。”

德生看看经理，歉意地笑了一下，说：“我家乡故知。”

经理“嗯”了一声，没说什么，算是应允了。德生从柜台后转出来，问她怎么在这里。金送子急促地小声说：“快跑！他们马上就来抓你了！”

德生的脸一下子白了，撒腿往外跑，和领着人进门的六子撞了个满怀。

六子趔趄一下站稳了，指着德生说：“就是他！”几个当兵的扑上来，把德生按倒了。经理跑过来，问：“这是咋了？”六子指着被按在地上的德生说：“这么大的汉奸藏在你们店里，不知道吗？”

经理说：“施先生这么好的人，怎么会是汉奸？”

金送子也结结巴巴地说：“六子，你是不是弄错了？”

六子用不屑的目光睥睨了一眼德生：“扒了皮我都认得他骨头！”说完，一脚踹到德生腰上。德生踉跄了一下，扑在路边的法国梧桐上，嘴和鼻子被撞破了，血哗地流下来，淌到浅灰色的大褂上，看上去很狼狈。德生扶着树，努力站稳了，回头看金送子笑，还有点儿不好意思。

金送子扑上来，横在六子和德生之间，急切地解释：“六子，你听我说，你一定弄错了，在老家那会儿，他家是我家地界邻居。”

六子很生气，把她扒拉到一边，粗声大气地说：“我说多少遍了，别叫六子，我叫庞报国！”说着，让几个当兵把德生扭了出去，对金送子看也不看地说，“料子先放你家，改天我去拿！”

说着，一行人扭着德生，浩浩荡荡地走了。

金送子抱着一堆布料，一溜小跑跟了好远，说：“庞报国！你别冤枉好人！”

六子回头看着她，说：“我要冤枉了他，我就把脑袋割下来当夜壶。”

六子平静的声音里透着不容置疑的斩钉截铁，看金送子的目光坚硬如铁，金送子就晓得不管怎么求都没用了，于是站在街边哭，她想帮德生，却又没办法，就去码头找葛晋颂。

这是她第一次去码头找葛晋颂，把他吓了一跳，以为家里出了天大的事，却没想到是为德生，就很生气，说德生给日本军队做事，汉奸的罪名怕是跑不了。

金送子说：“你又不是不知道，是他的日本老婆孩子拿命逼着他做日本翻译的。”

葛晋颂说这种事，看果不看因，魏世瑶虽曾落草为寇，但不糟蹋老百姓，抢的都是日本人的据点和仓库，是抗日志士。德生不仅给日本人做翻译，还参与围剿峡山湖，六子是亲眼看见的，肯定饶不了他。

北风从无遮无掩的海面上吹过来，把金送子冻得打了个寒战，她想说那次围剿峡山湖，是为了你，又怕葛晋颂听了会毛，就没敢说。葛晋颂说码头冷，让她回家，别瞎操心，何况德生是货真价实的汉奸，落网是他咎由自取，谁捞人谁沾一身脏水，何况他们也没那本事捞他，何必呢。

金送子深一脚浅一脚地往家走，街上有不少逃避战乱进城的，年轻力壮的，满大街溜达着找事干，老弱病残破衣烂衫地畏缩在门洞里，打量着来来往往的人，既有期盼也有胆怯。街两边的铺面大多数关着门，冷风卷着灰扑扑的破烂满街翻滚，像撒泼的叫花子，到处都是世界末日的样子。

金送子回家，把布头扔炕上，呆呆坐在灶前。葛鸿雁在纺织车间跑了一天，饿了，掀开锅，竟是空的，问她咋没做饭。金送子摸出几毛钱，让她买十个包子当晚饭，这在他们家是从来没有过的事情。

晚上，葛晋颂说，和工友们说德生的事了，工友们说怕是要被枪毙。

其实，这正是金送子难过的地方，唐华山干过县警备队队长，虽然没亲手杀过中国老百姓，可还是被定性成罪大恶极的汉奸枪毙了。德生给日本人干了七年翻译，怕也逃不了。

金送子说："我知道。"过了一会儿又说，"我不能眼睁睁看着德生让他们枪毙。"葛晋颂问为什么。金送子说："他不该死。"葛晋颂说："该不该死，你说了不算。"金送子说："我们去给他说说情。"

"怎么说？"

金送子一定要救德生的口气让葛晋颂不悦，不是他小肚鸡肠，因为德生和金送子曾有过一段感情，就巴不得他死，而是德生给日本军队当翻译，是铁打的事实，是谁都否认不了的可耻汉奸，可自己的老婆竟要煞费苦心地去救他，让别人怎么看？下午，他在码头和葛晋天碰过面，就德生的事也问过葛晋天。葛晋天说，德生虽然只是个翻译，可他是给日本军队当翻译，就是帮凶，落在共产党手里，也得枪毙。

金送子说："咱去找六子，跟他说，德生是老婆拿自己和孩子的性命逼他去当的汉奸。"

"那他当的是不是汉奸？"

金送子哑然。

"不管他是因为什么去当的汉奸，只要当了，就有罪，你能说因为有人逼你杀人，你是不得已才杀人，你就没有罪了？"

"可是德生救过你的性命！"这句话终究还是脱口而出，说完，金送子抿着嘴,看着葛晋颂,眼泪唰唰往下滚。

葛晋颂瞠目结舌,问德生什么时候救过他性命。

金送子就把她去莱阳找葛晋天没找到,回来碰见德生,于是哭着求他帮她想办法救葛晋颂的事说了。

葛晋颂难以置信:“他答应了吗?”

金送子说他嘴上没答应, 可后来日本人不就围剿了峡山湖了嘛。她怀疑,因为自己的求救,德生策动了日本人围剿了峡山湖。葛晋颂瞪着她,突然吼了一嗓子:“荒唐!”困兽一样在屋里走来走去,突然, 指着金送子的鼻子道:“你别以为你俩……他就什么都听你的! 他要真对你有那么深的感情,肯定巴不得我死在岛上!”

金送子也火了,说:“葛晋颂! 你想什么呢?”

“我想你时到今日还在自作多情!”

金送子让他给气疯了,扑上来挠他,说:“葛晋颂,你知道吗,你被魏世瑶关在峡山湖,我去莱阳搬救兵救你,如果不是德生隔三岔五往咱家阳沟里塞罐头和压缩饼干,咱一家老小早就饿死了!”

葛晋颂怒吼一声,把金送子压在身子底下,吼道:“我宁愿咱全家饿死也不愿意是被汉奸救的!”

金送子说:“我们都还活着,你掐死我们吧!”

葛鸿飞和葛鸿雁听见争吵声跑过来,第一次见父母打成一团的阵仗,姐弟俩吓坏了,扑上来一人拽着葛晋颂一只胳膊往旁边拉。

金送子披头散发地坐在那儿, 拿一双炯炯的泪眼看着葛晋颂,一副绝不认输的样子。

葛晋颂被两个孩子拉到了炕的另一头,两眼发直,看着金送子,拼命地想啊想,想起他和六子潜在水里,日本鬼子集合撤离峡山湖,有个日本鬼子扯着生硬的中国话喊“德生君”,最后,德生被几个日本兵从湖心岛深处找出来,登船,他还记得德生登船的时候回头张望着湖心岛,满脸沮丧。

难道德生离队，就是为了找他？如果是，那么，日本人围剿峡山湖真不是无缘无故的，一定是因为什么……而那个什么，就是德生为了救他而在日本人面前鼓捣的。

葛晋颂突然不敢往下想了。

之后几天，葛晋颂和金送子不说话。早晨，葛晋颂吃了饭去码头干活儿。金送子自己在家忙活。傍晚，葛晋颂回来，默不作声地吃饭，吃完上炕睡觉。这样周而复始到大年三十上午，葛晋颂才开口说：“你多包份饺子吧。”

金送子看了他一眼，没说话。

葛晋颂又说：“包上钱和大枣，我去看看德生。”

金送子说：“我和你一起去。”

葛晋颂没说话。

金送子问：“你知道他被关在哪儿吗？人家让送吗？”

葛晋颂说他去打听，就出去了，站在街上抽了两支烟，把他能找的人挨个儿想了一遍，想到了魏世瑶，他又抽了一支烟。

街上零星响起一声鞭炮，让这个除夕显得格外破败。葛晋颂大步流星地往白丽丽家走，走到魏世瑶给白丽丽租的小楼时，看见魏世瑶和白丽丽正在贴对联。

魏世瑶穿一件崭新的青色棉袄，戴一顶狗皮帽子，像个喜气洋洋要过新年的老农民。白丽丽穿一身黑地儿上开满了小红花的棉袄，也像个贤良的小媳妇，提着糨糊桶，在那儿比画着对联跟魏世瑶说着什么。大概是对联贴得这儿高了那儿低了的吧？魏世瑶根据她的指挥，把对联调整好了，拿扫炕的笤帚从上到下，一气刷到底，特别有气势。

这祥和的一幕，刹那间让葛晋颂恍惚，好像他曾经听说过的魏世瑶和白丽丽都是虚幻的，是不存在的谣传。

葛晋颂就那么呆呆站着，魏世瑶贴完对联，转身走远几步，打量对联，露出满意的笑容，又转身去看邻居家门上的对联都写了什么内容时，看见了葛晋颂。魏世瑶微微一愣，像谣传中的江湖宿敌，互泯恩仇的很久很久以后，却又在江湖蓦然间相逢，有些尴尬，不知该怎么开口说第一句话、该用什么样的表情。

白丽丽顺着魏世瑶的目光也看见了葛晋颂，夹杂着鞭炮碎屑的冷风吹出了她的眼泪，她用袖管抹了一下眼睛，走过来跟葛晋颂说：“回家坐吧。”

她像怕叫醒他的耻辱一样，没敢叫他哥，只是柔声地让他回家坐吧。

葛晋颂突然不能自已，转过身，背对着他们，泪如雨下。白丽丽也背对着他站着，哭得肩膀颤抖。魏世瑶远远看了一会儿，拎起糨糊桶回家了。

等葛晋颂和白丽丽回来，魏世瑶已沏好了茶，他指了指沙发，请葛晋颂坐下，端起茶，说：“没想到还有坐在一起喝茶的机会。”

葛晋颂点点头，问打算什么时候走。魏世瑶对他这么问，有点儿惊诧，但很快就自如了，说听上峰调遣吧。葛晋颂看了白丽丽一眼，问：“一起吗？”

魏世瑶说：“一起。”

葛晋颂点点头，说：“都不容易。”

魏世瑶说：“是啊。”

葛晋颂说：“我对你不想说感谢也不想说原谅的话。”魏世瑶哈哈一笑，说“彼此彼此”。然后看着葛晋颂，说：“大年三十你登门，该不是为了说这些不咸不淡的话吧？”

葛晋颂说：“我想见施德生，请你行个方便。”

第三十七章

金送子把煮好的饺子用两个大海碗扣起来，用棉袄包得严严实实的，又用葛晋颂的饭盒装了几样菜。德生不喝酒，可葛晋颂还是揣上了一瓶栈桥白干。

走到常州路欧人监狱，正好是年五更，鞭炮声渐渐多起来，偶尔，几片鞭炮碎屑被风卷着，在路灯底下忽高忽低地飞来飞去，像深秋的蝴蝶。金送子默默跟在葛晋颂身后，胸中涌动着无法释放的难受：她救不了德生，魏世瑶也不能，没有人救得了，他们来，只是想让他最后的年过得有点儿人情味。

他们穿过长长的、散发着霉味的走廊，去德生的监室。

德生是重犯，住单独的监牢，看守打开监牢门，把葛晋颂和金送子放进去，复又锁上。

德生还穿着被抓那天的蓝布袍子，坐在小窗底下，外面的橘色的路灯透过小窗打在他的头发上，橘色的，像一团火。

他一直低头看自己的脚尖，听见有人进来也不抬头。

金送子叫他：“德生。”他抬起头，看着他们俩，咧嘴笑。

金送子说：“我们来陪你过个年。”说着，把吃的从篮子里拿出来。葛晋颂从怀里摸出酒，说：“喝口？”

德生说“喝口”，他往前挪了挪。金送子这才发现忘了带酒杯，问葛晋颂怎么办。葛晋颂看看德生，说：“咱俩一人抿一口怎么样？”德生说行。然后，你一口我一口地抿着酒吃菜，谁也不说话。金送子夹了一个饺子给德生，说饺子趁热吃好。德生接过去，塞嘴里，嚼了几下，说：“真好吃。”然后咧嘴吐出一粒枣核，小心翼翼拿手掌托着，说：“吃了一个枣。”

金送子笑着说：“吃到枣来年运气好。”

德生笑着“嗯”了好几声，再后来，他又吃到了冰糖、花生、铜钱，每吃到一个什么，德生都高兴得像个孩子，咧嘴笑着炫耀，跟葛晋颂比谁喝酒的时候口大，哪一次都呛着，吭哧吭哧咳半天，咳得脸通红，泪都出来了，然后，看着他俩傻乎乎地笑，好像有点儿不好意思。葛晋颂有时伸手给他拍两下背。

德生就擦擦泪，说喝酒是他这辈子的短板，学多少回都学不会。葛晋颂说酒又不是什么好东西，用不着学。

两人边聊边喝，不知不觉，一瓶栈桥白干喝完了，德生的脸慢慢变得通红，笑得灿烂，话也多了。

金送子问：“德生，你怎么没跟老婆孩子去日本？”

德生醉眼迷离地摆了摆手，说：“不去，去了我就成汉奸了。”

自始至终，德生不承认自己是汉奸，说他给日本人当翻译，但没帮日本人干伤天害理的事。他老婆和儿子被遣返回日本，他坚持不走，就是为了证明自己问心无愧。

葛晋颂说：“你真问心无愧吗？”

德生拍拍自己的胸脯，郑重点头。

葛晋颂说：“德生，我想知道，日本人围剿峡山湖，是不是你让他们去的？”

德生突然无话，目光直扑扑看着葛晋颂，好半天才说：“是我鼓捣的。”

葛晋颂脸色死灰:“你为什么要这么做?”

德生说:“为了救你。岛上土匪多,手里有枪,警备队都拿他们没办法,单靠我自己,肯定不行。于是我想到了日本人,可日本人不可能为了老百姓剿匪,我就信口胡诌湖心岛上的土匪是国民党的抗日残部,没成想唐华山也这么说,日本人怕湖心岛上的土匪仗着地利发展壮大对他们形成威胁,决定剿匪。

葛晋颂心头轰鸣,说不出话。

德生问他是怎么逃出来的。

葛晋颂心凉得像冰茬子,说六子救他出来的。

德生说日本人攻下湖心岛后,他满岛找也没找到他,还以为他被日本人打死了。

葛晋颂说:“我知道你去过。”

德生诧异:“你怎么知道?”

葛晋颂说:“我看见了,那个在瑞福祥发现你的国民党兵也看见了,那会儿我俩蹲在码头的柳树下面。”他停顿了一下,问德生,“如果不是为了救我,你会动员吉野好夫围剿峡山湖上的土匪吗?”

德生说:“不会。”

葛晋颂问:“你觉得值得吗?”

德生一下子愣住,看了他一会儿,说:“值得,你是送子的男人,俩孩子的爹。”

葛晋颂叹气,说:“我活着,不过世间多只蝼蚁。”

葛晋颂看着窗外的路灯,想跟德生说,其实他宁愿死在峡山湖,但没说出口。德生也是要死的人了,哪怕是假装,这情他也得领,早些年他爹活着的时候说过,别对要死的人说狠话,是要遭天谴的。

从监狱出来,葛晋颂站着仰头看着天,老半天不走,金送子拽拽他的棉袄,说:“当家的,回吧。”葛晋颂才长叹一声说道:“我何德何能让五十七个人为我搭上了性命？”过了一会儿，又问，“你说我这算不算汉奸？”

金送子从后面抱着他的腰，说：“当家的，你要心里难受，就骂我一顿吧。”葛晋颂掰开她的手，攥着往家走。一路上，爆竹声声，把金送子的心，炸得一跳一跳的。

他们到家的时候，葛鸿雁和葛鸿飞已经睡了，金送子像往年一样，把新衣服从衣柜里拿出来，搭在被子上，这样，孩子们起床就可以穿新衣服了。葛晋颂也像往年一样，在每个孩子的枕头下塞了压岁钱，又端详孩子们的脸庞，端详了好久，金送子过来拉了他一下，轻声说“睡吧”。

葛晋颂看了看窗户，黎明的青灰色已从窗纸透了进来，世间安静，犹如结冰的湖水。葛晋颂使劲儿攥了攥她的手，松开，说：“天亮了，我出去拜年。”说完，转身出了门。

1949年的大年初一，金送子早晨煮好的饺子等凉了，葛晋颂也没回来。她盛了一碗，给捂在锅里。中午，她煮好的饺子又等凉了，葛晋颂还没回来。她生气了，气葛晋颂没有数，大年初一呢，哪儿有在别人家吃饭的道理？打发葛鸿雁姐弟俩出去找，找遍了葛晋颂的几个工友家，也没见着影子。金送子这才慌了，站在院子里，慌慌张张地说：“我家当家的不喜欢串门子，大过年的能去哪儿？”

没有人能给她准信。

她站在新年的冷风里抹眼泪，最后，白丽丽提醒她：“该不是回老家了吧？”

金送子就觉得心里轰隆一声，是啊，往年一到年三十，葛晋颂就会不安，说按规矩，年除夕下午是要去祖坟上坟、请祖宗回家过年，可他身在青岛，年除夕回不去，初一也不能去宗祠烧香，更没法给葛姓本家长辈拜年。

对，葛晋颂不是说了吗，他要出去拜年！想到这里，金送子的心就像奔跑在黑暗的洞穴中，终于看到了亮光。大年初三，她安顿好葛鸿雁姐弟俩，只身坐火车回高密。

她走访起风镇的每一个角落，问过本家、问过熟人、问过街上的一草一木，没有人见过葛晋颂，就像没有人见过传说中的观音菩萨。

坐在回青岛的火车上，金送子的心脏，是坍塌的，像一摊毫无生气的泥巴，坍塌在腹腔中。葛晋颂到底是怎么了？没人告诉她，她找遍起风镇的时候，曾有人说："他是不是跟你过够了，走了？"金送子斩钉截铁地说"没有"。是的，一直以来，她活得踏实，从不自欺，如果葛晋颂跟她过够了，她能感觉到。

他一定是遇到事了。

她想起葛晋颂临出门前攥着她的手，那么紧，都攥疼她了，现在回想起来，那疼仿佛还在，更剧烈了，像无数尖利的牙齿，那是他意味深长的告别吧？

那是 1949 年的春天，好多人失踪。大家都说，那些突然不见了的人，都去了台湾。葛晋颂在码头干活儿，借往船上搬东西的机会，藏在船上不下来就到台湾了。

有街坊建议金送子去码头上找葛晋颂的工友们问问，临失踪前几天，葛晋颂有没有流露出要去台湾的意思。金送子说不用问，她了解葛晋颂，如果他真打算跟船去台湾，不会丢下他们娘儿仨不管。

他肯定出事了。黑夜里，金送子不点灯，坐在炕上喃喃地说。

再后来，码头上又传来消息，说大年初一的晚上，一群国民党兵闯进码头，和码头上的地下党发生了一场小规模的枪战，双方各有伤亡，尸体在海上漂了好几天才被捞上来，或许葛晋颂也在其中，有人让金送子去看看。金送子不去，好像葛晋颂还在某个她不知道的角落活着，而她的去，会构成他实际意义上的死亡。

后来，葛鸿雁和葛鸿飞去了，差点儿被国民党当共产党家属给抓起来，因为码头上死的都是地下党，幸亏葛鸿雁能言善辩，说他们听说码头上死了人，而他们的父亲是码头工人，恰又好几天没回家了。国民党兵里有个心软的，见两人都不大，说别难为孩子，还让他们挨具尸体看了，确实没有葛晋颂。

葛鸿雁和葛鸿飞飞奔回家，告诉金送子码头上的尸体里没有葛晋颂。金送子几乎要喜极而泣，说："我就知道你们爹不会死。"

好像只要尸体里没有葛晋颂，就足以证明他还活着。

可一天又一天过去，那个活在金送子娘儿仨心里的葛晋颂没有回来。金送子想起了葛晋天，去飞天照相馆找他，照相馆的人说他们这里没有她说的那个样子的年轻男子。

金送子走在大街上，觉得一切变得那么扑朔迷离，好多房子一夜之间搬空了，它们的主人，仿佛人间蒸发，有人坐火车转道上海去了香港，也有人坐船去了台湾，整座城市充斥着惶惶不可终日的气氛，人像趴在滚滚车轮上的蚂蚁，渺小而又微不足道，谁也不知道自己的命会在什么时候消弭在历史的沟壑中。

清明节的前一天，白丽丽来了，说德生快被执行死刑了，问金送子要不要见他一面。金送子说见，她记得德生爱吃蒸肉，就做了一大碗，又包了饺子带过去。

德生比刚抓进去那会儿清瘦了一点儿，目光飘逸，仙风道骨。

金送子把蒸肉从铁栅栏推进去，说还是热的。德生端起来闻了闻，又放下了，说不想吃肉。金送子问他是不是想吃海鲜，他说不吃。人之将死，才意识到生命是多么宝贵，所以他不想吃任何动物的肉。

金送子就哭了，自从葛晋颂失踪以后，她总是爱流泪，看见什么都想哭，走到海边的时候，听着涛声呜咽，觉得那是人世间最声势浩大的悲鸣，她会哭；站在海边的时候，看着挣扎着往船上拥挤的人，也会无声地哭。人人都在逃向想象中的生路，而她，不知道生路在哪里。

她把蒸肉放回篮子，问德生想吃什么，她给做。德生说想吃蒸槐花，记得小时候的蒸槐花，温软剔透，清香扑鼻，他总是坐在春天的门槛上，望着铺天盖地的春光吃槐花。

金送子说："好，等槐花开了我就给你蒸。"

德生看着她，目光温柔，叫她"送子"，就像年轻的时候，他们坐在河边的茅草上，而茅草散发着醉人的青甘气息，他温柔地叫她"送子"。

金送子微笑着看他的时候，觉得身体装满了温软的、浩浩荡荡的泪水，正争先恐后地想扑出来。

德生说："送子，我要求你一件事。"

金送子说："好啊。"

德生说："给我做一身新衣服吧，我要件士林蓝的大褂。"

金送子还是说"好啊"。

德生说："去了阴曹地府也总有一天会见到她的，日本人讲究，我怕我穿得破衣烂衫的，她不搭理我。"说这些的时候，德生有点儿不好意思，说听说人去了阴曹地府会一直穿着临死前的衣服，所以，他想穿套干净的新衣服走，在这座城市里没别人可麻烦，只能麻烦她了。

金送子说不麻烦。她看着德生，他们曾经在同一条河流同一街道同一条乡路上停留，一回头，就能看见对方，而现在，她只能看见德生的背影，她无法不难受。

从监狱出来，她去买了料子，裁了士林蓝大褂，缝了裤子和穿在里面的衬衣，又买了崭新的鞋袜。

那年的春天来得怪异，杏树桃树都打满了累累的骨朵，却就是不开，槐花更是像一串串绿色的米粒挂在多刺的树梢上，迟迟不肯开花。德生被执行死刑的日子一天天逼近了，金送子让葛鸿飞上树撸了一盆槐花骨朵，蒸好，给德生送到监狱。

德生盘着腿坐在牢房地板上，吃槐花骨朵，吃着吃着，就流泪了,说吃到了春天的味道。

金送子一直仰着头,看他牢房里高高的天窗。

牢房的天窗齐地面开着,阳光照在地上又反射起来,明晃晃的阳光刺着她的眼,可以肆无忌惮地流泪。

德生把一碗蒸槐花骨朵吃得干干净净,又小心翼翼地把碗放回她篮子里,才拿起新衣服,转身,也不避她,脱光了换上。金送子能看见他的脊椎骨,像一条蜈蚣,趴在背上,从脖子到屁股上沿,在幽暗的牢房里,那些凸起的骨节,散发出金属一样短促而锋利的光芒。

德生系好最后一颗纽扣,转身,让金送子看看怎么样。

金送子说很好,像个教书先生。德生咧嘴笑,说刚结婚那会儿,吉野直子也这么说。

金送子想问他想不想死后回高密,又觉得太残忍,就改了口,问他还有啥心愿。德生想了一会儿,说如果可能就帮他把尸身扔到海里吧,说不准就能随波漂流到日本,他想去看看老婆孩子在那边过得怎么样。

金送子说:“好。”

第二天下午,金送子去大沽河畔给德生收尸。

河滩上有不少骨殖,肉被野狗啃净了,只有白森森的骨头,却莫名透着刚死不久的新鲜感,都是这两年枪毙在这儿的汉奸,家人怕受牵连,不敢收尸,就让野狗吃掉了。

德生脸朝下趴在河滩上,头盖骨被掀掉了一大半,鲜血呈喷射状喷出去好远,一点儿也没弄在新衣服上。

金送子找到那块被掀掉的头骨,合在头上,用白布包好,然后把他拖到大沽河边,推了下去。

这是她想了一夜想出来的,除了让大沽河水把德生的尸身送到海里,她没有别的办法能把德生的尸体送到海里。

她站在大沽河边,看着德生越漂越远,变成一个小点,她的身后，是几只怅然若失的野狗。

过了半个月，六子突然来了，见面拿出一个烟袋包和烟袋，问金送子认不认识。金送子的眼就直了，一把抓过来，问："人呢？他在哪儿？"

烟袋包是金送子在与葛晋颂结婚前夕绣的，不管走到哪里，葛晋颂都随身带着。

六子低下头，说："葛掌柜回不来了。"

金送子"啊"了一声，几乎要吃了六子似的看着他，怒冲冲问道："不回来了？他去哪儿不回来了？"说完就哭，说葛晋颂混账，以前别人说他和她过够了走了，她还不信，没承想是真的，真是没良心的东西，她一心一意跟他过了这么些年啊，还是被他抛在了半路上。

六子低着头不说话。

金送子哭够了，把烟袋包扔炕上，问："他让你捎给我的？"六子不说话。金送子就又喃喃地说："走就走了吧，总比死了好。"

年近四十岁的六子，突然像受尽了委屈的大孩子，呜呜哭了起来，说："葛掌柜死了，他在五十七个兄弟的坟前吊死了。"

金送子蒙了，如同千万个响雷在脑子里轰隆轰隆地滚动。

是的，葛晋颂死了，在峡山湖湖心岛的五十七个土匪的墓前，吊死了自己。

第三十八章

四天前，魏世瑶给最后一个皮箱贴好封条，问六子："你真不去台湾？"

六子还沉浸在新婚宴尔的甜蜜中，舍不得起风镇的新娘，说不去。

魏世瑶说不舍得老婆就带上。六子说老婆怕去了台湾回不来，不想走。

魏世瑶坐在皮箱上，想了一会儿，说："这一走，也不知道几时回来。"

魏世瑶黯然地垂下头，说："你去准备点儿祭品。"

六子问准备祭品干什么。魏世瑶说回趟高密。六子就明白了，他这是要临行前回峡山湖祭奠死去的兄弟，顺道告别。

准备好祭品，第二天他们就驱车去了峡山湖。

世道沧桑，唯有峡山湖还是老模样，六子带人到湖边村里租了两条船。

已是初春，静谧的湖心岛已万事俱备，灰褐色的土地上，是刚刚拱出土的零星绿芽儿，树上擎满了一串串的叶苞，偶有黄鹂鸟尖叫着腾空而去。当年焚毁的残垣断壁已成植物的乐园，破败的墙上，烧塌的屋顶上，蜂拥出千万点碎绿，和这岛上的万物一起静候春风到来，开始一季狂野的疯长。

六子边东张西望边和魏世瑶往墓地去，边走边说，当年幸亏葛晋颂帮忙，要不然，就他一个人，又天寒地冻，真没能耐把这么多兄弟都掩埋了。正说着，走在前面的士兵突然尖叫一声，撒腿就往回跑，魏世瑶下意识地拔出手枪就往前扫了一梭子。跑回来的士兵被树枝绊倒在魏世瑶脚下，魏世瑶顺势踢了他一脚，问怎么了。

士兵魂飞魄散地指着身后说："人……人！"

魏世瑶抬头，果然看见前面有个人影在晃荡，就喝了一声："谁？"

人影在微风中轻轻地晃荡着，仿佛风筝，无声无息。魏世瑶又喝："再不说话，老子就端机枪扫了！"

士兵这才说："师座，是……死人。"

魏世瑶气坏了，又踢了他一脚："去你妈的，打仗的时候没见过死人啊？吓成这尿性！"说着，扒拉开前面的荒草树枝，大步流星走过去。六子越过乱七八糟横亘的树枝跟过去，也倒吸了一口凉气。

一个男人挂在墓前的一棵小树上，尸身高度腐败，因为腐烂，两条腿已从裤管中落在地上，露出森森的白骨，脸已经腐败得看不清模样。可六子依然觉得眼熟，从男尸的上衣口袋里翻出了一个烟袋包，说觉得像葛晋颂。

可葛晋颂为什么要上峡山湖湖心岛？还在五十七个土匪的墓前上吊自杀？魏世瑶和六子怎么也想不明白。

听了六子的诉说，金送子明白了，但她不能说。葛晋颂无法接受五十七个抗日土匪因为他命丧峡山湖。五十七条生命啊，太沉重了，他扛不动，只能以死谢罪。

从葛晋颂在监狱里见德生，德生承认带日本人围剿峡山湖是为了救葛晋颂的时候，她就应该想到这点。

后来，金送子去峡山湖，把葛晋颂一点点殓进棺材，运往葛家祖坟。她从没像此刻一样，觉得自己配不上葛晋颂，像乌鸦自觉配不上凤凰。

第三十九章

四月里的一天,院里突然来了一帮国民党兵,把邻居们吓得够呛,以为是来抓谁的。大家像受惊的母鸡似的跑回家,关上门,从门缝里往外看。

只有金送子,仿佛置生死于度外的英雄,坐在院子里继续缝补带回来的衣服。

那段时间,国民党军队虽然还驻扎在城里,可一切都已乱了套。有能力的,在街上明抢明夺;没能力也没廉耻的,小偷小摸。平民老百姓活得像胆小的鹌鹑,一有风吹草动只有撒腿就跑的份。可金送子不逃,觉得死了也没啥,正好去给葛晋颂做伴,所以当邻居们跑回家,传来砰砰的关门声,她只是抬起眼梢,看了一下院门口。

几个国民党兵站在院门口,打量着院门,比画着指挥,后面的国民党兵就抬了几样家具进来,领头的那个冲金送子问:"金送子家住哪个门?"

金送子站起来,说:"有事?"

国民党兵看了她一眼,说:"你就是?"

金送子说"是"。

国民党兵说:“哪个门是你家?”

金送子说:“你还没告诉我什么事。”

国民党兵就生气了,说:“师座让我们给你送几样家具来。”

金送子就明白了,说:“魏世瑶吧?”

国民党兵“啊”了一声,算是回答,几个抬家具的国民党兵累得龇牙咧嘴,嚷嚷着:“到底往哪儿抬,吱声啊,受累的不是你们是不是?”

金送子冷眼看着他们抬着的几样家具在白丽丽家见过,就问什么意思,领头的国民党兵说师座要去台湾了,这些家具带不去,让给她送来。

金送子说放院子里吧,等她归置好地方再往屋里抬。

几件体面的红木家具就杵在院子里,好几天也没往屋里抬,邻居说不抬屋里,风吹日晒就坏了。金送子就说:“你们谁稀罕就抬回家用吧,我家放不开。”其实,她是不想看那些家具,看着它们,莫名其妙地就会想起葛锦绣和魏世瑶,想起葛晋颂,历历往事如浮光掠影,让她犹如万箭穿心,纫不上针,眼让泪糊住了。

月底的一个晚上,六子坐着黄包车把几口贴着封条的行李箱拉到金送子家,说是魏世瑶的,先在她家放放。

金送子问放多长时间。

六子说不好说,前天魏世瑶就应该登船去台湾,却突然找不见了,他找遍了青岛也没找到,世面上风声越来越紧,他不能再等了,要回老家避一避,可这几口箱子太扎眼,他不敢往回带,就送到金送子这儿放着,如果有魏世瑶消息,就还给他。

金送子说“成”,让六子把箱子放好,自己去找白丽丽。

魏世瑶给白丽丽租的小楼里没人,过年时贴的对联已经翘起来了,在风里呼扇呼扇地,像无聊的手拍打着寂寞的门。

金送子纳闷儿得不行,又去油条王家。

油条王家院子里到处是烟，油条王坐在马扎子上，用两脚架着木头。白丽丽拿着一卷点燃的报纸去点燃木头下面的一撮细树枝，听见门响，抬头，怔怔看着她，傻了一样。金送子打了声招呼，过去替油条王扶住了木头。白丽丽还是呆呆的，报纸都烧到手上了，也不知道扔，金送子忙给她把报纸打掉了，说："回来了？"

白丽丽搓了搓被火苗燎红的手，没吭声。

油条王说："王八蛋扔下她自己跑了，不回来还能去哪儿？"

金送子想说"不能"，可油条王目光笃定，这么说有点儿欺负他，就笑笑，从地上拿起洋火，点了一卷报纸，帮油条王把炉子生上，然后三个人坐在院子里，看着各自脚尖前的那点儿地皮，仿佛千言万语不知该从何说起。油条王咳嗽了一会儿，说风凉，进去了。

金送子目送油条王进了屋，才问："到底怎么回事？"

白丽丽好像正在梦游，目光恍惚，张嘴"啊"了两声，好像不晓得她刚才问了什么。

金送子压低嗓门说："你也信魏世瑶是扔下你跑台湾去了？"

白丽丽说："不信。"屋门吱呀开了一半，油条王站在敞开的半扇门里，目光局促，在两个人脸上跳来跳去，叫了白丽丽一声，说："来客人了，也不知道泡壶茶。"

好像白丽丽一直是他相濡以沫的妻，不曾分离。

金送子说"不渴"，她就奇怪：魏世瑶这么大的国民党军官怎么能说不见就不见了，是不是去警察局说一声？油条王说街上都乱套了，人人只想自己活命，谁管别人？

金送子想想也是，要把那几口箱子给白丽丽送来。

油条王像烫着了一样，说："不要！不想要你随便扔。王八蛋的东西，肯定不是正路来的，我怕要了亏心！"

油条王破天荒地动了气，气氛略显尴尬。金送子起身告辞。油条王送到大门口。白丽丽还老样子，坐那儿痴呆呆地望着自己脚尖。金送子有点儿担心，问油条王她咋了。油条王有点儿不悦："能咋了？还不是阔太太梦落空了。"说完，见金送子不放心，又说，"你放心，只要人回来了，我啥也不计较。"

金送子心里却冷冷的，想：你一个靠老婆卖身养活的男人，有啥资格说让我放不放心的话！嘴上却说有需要她帮忙的，去小鲍岛说声。油条王说成，两只残手并在一块儿，象征性地给她打了个拱。

金送子叹了一路气，本想白丽丽能跟魏世瑶去台湾过上正经人的安生日子，没承想转了一圈儿，又跌回坑里去了，她的恍惚，大约也是对未来人生的哀莫大于心死吧？回到家，望着几口崭新的皮箱，觉得扎眼，就打了糨糊，糊上一层报纸，堆在墙角，上面搭了条床单，看上去像家里来了客人，临时搭了张床。

六月初，解放军接管青岛，街上到处刷标语，整座城市，仿佛一夜之间糊满色彩单一的年画，走在街上的人，从神色惶惑到逐渐镇定亢奋，仿佛历史掀开了崭新的一页。军管委的宣传干事们敲锣打鼓召集大家开会，努力让每一个人相信，属于大家每一个人的好日子开始了。

金送子在铺子里补衣服，低头时间太长了，脖子痛，站起来到铺子门口站着东张西望晃脖子。几个穿军装的人打她眼前走过，其中有个看着眼熟，就多看了几眼。那个人似乎也觉得她眼熟，停下了，回头盯着她看了一会儿，慢慢地笑了，说："嫂子，你是嫂子。"

金送子这才认出来，是葛晋天。他相貌堂堂，被军装衬托得更是英武。她百感交集，说："晋天啊！"

葛晋天说"是"，问金送子家里怎么样。金送子的眼就潮了，说："你哥没了，就我和两个孩子。"显然，葛晋天已经知道了葛晋颂的事，也难过，说："我哥真是……"好像埋怨葛晋颂，但见金送子满眼碎玻璃似的泪，又不忍，就咽了回去，让金送子有难处尽管找他。金送子说晚上到家里吃饭吧。葛晋天说"成"，有话晚上回家说，说完和战友走了。

傍晚，金送子回家擀面条，天一黑，葛晋天就来了，金送子说前阵子去照相馆没找到他，问他去哪儿了。葛晋天说国民党撤退前想把棉纺厂和码头炸了，他带领地下党和国民党缠斗，不少地下党暴露后惨遭不测，他不得不离开照相馆。

金送子问他现在住在哪儿。

葛晋天说他住邱县路，房子是逃台资本家的一栋二层小楼。金送子一惊，想到了白丽丽，就问他邱县路几号。

葛晋天说了门牌号，又让葛鸿飞记在本子上，说有时间去找他玩儿。

金送子不动声色地问："你西边邻居是不是一个毁了容的女人和一个两手残疾的男人？"

葛晋天说他忙，早出晚归，没留意。金送子就试探他："当年你出去找你姐，打听着信儿没？"

葛晋天说出去了才知道，世界这么大，在茫茫人海里找一个人简直是大海捞针，找着找着就丧气放下了，一心一意跟着组织干革命。他叹气说："都这么多年了，兵荒马乱的，也不知我姐是不是还活着。"

金送子说："如果她活着，你觉得她应该过着啥样的日子？"

葛晋天说："她一个没文化的女人，估计嫁人生孩子了吧？"

金送子嘴里说"是啊"。好几次，想问他觉不觉得西边隔壁邻居像一个人，可一想到白丽丽的身份，又咽了回去，想刚见面，还是别扫兴，以后再说吧。

过了半个月，葛晋天到铺子里找她，眉宇间闪耀着藏不住的快意，说："嫂子，害咱倾家荡产的仇，有人给咱报了。"

金送子腾地就想起了魏世瑶，难不成他有下落了？就问："找到魏世瑶了？"

葛晋天说找到了。

金送子问怎么找到的。

葛晋天说:“油条王把他杀了!”

金送子脑袋就嗡的一声。

葛晋天说,自从金送子跟他说了西面邻居住了一个毁了容的女人和残疾男人,他就比较留意,发现西边邻居院子里苍蝇特别多,聚成一团,在地上落成一个平躺着的人形。他觉得蹊跷,跟军管委的人说了,以接到群众举报为由,带着人去挖。油条王拦着不让,可因为军管委的人多,他拦不住,就挖出一具高度腐烂的尸体。白丽丽就吓疯了,拿着菜刀跑出来乱砍,差点儿砍着油条王,被军管委的人拦腰抱住了。她手忙脚乱中,竟砍了自己脖子,血蹿出去老高,当场人就没了。后来油条王交代,死者是国民党师长魏世瑶,人是他杀的。

金送子刹那间明白了白丽丽的失常, 是因为知道魏世瑶死了,而且,是油条王杀的。她喃喃地说:“我就说魏世瑶不会扔下她自己跑了。”

葛晋天原以为这是个好消息, 没想到金送子听得泪流满面,问她怎么了。金送子撬开了魏世瑶的箱子,其中一箱是新郎新娘服,还有一份合婚庚帖,男方是魏世瑶,女方是葛锦绣。这是她见过的最好的爱情,随着魏世瑶的离去成了万丈红尘中的一把土。

葛晋天拿过合婚庚帖,看了一会儿,表情复杂,说:“想不到这王八蛋还挺长情。”

金送子说:“白丽丽就是葛锦绣。”

葛晋天红着眼,怔了半天才说:“不,她是白丽丽,葛锦绣早就死在逃婚路上了。”

说完,他呆呆坐在那儿,泪珠像跳水的孩子,纷纷从他眼里跳出来。

过了几天, 他把白丽丽的尸身从油条王家的祖坟里刨出来,送到峡山湖湖心岛，和魏世瑶葬在了一起。

后来，去听过油条王的英模报告会的人说，国民党军官魏世瑶为霸占油条王的妻子白丽丽，逼迫油条王离婚。在即将逃台前夕，油条王佯称要给魏世瑶和白丽丽饯行，请他们回家吃饭，在酒里下了蒙汗药。麻翻魏世瑶和白丽丽后，他用嘴咬着匕首扎穿了魏世瑶的脖子，让白丽丽挖坑埋在院子里。可白丽丽力气小，挖得不深，天一暖和，尸臭泛上来，吸引的苍蝇在院子里落成人形，引起了住在隔壁军管委干部的注意，起出了魏世瑶的尸体。

金送子知道，其实，魏世瑶尸体被挖出来的刹那，白丽丽那颗早已在魏世瑶死去时绝望的心，再次轰然坍塌。她想杀油条王，没杀成，就只好把自己杀了，去陪魏世瑶。

而油条王只身手刃国民党师长魏世瑶，成了名噪一时的英雄。

次年清明，金送子带着孩子回起风镇给葛晋颂上坟。她站在葛家酱铺门前的桥上，打量着一千多岁的起风镇，它像棵巨大的、匍匐在大地上的苍松，灰褐色的老屋和老而残破的风物浸泡在浓郁的白雾里，熟悉的脸庞们正日渐老旧而去，令人唏嘘，而奔跑在窄陋街巷里的孩子，他们笑容崭新，乡音依旧，命运的画卷徐徐展开……